세상의 모든 딸들

2

세상의
모든 딸들

엘리자베스 M. 토마스 지음
이나경 옮김

황매출판사

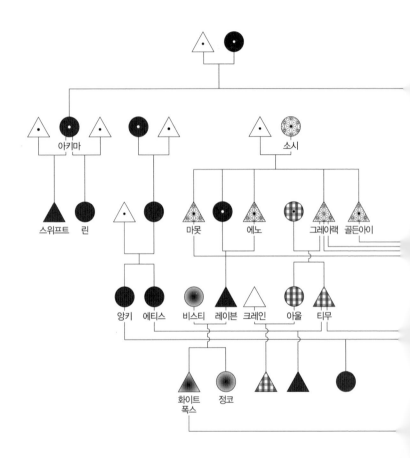

가족도

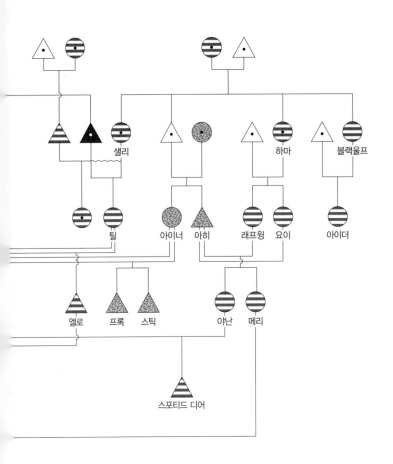

샐리

하마 블랙울프

틸 아이너 아히 래프윙 요이 아이더

엘로 프록 스틱 야난 메리

스포티드 디어

△	○	⊜
남자	여자	혈통을 보여주는 무늬
⌐¬	⌐ ¬	⊙ ●
결혼관계	형제관계	사망한 사람들

제**3**부

오두막

11

사람들은 곧잘 최초의 남자들인 위빌과 울버린, 그리고 최초의 여자인 메카에 대해 말하곤 했다. 여름 주거지에서 최초의 여자 메카를 만났을 때, 위빌은 그녀와 어떻게 사랑을 나눌지 알지 못했다.

그때 울버린이 나타나 여자란 고기와 같은 것이라고 말해주었다. 그래서 위빌은 여자를 구우려고 모닥불을 피우고는 창으로 여자를 찔러 죽였다. 그는 여자를 구워 먹고 울버린에게도 좀 권했다. 그러자 울버린이 말했다.

"지금 네가 먹고 있는 것은 바로 너의 아내다. 그러니 나는 사양하겠다. 사람 고기는 먹지 않는다."

화가 치민 위빌이 울버린에게 골반 뼈를 던졌다. 그러자 뼈는 바위에 맞아 부서졌고, 그 자리에 최초의 여자가 등을 돌리고 서 있었다. 그녀가 허리를 숙이고, 다리 사이로 위빌을 보며 이렇게 노래했다.

남편이여, 아내와 싸워라!
아내여, 남편과 싸워라!

갑자기 위빌의 왼손이 앞으로 쑥 나가더니 오른손을 때렸다. 그러자 오른손이 나뭇가지를 하나 들어서 왼손을 때렸다. 그때 왼손은 도끼를 쥐고 있었는데, 오른손이 그것을 빼앗아 멀리 던져버렸다. 그러자 왼손이 불쏘시개를 쥐고 오른손을 지졌는데, 오른손은 왼쪽 손목을 쥐고서 새파랗게 질릴 때까지 졸랐다. 양손이 서로 죽일 것처럼 싸우자, 메카가 다시 노래했다.

남편이여, 싸움을 멈춰라!
아내여, 싸움을 멈춰라!

이제 위빌의 손이 서로를 놓고 지쳐 쓰러졌다. 위빌이 말했다.
"나는 불행한 사람이구나. 이대로 내 손끼리 계속 싸운다면, 나는 끝내 굶어 죽을 것이다."
그러자 메카가 말했다.
"양손을 맞잡으세요."
위빌이 양손을 맞잡자, 메카가 또 말했다.

"손을 잡으면 싸울 수 없답니다."

위빌은 그 말이 사실임을 알게 되었다. 위빌의 손뿐만 아니라 남편과 아내도 그러했다. 그래서 위빌과 최초의 여자 메카는 서로 끌어안았고, 그 후 위빌은 최초의 여자가 동물처럼 먹기 위해 죽이는 존재가 아니라 마음을 기쁘게 해주고 아이를 만들어 주는 존재임을 알게 되었다.

성년식이 끝난 지 얼마 지나지 않은 어느 날 밤, 누군가 아주 부드럽게 흔들어서 잠에서 깨어났다. 사람들의 숨소리, 아울과 틸이 그레이랙 모닥불 근처의 잠자리에서 웅얼거리는 작은 소리 외엔 오두막은 매우 조용했다. 그리고 너무 캄캄해서 나는 내 옆에 웅크리고 있는 사람의 얼굴을 알아보기 힘들었다.

누군지 알아보려다가 갑자기 온몸이 오싹했다. 남자였다! 그는 덩치가 컸고, 코앞에서 옅은 남자 냄새가 풍기는 것으로 보아 나에게 바싹 다가와 있는 것 같았다. 얼굴 윤곽이 또렷하게 보이지는 않았지만, 그는 나를 마주보고 누워 있었다.

잠시 후 그의 따뜻한 손이, 순록의 뿔처럼 마르고 거친 손이 내 팔뚝을 만지더니 아래로 내려와 손목을 잡았다. 내가 메리를 흔들자 메리가 잠결에 몸을 뒤척였다. 그러자 그가 내 팔을 쓰다듬듯 훑으며 나직하게 말했다.

"이리 와."

티무였다. 그의 목소리는 아주 작았지만, 그 소리에 아울과 틸이 이야기를 멈추고 모닥불에 장작 몇 개를 던져 넣었다. 매우 옅은 불빛임에도 나는 티무가 옷을 벗고 있으며, 그의 눈이 내 눈을 타는 듯이 바라보고 있다는 사실을 알 수 있었다.

메리가 갑자기 내 목을 팔로 감았다. 그러자 티무는 조심스레 메리의 팔을 떼어내고, 두 손을 모아 그 애의 가슴 위에 살짝 올려놓았다. 그리고 메리에게 순록 가죽을 덮어 준 뒤, 그가 엄지손가락으로 메리의 눈을 감기며 말했다.

"잘 자라, 처제."

그 바람에 메리가 눈을 활짝 떴지만, 티무가 내 팔뚝을 잡고 일으켜 세우는 것을 막으려 하지는 않았다. 나는 아직도 티무가 내 팔을 쥐었던 손을 기억한다. 강인하고 따뜻했으며, 맥박이 거세게 뛰고 있던 그 손을……. 그가 불가에 앉아서 먹거나 이야기하거나 불을 쬐는 사람이 아무도 없을 때를, 오두막이 어두워지고 모두 잠자리에 들 때를 가슴 졸이며 기다리고 있었다는 사실을 깨달았던 것도 기억한다.

아주 천천히, 그리고 소리 없이 티무는 나를 데리고 문가에 누워 있는 스위프트와 린을 지나, 오두막 가운데 누워 있는 엘로와 앙키를 지나, 솜씨 좋게 가죽 담요로 얼굴을 덮고 있는 크레인과 그의 아내 아울을 지나갔다. 다시 조용히 모로 누워 있는 에티스와 양쪽에 아내를 눕히고 잠든 그레이랙 옆을 지나갔다.

자기 잠자리에 도착하자, 티무가 조용히 쪼그리고 앉더니 나를 끌어 곁에 앉히고 내 몸에 한 팔을 감고 모로 누웠다. 곧 티무는 우리 몸 위로 가죽 담요를 끌어당겨 머리까지 완전히 덮었다.

틸이 내 살을 벨 때 내게 용감하다고 칭찬했기 때문에 나는 그 후 눈도 깜빡이지 않았다. 상처가 쓰라리다거나 간지럽다는 말도 않고 도도하게 걸으려고 애썼다. 그때, 티무는 내가 아무 말도 하지 않는 것을 상처가 다 나았다는 뜻으로 받아들였음을 알 수 있었다.

하지만 이런 일을 당하다니, 용감한들 무슨 소용이 있겠는가? 아이가 생길까? 다음에 무슨 일이 생길지 알 수 없지만, 내가 마음의 준비를 하지 못했다는 것만은 알 수 있었다. 그가 나를 아프게 한다면, 나는 가만히 있을 수 없을 거라는 생각이 들었다. 내가 울면 틸이 뭐라고 할까? 다른 사람들은 또 뭐라고 수군거릴까? 낯선 사람이나 다름없는 스위프트와 린이 나를 비웃을지도 모른다.

입을 열어 말을 하려는 순간, 티무가 내 엉덩이를 손바닥으로 쓸어내렸다. 아파! 나는 숨을 멈췄다. 티무가 쓰다듬기를 멈추더니 내 양팔에 자신의 양팔을 헐렁하게 두르고는, 내 다리에 한쪽 다리를 감고 내 귀에 입술을 바짝 대어 나만 들을 수 있게 말했다.

"겁내지 마. 저항하지도 말고. 이건 좋은 일이지 나쁜 일이 결코 아니야. 두고 보면 알 거야."

그가 내 배에서부터 목덜미까지 부드럽게 문지르기 시작하자, 갑자기 내 목이 꽉 막혀버렸다. 내가 속삭였다.

"내 상처가 아직……."

내 목에 얼굴을 묻고, 티무는 거칠고 건조한 손으로 내 배를 계속 쓰다듬었다. 이제 내게 무슨 일이 일어나는 것일까? 그때 그가 속삭였다.

"그만둘까?"

그가 대답을 기다리는 동안 내쉬는 숨이 내 목을 간질이며 와 닿았고, 코뿔소처럼 커다란 동물이 다가오는 발자국에 땅이 흔들리는 것 같은 느낌이 들었다. 그의 심장도 나처럼 쿵쿵 뛰고 있는 것을 느낄 수 있었다. 대답하려고 했지만 이미 내 생각은 숲속의 방울새처럼 튀어 올라 숨어버렸고, 상처가 여전히 신경 쓰였지만 곧 잊어버렸다. 티무 품에 안겨 있는 한, 더 이상은 아무것도 상관없었다.

내가 영혼이 된 다음 '여행의 달'이 초승달이 되었지만 추위가 아직도 극심해서 북극광이 불이 붙은 자작나무 잎처럼 획획거리고 있을 때, 틸이 영혼 의식을 통해 고기를 구했다. 그 무렵은 순록들이 북쪽으로 여행을 시작할 참이었기 때문에 사냥꾼들은 번번이 순록 사냥에 실패하고 있었다. 이동을 앞둔 순록은 신경이 극도로 예민해서 사냥꾼이 아무리 조심을 해도 먼저 눈치를 챘다.

틸의 영혼 의식이 있던 바로 그날 저녁, 하얀 부엉이 암컷이 소리 없이 날아올랐고 다른 암컷 한 마리도 뒤를 따랐다. 하얀 부엉이들의 길이 하늘에 있는 것처럼 말이다.

순록을 찾아내 주면 우리에게도 후한 사례를 하겠다고 샤먼들이 약속했으므로, 마못은 진지하게 애써 보겠다고 했다. 마못은 까마귀나 늑대처럼 널리 사냥을 다니는 동물의 모습을 취하는 대신, 아니면 밤이 거의 끝났으므로 낮에 사냥을 다니는 동물의 모습을 취하는 대신, 하얀 수컷 부엉이의 형상을 택했다.

마못은 하늘로 날아오르면서 지붕 위 순록 뿔 가장 높은 곳에 잠시 앉았더니 암컷들이 날아간 방향을 향해 어둠 속으로 소리 없이 날아갔다. 오두막에서는 사람들이 마못을 칭송하는 노래를 계속 부르고 있었다. 그 노래를 듣노라니, 나는 슬퍼졌다. 나 또한 살아생전에 저들과 합세해서 숱하게 저 노래를 불렀기 때문이다.

그들의 진지한 노랫소리를 좀 더 들은 뒤에, 나는 늑대 형상을 하고서 지붕을 내려가 사람들이 드문드문 눈 위에 버려놓은 것들의 냄새를 맡으며 차르 강의 남쪽으로 향했다.

강둑의 마지막 비탈을 오르고 있을 때 동이 텄고, 새벽빛 속에서 커다란 늑대 한 마리가 하늘을 등지고 서 있는 게 보였다. 우리는 서로 조심스레 다가섰고, 너무 빨리 가까워지지 않도록 천천히 원을 그리며 돌았다.

그러다가 그가 내 뒷다리 쪽으로 조심스레 코를 들이밀었고, 나는 살짝 꼬리를 내렸다. 그러자 뒤로 뻗고 있던 그의 꼬리가 하늘로 치켜졌다. 그에게서 강하고 상쾌한 수컷 냄새가 났는데, 내게 그 냄새는 이제 전혀 낯설지 않았다. 그는 차르 강이 시작되는 산속에서 무리를 지어 사는 늑대들에게서 떨어져 나온 수컷으로, 나는 전에도 몇 번 그의 목소리를 들은 적이 있었다.

금세 친해진 우리는 장난을 쳤다. 쭈그리고 앉았다가 펄쩍 뛰어오르기도 하고, 춤을 추기도 하고, 서로 귀와 얼굴을 더듬기도 하고, 목덜미를 집적거리기도 했다. 그러다가 내가 그를 엉덩이로 쳐내고 달아나기 시작했다. 그가 나를 따라왔지만, 나는 속도를 내어 그를 따돌렸다.

한참을 달리다가, 나는 그가 수풀 속에서 귀를 쫑긋 세우고 노란 눈을 번뜩이며 웅크리고 있는 것을 보고 다가갔다. 그가 어서 오라는 듯 킁킁 짖었다. 그날 오후 늦게까지, 우리는 눈을 좀 먹고 털이 닿도록 등을 마주대고서 온몸을 쭉 뻗고 엎드려 있었다. 마지막 햇살을 받으며 그렇게 엎드려 있다가, 우리는 빈터에 내리쬐던 빛이 파랗게 변하자 일어나서 힘껏 기지개를 켜고는 털을 흔들었다.

나는 그의 입술에 입을 맞췄다. 그가 부드럽게 내 콧잔등을 깨물었다. 나는 그를 향해 돌아서서 엉덩이를 보여 주었고, 그를 어깨 너머로 돌아보면서 꼬리를 옆으로 치웠다. 그가 조심스럽게 내 등에 회색 앞다리를 올렸다.

나는 그를 받아들일 준비를 했고, 곧 하나가 되었다. 뒷다리로 버티며 내 몸 위에 올라탄 그는 뜨거운 입김을 뿜어내며 고개를 들고, 귀를 접고, 눈을 감은 채 내 엉덩이에 꼭 붙어 있었다.

얼마 후 서로에게서 몸을 떼어낸 우리는 춤을 추고, 입을 맞추고, 어깨를 나란히 하며 내달렸다. 그 무렵 숲은 어두워져 있었다. 사랑과 행복으로 충만한 서로의 심장을 느끼며, 우리는 곧 사냥을 시작했다.

우리는 한참 동안 함께 지내며 짝짓기를 계속하고 사냥을 하며 보냈다. 차가운 바람에 냄새가 묻어 올 때면, 땅에서 연기처럼 똥이나 발자국의 냄새가 피어오를 때면, 우리는 언제나 서로 쳐다보며 상대가 무슨 생각을 하는지 확인하려고 했다. 우리는 함께 흥미로운 냄새를 따라갔고, 나쁜 냄새는 눈으로 덮었다.

어느 날 우리는 강의 남쪽을 따라 돌아다니며 사냥을 하다가 겨울이라 몹시 메마르고 쇠약해진 암컷 순록을 발견했다. 약한 순록이라도 잡는 데는 오후 시간의 대부분이 걸렸다. 우리가 덤불 속으로 몰아넣은 뒤에도 순록은 필사적으로 발길질을 계속해서, 우리는 놈의 콧잔등과 발을 계속 노려볼 수밖에 없었다.

그때, 나는 몇 그루의 나무 뒤에서 암호랑이 한 마리가 우리를 묵묵히 지켜보고 있는 사실을 깨달았다. 순록이 달아나자 우리는 뒤따라 달리며 엉덩이를 물어 피를 흘리게 할 셈이었는데, 그 와중에 암호랑이가 뒤따르고 있었을 텐데도 우리는 전혀 눈치채지 못하고 있었던 것이다.

내가 순록의 콧잔등을 물어뜯고 내 짝이 발목을 물어뜯어서 녀석을 쓰러뜨려 옆으로 밀어놓은 다음에야, 나는 비로소 나무들 사이에 줄무늬가 나 있는 커다란 것이 스르르 미끄러지며 움직이는 것을 보았다. 바람이 한 차례 내 쪽으로 불어오면서 암호랑이 냄새를 풍겼던 것이다.

심장이 쿵 떨어지면서 온몸의 털이 곤두섰다. 그때 나는 순록의 목에 이빨을 너무 깊이 박아 넣고 있는 바람에 뺨에 주름이 져서 눈이 가려져 있었다. 나보다는 순록이 먼저 암호랑이를 보았던 것 같다. 갑자기 순록이 크게 울더니 전보다 더 세게 걷어차는 바람에 내 머리가 심하게 흔들렸다.

그러다가 순록은 결국 쓰러졌다. 순록이 꼼짝 않고 쓰러져 있고 우리의 뱃속이 고기를 기다릴 무렵, 암호랑이가 서두를 것 없다는 태도로 이쪽으로 침착하게 다가오고 있었다. 호랑이는 무시무시한 노란 눈으로 우리를 노려보고 있었다. 나는 공포에 질려 펄쩍 뛰며 시체를 넘어 달아났고, 내 짝도 따라왔다.

우리는 안전한 거리에 멀찌감치 떨어져서, 호랑이가 조용히 엎드린 뒤 식사를 하기 전에 시체를 핥는 것을 지켜보았다. 정작 사냥을 하느라 멍투성이가 된 우리는 실컷 고생만 하고 겨우 잡아챈 살점 몇 조각과 털에 묻은 피밖에 얻지 못했다. 몸에 묻은 피를 다 핥자 우리의 알량한 식사는 끝났고, 다시 사냥을 시작해야 했다.

우리는 수가 너무 적었다. 우리의 수가 많다면 호랑이도 감히 덤비지 못했을 것이다. 우리의 수가 많으면 다른 순록도 쉽게 쓰러뜨릴 수 있을 것이다. 숲은 붉은 사슴과 노루로 가득한 것 같은데도, 우리는 그들에게 피를 흘리게 할 수 없었다. 그들은 너무 빨리 달리거나 덤불을 등지고 초원에 서 있었다. 우리는 고작해야 토끼나 밭쥐 따위에 만족할 수밖에 없었다.

우리는 강의 상류 쪽을 따라가다가 누군가 이미 파놓은 구멍을 더 크게 넓혀 만든 굴을 발견했다. 땅이 얼어 있었기 때문에 그만한 굴이라도 없는 것보다는 낫겠지만, 그래도 더 안전한 곳을 찾아보기로 했다.

쉽게 물을 구할 수 있고 새끼가 우리를 함부로 따라오지 못하게 하려면 우리는 물가에 살아야 했다. 나는 아장거리는 새끼를 거느린 채 굴을 나오고, 물을 건널 때가 되면 새끼들이 따라오지 못하고 둑에서 기다리는 광경을 그려보았다.

모래가 많은 산등성이에서 하이에나가 파놓은 구덩이 하나를 더 발견했는데, 우리가 살기에는 너무 넓고 얕았지만 바닥의 언 땅이 쉽게 부서졌으므로 그곳을 파기 시작했다. 구멍이 깊어지자 우리는 차가운 흙에 배를 깔고서 몸의 열을 식혔다.

저녁때가 되자, 보름달이 떠올랐다. 우리는 서로의 얼굴에 코를 갖다 대고 꼬리를 흔들었다. 다시 사냥할 준비가 되었다. 굴을 떠나기 전에 함께 노래를 불렀다. 처음에는 부드럽게 시작해서, 끝에 가서는 피가 뜨거워지고 승리감이 가득할 때까지 온 마음을 다해서 고함을 질렀다.

내 짝과 함께 강의 남쪽에서 머무는 여러 날 동안, 나는 오두막이나 그곳 사람들에 대해 한 번도 생각하지 않았다. 그들을 알지 못하거나 아예 존재하지 않는 것처럼……. 내게는 돌아갈 계획이 전혀 없었다.

그러던 어느 이른 봄날, 우리는 아주 이상한 물체를 발견했다. 몸뚱이가 없는 토끼 다리 한쪽이 길에서 머리 높이 정도의 빈터에 인간의 냄새를 잔뜩 풍기며 매달려 있었다. 내짝이 코로 그 토끼 다리를 건드리고 이빨로 물었다. 그러자 그것이 갑자기 하늘로 날아올랐고, 내 짝은 다리를 버둥거렸다.

나는 너무 겁이 나서 달아나 숲속에 숨었다가 한참 지나서야 털을 곤두세우고 기어 나왔다. 두려움에 질린 채, 나는 짝이 여전히 힘없이 버둥거리며 사향 냄새와 정액 냄새, 그리고 똥 냄새를 풍기며 매달려 있는 것을 보았다. 나는 불안한 마음으로 기다렸지만 그는 다시 내려오지 않았다.

어둠과 함께 달이 뜨자, 하이에나 한 떼가 나타나 키득거리면서 서로를 밀치며 내 짝 몸뚱이를 끌어내리고는 뼈를 부수었다. 나는 몰래 달아났다가, 한참 지난 뒤에 다시 살금살금 그 자리로 돌아가 보았다. 땅에는 하이에나 냄새가 흠뻑 배어 있었지만, 내 짝의 흔적이라고는 털 뭉치 외에 아무것도 남아 있지 않았다.

더 이상 거기 머물 이유가 없는데도 떠나고 싶지 않아, 나는 그날 밤 내내 그 근처에서 지냈다. 동쪽 하늘이 하얗게 변하자 야트막한 자작나무 사이에서 그의 회색 얼굴이 나를 쳐다보고 있는 것 같았다. 나는 기뻐 날뛰며 그에게 달려갔지만, 그는 거기 없었다. 그의 발자국도, 냄새도 없었다. 떨리는 목소리로 크고 높게 외쳤지만, 그는 끝내 대답하지 않았다.

내가 숲에 계속 살았다면 어떻게 되었을까? 새끼들을 낳았을까? 어느 날, 나는 이끼와 운모로 인해 회색과 은색으로 뒤덮인 바위에서 혼자 잠이 들었다. 그 바위는 해가 진 다음에도 햇볕의 온기를 품고 있었다. 자는 동안 나는 티무와 사냥을 하던 꿈을 꾸었고, 깨어나 보니 사람의 형상을 하고 있었다.

가문비나무 두 그루 사이에서 '얼음을 녹이는 달'이 저물어가고 있었다. 그 달빛을 받으며, 나는 차르 강의 오두막으로 돌아가기 시작했다. 물가에서 개구리들의 노랫소리가 들리는 평화로운 밤이었다. 나는 그 밤 내내 걷고, 이튿날도 오리 떼가 갈대밭에 드나들며 우는 소리에 주위의 공기가 울리는 것을 느끼면서 종일 걸었다.

오두막에 도착하자 마못이 그렇게 오랫동안 어디 갔었는지, 왜 늑대 모습으로 달리거나 까마귀 모습으로 날지 않고 여자 모습으로 걸어왔는지를 물었다. 나는 대답하기 싫어

무시하는 눈빛으로 그를 쳐다보며 물었다.

"왜 그게 알고 싶죠?"

티무와 같이 자기 시작한 뒤, 나는 낮에는 그와 가까이 있으려고 안달하는 동시에 빨리 밤이 오기를 안절부절못하며 기다렸다. 그가 모닥불 앞에서 가죽을 긁을 때면 그 옆에 앉으려고 했고, 아니면 그의 목소리가 들리는 곳에라도 있으려고 했다.

그가 웃으면, 나도 따라 웃었다. 층층이 생긴 구름을 보면 그의 갈비뼈나 입천장이 생각났다. 나는 그를 기쁘게 하는 일이라면 뭐든지 하고 싶었고, 마침내 여자들이 왜 남편들이 하라는 대로 하는지 알게 되었다.

나는 에티스가 아기를 가졌다는 사실에 질투를 느꼈다. 그 때문에 티무가 나와 자는데도 말이다. 어쨌든 티무는 지금 나와 자고 있다고 생각하며 에티스를 무시해도, 그녀의 뱃속에 있는 아기가 너무 부러운 것은 어쩔 수 없었다.

티무가 이복형제인 엘로나 누이의 남편인 크레인과 사냥을 나가면, 나는 아버지의 창을 들고 따라갔다. 여자라고 해서 안 될 이유라도 있단 말인가? 아무리 남자들이 오두막을 지배하고, 세상의 모든 고기를 지배한다고 해도 여자인 나도 할 수 있다. 나는 강인하고, 빨리 달릴 수 있으며, 흔적을 찾는 데 아주 능하니까.

어느 날 나는 노루 한 마리를 발견해서 창으로 찔렀고, 그 것을 티무가 창으로 숨통을 끊어 마무리 지었다. 그러자 티 무는 이제부터는 나와 둘이서 사냥을 할 수 있겠다고 말했 다. 그래서 우리는 함께 멀리까지 사냥을 나갔고, 사랑을 나 누기에 알맞은 자리를 발견하면 한낮에도 실컷 몸을 섞곤 했다.

나는 바지를 발로 차 벗어던지고, 햇빛을 받아 한껏 따뜻 해진 가문비나무 낙엽 위에 엎드리고는 어깨 너머로 그를 바라보며 미소를 짓곤 했다. 사랑이 끝나면, 우리는 서로의 머리카락에서 찬찬히 낙엽을 찾아내곤 했다.

하지만 우리들의 사냥은 번번이 실패해서 빈손으로 돌아 갈 때가 많았다. 어쩌면 내 마음이 사냥이 아니라 온통 티무 에게 가 있기 때문인지도 모르고, 그가 나 외에 다른 것에 관심을 갖는 것 같으면 나에게 시선을 줄 때까지 졸라대었 기 때문인지도 모른다.

그러던 어느 날, 그가 재빨리 나를 붙잡고는 쑥 덤불 위로 바지를 벗어던졌다. 하지만 일을 치르기 전에 그는 뭔가를 곰곰이 생각하는 것 같았다. 그러다가 하나가 된 순간에도 그의 눈은 평원을 살피는 것 같았다. 일을 끝내자마자, 그가 불붙이는 막대기를 들고 산불을 놓기 시작했다.

나는 짜증이 나서, 그러는 까닭을 물었다. 그는 대답하기를, 이런 곳에 불을 놓으면 내년 봄에 부드러운 풀이 자랄 것이고, 그것을 뜯어먹으려고 동물들이 많이 모여들 거라고 했다. 그는 내게 불이 붙은 나뭇가지를 건네주며 멀리까지 넓게 불을 붙이라고 했다. 나는 다른 쪽에 불을 붙였고, 그는 반대편 쪽으로 갔다.

그런데 그때 바람의 방향이 바뀌는 바람에 우리가 바지를 벗어놓았던 곳으로 불길이 번지고 말았다. 우리가 달려갔을 때는 이미 늦었다. 티무의 바지가 타버렸던 것이다. 그는 한쪽 가랑이가 까맣게 타 다른 쪽보다 짧아진 바지를 보면서 성난 목소리로 외쳤다.

"너는 너무 밝혀. 이 꼴 좀 보라고!"

그 말에, 나도 화가 치밀었다.

"내가 네 바지를 거기에 뒀어? 불을 붙인 건 너였어!"

우리는 화가 난 채로, 아무 말도 하지 않고 오두막으로 돌아갔다. 멀리서 불 붙은 광경을 보고 있던 사람들은 금세 불에 탄 바지를 알아보았다. 그들이 물었다.

"옷이 어쩌다 그렇게 된 거야?"

에티스가 깜짝 놀란 표정을 짓더니 곧 시무룩해졌다.

"내가 저 바지를 만들었는데……."

그러자 스위프트가 이를 드러내며 웃었다.

"바지에 불이 붙었을 때, 다리는 어디 있었지?"

그러자 모두가 웃음을 터뜨렸다. 나는 발치를 내려다보며 할 말을 잃었다. 틸이 가르쳐 준 대로 자부심을 드러내야 한다는 게 생각나서 턱을 들고 땋은 머리를 뒤로 넘겼지만, 얼굴이 달아오르는 것은 감출 수가 없었다.

메리와 에티스는 웃지 않고 나를 쳐다보았다. 메리는 염려스러운 표정으로, 에티스는 질투하는 표정으로……. 그레이랙이 화가 나서 티무를 노려왔다.

"여자 따위를 사냥에 데려가다니, 네가 어린애냐? 우리한테는 가죽과 고기가 필요해. 네가 아내와 놀아나는 동안에, 우리 보고 사냥을 하라는 것이냐?"

티무가 아버지를 차갑게 노려보며 반박했다.

"야난에게 사냥을 가르치고 있어요. 겨울이 되면 야난의 도움이 필요할 거라고 생각해요. 그게 노는 건가요?"

"정 그렇다면, 다음에는 다른 사람과 함께 가라. 사냥에만 집중할 수 있게 스위프트나 나와 함께 가라."

티무의 얼굴이 어두워졌지만 표정은 바뀌지 않았다. 그가 한참 만에 대답했다.

"좋아요. 그렇지만 아버지가 따라오기에 내가 너무 빨리 걷는다고 생각하지 않았으면 좋겠네요."

그레이랙의 얼굴이 붉어지고 눈은 휘둥그레졌다. 그가 아들 쪽으로 나서려고 몸을 내밀며 소리쳤다.

"내가 여자처럼 느리단 말인가? 내가 아들한테 모욕을 당해야 한단 말인가?"

"싸울까요, 아버지? 원한다면 난 준비가 되어 있어요."

일이 이렇게 되자, 모두가 한꺼번에 소리를 질러대고 있었다.

"싸우지 마!"

"아버지를 공경해야지!"

"그레이랙이 아들한테 창피를 줬잖아."

"티무가 말대꾸를 했어!"

"그레이랙이 화를 내는 것도 당연하지."

"제발, 남편들이여, 화를 내지 말아요."

"우리가 동물인가, 한 핏줄끼리 싸우다니?"

그레이랙과 티무는 사람들의 설득을 받아들여 낮에 피우는 모닥불 옆에 앉았다. 그레이랙은 스위프트와 함께, 티무는 엘로와 함께 앉아서 서로에게 말을 하는 게 아니라 서로에 대해서 말하는 것으로 감정을 풀 수 있도록 했다.

나는 다른 여자들과 함께 여자들의 모닥불 옆에 앉아서 최대한 소리 없이 잣을 까면서 남자들의 말을 몰래 엿들었다. 그러다가 그들이 이 소동의 잘못이 전적으로 내게 있다며 싸움을 종결지으려는 데 경악하고 말았다. 아울의 남편 크레인이 스위프트에게 이렇게 말했던 것이다.

"내가 보기에, 야난은 너무 졸라. 내 아내도 똑같아. 여자들이 처음 잠자리를 같이 할 때는 늘 그렇지만."

스위프트가 맞장구를 쳤다.

"여자들은 끈질기게 조르지. 그레이랙도 그건 알아야 해."

스위프트가 사냥 주머니를 뒤지더니 다람쥐 한 마리를 찾아내어 불에 넣으며 진지하게 말했다.

"자, 작은 것이지만 남자들 모두 한 입씩 먹도록 하지. 작은 거라도 함께 먹으면 화가 가라앉으니까."

틸은 더 이상 참을 수 없었다. 잣을 까는 척하던 손을 멈추고 벌떡 일어났다.

"티무가 야난을 덮치는 게 야난 잘못이라는 건가? 여신 오헌의 상처에 딱지가 앉기도 전에 티무는 야난을 데리고 잤어. 내 친척을 모욕하는 건 나와 내 혈통을 모욕하는 거야!"

남자들이 모두 고개를 돌리고 성난 표정으로 우리를 바라보자, 우리도 그들을 노려보았다. 종종 그렇듯이, 두 사람 사이에서 시작된 싸움이 여자들과 남자들 사이의 싸움으로 번져가고 있었다.

그렇게 오후와 저녁 시간이 지나는 동안 남자들은 다람쥐 고기를 여자들과 나누어 먹지 않았고, 여자들은 잣을 남자들과 나누어 먹지 않았다. 다람쥐는 아주 작았고 우리한테는 잣이 아주 많았지만, 그래도 우리는 이미 감정이 상해 버렸던 것이다.

아침이 왔지만 티무는 나와 함께 사냥을 갈 리가 없었다. 내가 여전히 오두막 안의 불가에 앉아서 잣을 까고 있을 때, 티무는 크레인과 함께 휭 하니 나가 버렸다. 엘로와 화이트 폭스도 사냥 나갈 생각인 것 같았다. 엘로는 창의 날에서 얼음 조각을 털어내고 있었고, 화이트 폭스는 그 모습을 지켜보고 있었다.

하지만 나는 그들이 원한다 할지라도 엘로나 화이트 폭스랑 같이 사냥을 나갈 생각은 없었다. 하지만 그렇다고 하루 종일 오두막에 있고 싶지도 않았다. 스위프트와 그레이랙이 불가에 앉아 가죽을 갖고 일하면서 하루 종일 집에 있을 조짐이었기 때문이다.

그래서 나는 혼자서 사냥을 가기로 마음먹고 아버지의 창을 가지러 오두막 안으로 들어갔다. 언제나 그렇듯이 그것은 아주 무거웠고, 또한 던지기도 힘들 것이다. 하지만 그때 좋은 생각이 떠올랐다. 그날 나는 실력이 좋아졌는지 알아보기 위해 가벼운 창을 쓰기로 했다.

나는 상아를 태워 날카롭게 만든 날을 가진 화이트 폭스의 창을 쓸 생각이었다. 화이트 폭스에게 아버지의 창을 건네자 그는 기꺼이 바꾸자고 했고, 나는 곧 조그만 창을 가볍

게 쥐고 강의 언 곳을 건넜다.

두껍게 내린 서리 위에 순록의 발자국이 사방에 나 있었다. 밤중에 찍힌 자국을 찾아보기 시작했지만 쉬운 일이 아닐 것 같았다. 발자국은 있지만 주위의 서리가 녹고 있어서 어느 것이 새것이고 어느 것이 오래된 것인지 알기 어려웠기 때문이다.

아버지라면 알았을 것이고 그레이랙이나 티무도 알 수 있을 테지만, 나는 기껏해야 진흙에 난 발자국이나 알 수 있었다. 서리가 내린 뒤에 동물 발자국을 쫓는 것은 자주 해본 일이 아니기 때문에 나는 어떻게 해야 할지 모른 채 우왕좌왕했다.

그렇게 있자니, 저만치서 메리의 늑대가 나를 향해 달려오고 있었다. 놀라운 일은 아니었다. 늑대는 우리가 어딘가 갈 때면 갑자기 나타나는 일이 많았다. 다른 때에는 늑대가 어디 숨어 있는지 알 수 없다. 하지만 메리와 나 둘 중 한 사람이 길을 나서면, 늑대는 어김없이 나타나는 것이었다.

늑대는 내가 궁금해하는 것을 당장 해결해 주겠다는 듯이 발자국 하나를 고르더니 코를 대고 따라갔다. 늑대와 나는 북풍을 맞으며 이끼가 늘어져 있는 숲속을 향해 줄기차게 걸었다. 지금 메리의 늑대는 혼자 걷고 있는 암컷 순록의 자취를 따라 강의 북쪽을 향하고 있었다.

한참을 가다가 늑대가 귀를 쫑긋 세우고 숲속을 응시하면서 몸을 약간 떨었다. 뭔가 있구나. 나는 재빨리 창을 꽉 쥐고 던질 준비를 했다. 조심스럽게 작은 나무 사이로 몸을 움직여 들어가자, 과연 순록이 나무 사이에서 몸을 숨긴 채 귀를 쫑긋 세우고 있었다.

늑대가 눈을 크게 뜨고, 코도 최대한 높이 세우고는 순록을 노려보았다. 늑대가 곧바로 달려 나갈 태세임을 알아차린 나는 창을 겨눈 다음 즉시 던졌다. 창이 내 손에서 떠나자마자, 늑대가 즉각 튀어나갔다. 내 실력은 자부심을 가질 만했다. 창은 순록의 목을 정통으로 관통했다.

순록이 창을 꽂은 채 펄쩍 뛰어오르자, 늑대가 뒷다리 무릎을 물어뜯었다. 나는 허리춤의 칼을 빼서 잡고 앞으로 달려갔다. 가까이 다가가서야 내가 던진 창이 순록의 숨통과 큰 혈관을 명중시키지 못했음을 알았다. 순록이 목을 심하게 흔드는 바람에 창이 떨어졌는데, 그 찰나에 늑대가 무릎을 잡아당겼고 순록은 털썩 주저앉았다.

그만한 시간이면 충분했다. 나는 칼은 놓아두고 다시 창을 집어 들어 순록의 갈비뼈 사이에 찔러 넣었다. 순록은 크게 울부짖으며 다시 일어나려고 버둥거렸지만 늑대가 꽉 붙잡고 있어서 더 이상 꼼짝할 수 없었다.

나는 순록 위로 몸을 던졌다. 순록의 갈색 눈이 내 눈에서 주먹 하나만큼도 떨어져 있지 않았다. 눈을 들여다보니 공포에 질려 있었고, 눈꺼풀이 떨리더니 눈동자가 흐릿해졌다. 하지만 혹시 모르므로 나는 칼을 꺼내 목을 찔렀다.

다 잘 되었다. 그 순간 남자들이 며칠씩 애를 써도 아무것도 잡지 못했는데, 나는 혼자서 단숨에 순록을 발견해서 잡았다는 사실이 생각났다. 티무가 내게 사냥을 가르치는 것도 이제 끝이다. 나는 그를 불러다 순록을 집으로 옮기는 걸 돕게 한 다음, 그에게 사냥을 가르쳐 줄 것이다. 그를 어서 만나고 싶었다.

사냥의 과정이 다시 떠올랐다. 발자국, 풀을 뜯던 순록, 창, 공격, 무시무시한 울음소리. 나는 순록을 위아래로 훑어보았고, 늑대가 엉덩이에서 살갗을 찢어내어 먹고 있는 것을 보았다.

어쩌면 나 혼자서 순록을 잡은 게 아닐지도 모른다. 늑대가 도와주었다. 늑대가 떼어먹은 자리를 보면 사람들이 화를 낼 게 분명했지만, 뭐라고 설명할지 계획을 짜면서 나는 늑대가 한동안 맘껏 먹게 내버려 두었다.

그때 문득 뒤에서 무슨 소리가 들렸다. 급히 돌아보았더니 커다란 갈색 동물이 나무에 몸을 반쯤 가리고 서 있었다. 하이에나였다. 어쩌면 그놈도 순록을 사냥할 작정이었는지 모른다는 생각이 들었다. 분명 놈도 순록의 울음소리를 들었을 것이다. 하이에나는 한 마리뿐일까? 보통 하이에나는 무리를 지어 사냥한다.

이제부터 순록의 가죽을 벗겨 고기를 자르면 어떻게 될지 궁금했다. 하이에나가 내게 덤벼들어 고기를 차지하려 할까? 하이에나 한 마리면 나도 상대할 수 있지만, 여러 마리라면 알 수 없는 일이었다. 순록을 잡고도 하이에나한테 빼앗기고 집에 돌아가고 싶지는 않았다. 사람들이 늑대가 몇 입 먹은 것에도 화를 낸다면, 하이에나에게 고기를 빼앗긴 것을 놓고는 얼마나 분개할 것인가?

나는 늑대를 바라보았다. 늑대가 도와줄까? 그럴 것 같지 않았다. 늑대는 하이에나에게 이빨을 드러낼지 어떨지 생각하는 것처럼 순록 옆에 서 있었지만, 귀를 접고 꼬리를 낮추고 있는 것으로 보아 꽁무니를 뺄 생각인 것 같았다.

그때, 갑자기 하이에나가 짖었다. 다른 하이에나를 부르는 것일까? 늑대도 그렇게 생각했는지 급히 돌아서서 달려 나갔다. 하이에나는 가문비나무 덤불 뒤로 사라졌지만, 다시 나오지 않았으므로 거기 그대로 숨어 있다는 것을 알 수 있었다. 그렇다면 혼자라는 뜻이다.

나는 허리띠를 풀어 순록 뿔에 둘러 묶은 다음, 그것을 끌기 시작했다. 간신히 순록이 움직이기는 했지만 굉장히 느렸다. 그날 종일 걸려야 오두막까지 끌고 갈 수 있을 것 같았다. 오두막까지 달려가 사람들을 부를 수도 있지만, 그러는 동안 하이에나가 먹어치울 것이다.

제비 강의 오두막에 있을 때 늑대에게서 먹을 것을 지키던 방법처럼, 순록을 토막 내어 나무 위에 최대한 높이 올려두는 수밖에 없었다. 그러려면 우선 가죽을 벗겨야 했다. 나는 화이트 폭스의 창으로 치골 위의 단단한 가죽을 찔러 구멍을 내고는, 그 자리에 앉아서 한쪽 눈으로는 하이에나가 숨어 있는 곳을 감시하며 배에 칼을 대었다.

살갗에 금을 내는 순간, 하이에나가 급히 숲으로 달려가는 소리가 들렸다. 뭔가 무서운 게 나타난 것이다. 이번엔 또 뭐지? 돌아보니, 엘로가 조용히 다가오고 있었다. 그는 한 마디 말도 없이 칼을 꺼내더니 긴 몸을 구부리고 앉아서 한쪽 다리의 가죽을 벗겼다.

"그레이랙은 티무와 네가 함께 사냥하도록 시켜야 해."

다리 가죽을 다 벗기자, 그가 말했다.

"어떻게 혼자서 이렇게 많은 고기를 나를 수 있겠어?"

그 말에 나는 몹시 흐뭇했지만 불에 탄 바지 때문에 창피했기 때문에 티무와 사냥하는 것에 대해서는 말하고 싶지 않았다.

"하이에나를 봤어?"

내가 물어보자, 엘로가 대답했다.

"응. 늑대도."

늑대라고? 늑대가 사라진 지는 오래되었다. 그렇다는 것은 엘로가 줄곧 내 뒤를 밟았다는 뜻이다.

"나를 따라오고 있었단 말이야?"

"혼자서 사냥하는 걸 좋아하는 사람은 없으니까."

그가 여전히 순록에 시선을 박은 채 한참 있다가 이렇게 말했다.

"널 도와주려고 마음먹었지."

"네가 매머드 사냥꾼들에게 가기 전에는 나를 걱정한 적이 없었잖아? 그때 너는 요이 이모를 도와주었지, 그렇지 않아?"

엘로가 하얀 이를 드러내며 웃었다.

"그때는 우리가 어렸지."

"이제 우리는 어린애가 아니야. 틸이 우리를 숲에 데려가서 우리의 친척 샐리의 이야기를 해준 다음부터는……."

"이제 우리는 결혼도 했고, 아기도 가질 거야."

그가 맞장구를 쳤다. 아기를 가진다는 말을 함부로 하다니, 나는 발끈하면서 그를 노려보았다. 그런 말은 엘로는 앙키와, 나는 티무와 은밀하게 나눌 이야기였다. 나는 엘로의 가슴을 보고, 그 다음에는 어깨를 보고, 햇볕에 그을린 얼굴을 보았다. 그는 분명 잘생긴 남자다. 요이 이모가 그로 하여금 자신을 '아내'라고 부르게 한 것도 이상한 일은 아니었다.

엘로와 아이를 갖는 것에 대해 이야기하다니, 내가 무슨 짓을 한 것일까? 어째서 나는 엘로가 이렇게 가까이 있도록 한 것일까? 나는 한 걸음 뒤로 물러났다.

"아기를 갖는 문제는 티무와 나눌 이야기지 너하고는 아니야. 나는 요이 이모가 아니니까! 나는 나의 핏줄을 더럽히지 않을 거야. 나는 샐리 샤먼의 이야기를 기억해. 그 이야기를 모르면, 네 어머니에게 물어봐."

"야난!"

냉정하고 진지한 내 말에 그가 부드럽게 내 이름을 부르는 것으로 응답했다. 대답하지 않았지만 나는 숨을 멈추고 기다렸다.

"밤마다 티무와 네가 내는 소리를 듣고 있노라면, 난 티무가 너무 부러워. 티무는 너랑 사냥할 때도 널 가지지. 모든 여자들 중에서 가장 예쁜 너를 말야."

지금 엘로는 무슨 말을 하는 것일까? 엘로는 왜 이런 말을 하는 것일까? 숨을 멈추고 있는 내게 엘로가 또 말했다.

"나도 너를 원해!"

멀리 숲에서 어치 소리가 들려왔다. 목덜미에서 숨차게 뛰는 맥박을 느끼며, 나는 아주 짧은 순간 엘로의 눈을 응시했다.

"부끄러운 줄 알아!"

더 없이 차갑게 말했지만 그것만으론 부족하다는 생각이
들었다.

"우리가 여기 숲에 함께 있는 걸 누가 발견하기라도 하
면 뭐라고 하겠니? 사냥하는 걸 도와주러 왔으면 순록을 옮
기는 일이나 도와. 네가 요이 이모와 부정한 짓을 저질렀을
때, 틸이 들려 준 이야기를 나는 전부 기억하고 있어. 나는
요이 이모와는 달라!"

순록의 뿔을 잡고, 나는 그 시체를 흔들어 내 발자국을 지
웠다. 엘로가 나를 한참 노려보다가 눈으로 말했다. 다음에
이야기하지. 그가 자세를 바꾸고는 순록 시체 쪽으로 돌아
앉아서 반대편 다리의 가죽을 벗기면서 말했다.

"오두막에 가서 사람들을 데려와."

나는 달렸다. 한참을 달리다가, 강물 소리를 듣고서야 걸
음을 멈췄다. 당황한 나머지 아이처럼 엘로의 명령을 고분
고분 듣고 있었다. 그 순록은 내 것이므로 내가 아니라 엘로
가 다른 사람들을 부르러 가야 했다.

나는 당장 돌아가서 엘로가 가고, 내가 남아야 한다고 말
하고 싶었지만 너무 늦었다. 어쩌면 그는 내가 돌아간 것을
자기 말을 받아들인 것으로 생각할지도 몰랐다. 그래서 나
는 자랑스러워해야 할 상황임에도 나 자신을 미워하며 비탈

아래로 터덜터덜 걸어갔다.

거기서 나는 오두막을 올려다보았다. 그때 비로소 내가 먼저 돌아온 것이 잘된 일임을 깨달았다. 그레이랙, 스위프트, 그리고 티무가 모닥불에 앉아 나를 내려다보고 있었다. 그들이 내가 비탈을 오르는 것을 지켜보는 동안, 마치 엘로와 내가 진짜 사랑을 나눈 것처럼 죄책감이 느껴졌다. 꼭대기까지 오르자 티무가 약간 무시하는 투로 물었다.

"이렇게 일찍 사냥을 끝냈어?"

"응."

그가 놀란 표정을 지었다.

"죽은 고기를 찾았어?"

"내가 고기를 구했어."

나는 아무렇지도 않게 말했다.

"하이에나가 먹어치우는 걸 원치 않는다면, 나를 도와주는 게 좋을 거야."

"뭘 먹어치워?"

"순록. 어린 암컷이야."

"네가 잡았어?"

티무의 물음에, 나는 화이트 폭스의 창을 들어 보여 줬다.

"이걸로."

나는 돌아서서 누가 따라오는지 확인하지 않고 걸어갔다.

그들의 발소리를 들으니, 셋이 따라오고 있다는 것을 알 수 있었다. 거기 가면 엘로도 있을 거라는 이야기를 하기에는 너무 늦었다. 순록 가까이 다가가자, 그들은 엘로의 발자국을 알아보았다. 티무가 의아하다는 듯 물어보았다.

"엘로? 엘로도 있었어?"

나는 최대한 아무렇지 않게 말했다.

"내가 하이에나가 먹도록 고기를 내버려 두었겠어? 너는 오늘 아침에 날 기다리지 않았지. 아무도 따라오지 않았다면, 고기를 나무 위에 올려두는 데 하루 종일 걸렸을 거야."

남자들은 아무 말도 하지 않았다. 무슨 생각을 하고 있었을까? 엘로와 내가 숲에서 만나기로 한 것이라고 생각할까? 그들은 직접 알아낼 수 있을 것이다. 그리고 그들은 정말로 직접 알아냈다. 죽은 순록과 엘로가 있는 곳에 도착하자, 남자들은 발자국을 이리저리 살폈다.

그들에게도 최소한의 예의가 있으니 땅에 쭈그리고 앉아 자세히 들여다보지는 않았지만, 그들은 아무렇지도 않은 표정으로 땅을 쓱 훑어보고 엘로도 넘겨다보았다. 엘로는 땅다람쥐처럼 순진한 표정으로 칼질을 하고 있었고, 왜 어서 돕지 않느냐고 묻는 것처럼 그들을 한 번 흘깃 쳐다보았다. 티무와 그레이랙이 칼을 꺼냈다.

그러다가 스위프트가 갑자기 탄성을 지르더니 좀 황당하

다는 표정으로 주변 땅을 열심히 들여다보았다. 그는 순록 주위를 돌아보고, 우리 주위를 두 바퀴 돌더니 내 뒤쪽으로 가서 숲속으로 사라졌다.

스위프트의 해괴한 행동에 의아해하며 티무와 그레이랙도 일어났다. 그러자 엘로도 일어나야 한다고 생각한 모양이었다. 남자들이 일제히 스위프트를 따라가려고 할 때, 그가 우리 쪽으로 쏜살같이 달려왔다.

"야단! 네 늑대 말이다, 그 녀석이 도왔구나! 너도 알고 있었나?"

나는 당연히 알고 있었다. 내 대답 같은 건 들을 생각도 않고, 그가 남자들에게 말했다.

"여기 와서 이것 좀 보게."

스위프트는 늑대가 순록의 발자취를 따라와 어떻게 나를 도와 순록을 공격했는지, 그 모든 과정을 눈으로 직접 본 듯이 말했다. 순록이 쓰러져 있는 곳의 발자국, 순록의 상처에서 피가 튀어나간 자국, 늑대가 순록을 쓰러뜨리느라 만든 엉덩이 자국 등을 하나하나 짚어 나가는 스위프트의 말엔 한 치의 오차도 없었다.

그레이랙과 티무도 관심을 가졌고 엘로도 그런 척을 했지만, 엘로만 놀란 표정을 짓지 않았다. 스위프트가 그의 발자국도 알아냈을 테니까. 스위프트가 말했다.

"너도 다 보고 있었군!"

"전부 다 본 건 아니에요. 늦게 오는 바람에……."

스위프트는 그 일에 대해 물어보는 것은 금세 잊어버렸다. 그는 오로지 사냥을 하는 데에 늑대가 어떤 노릇을 하고, 그 늑대를 어떻게 이용할 수 있을지에만 관심이 있었다.

"보고 싶구나, 야난! 다음에 사냥을 할 때는 너랑 같이 가겠다."

우리가 순록을 토막 내고 있을 때도 그는 늑대에 대해 내게 여러 가지를 물었다. 늑대가 이런 일을 할지 알고 있었는지, 늑대는 사냥꾼이 무엇을 원하는지 알고 있는지, 늑대와 사냥꾼은 각각 어떤 일을 나누어 맡는지 등등.

우리가 일렬로 서서 고기를 가지고 오두막으로 돌아갈 때, 나는 스위프트가 어깨 너머로 묻는 질문에 대답했다. 늑대가 나를 도와준 적은 없지만, 늑대의 어미가 내게 자신을 돕게 한 적은 몇 번 있다고 말해 주었다. 스위프트는 아주 열심히 들었다. 그의 입가에 미소가 멈추지 않았다.

오두막에 도착하자, 다른 사람들은 불을 피우고 고기를 구울 준비를 했다. 이제 아무도 늑대에게는 관심이 없었다. 모두 내가 고기를 나누어 주기를 기다리고 있었다. 고기를 나누는 일은 내가 처음 해보는 것이어서 티무가 도와주었다. 나는 남편의 가족들이 가장 좋은 부분, 즉 뒷다리 부분

을 갖도록 하고 내 친족은 앞부분을 똑같이 나누도록 해야
했다.

티무는 그 고기가 자기 것이라는 듯이 행동하지 않는 대
신 나를 굉장히 자랑스러워하는 것 같았다. 그는 주장을 하
기보다는 어떻게 하라고 제안하는 식이었고, 내가 저지른
단 한 번의 실수를 매끄럽게 덮어 주었다. 그 실수란, 내가
화이트 폭스를 메리의 약혼자로 취급하고 스위프트를 티무
아내의 친족 취급을 한 것이었다. 티무는 이에 대해 마치 자
신이 실수를 저지른 것처럼 스위프트에게 사과했다.

문 앞에 놓여 있던 고기가 전부 주인을 찾아가자, 우리는
간을 가늘게 잘라 숯 위에 올려놓았다. 그러는 동안 나는 문
득 깨달았다. 방금 우리는 마치 사냥꾼이 한 사람인 경우에
맞추어 고기를 나눈 것이었다. 하지만 사냥꾼이 여러 명일
때는 물론 고기를 다르게 나누었을 것이다.

가령, 가죽이 그렇다. 가죽은 사냥꾼이 혼자일 때는 그 사
람의 여자형제 몫이 되지만, 여럿일 때는 가장 나이 많은 사
냥꾼의 아내 몫이 된다. 늑대가 아니었더라면 나는 순록을
쓰러뜨리지도 못했을 것이고, 발견하지도 못했을 것이다.
그러니 따지고 보면 나는 혼자 사냥한 게 아니었다. 나는 두
명 가운데 하나였고, 지금 메리 몫이 된 가죽은 사실 에티스
몫이 되어야 했다. 왜냐하면 나는 여자라서 아내는 없고, 티

무의 아내일 뿐이니까.

아무도 그런 생각을 하지 않는 것 같아서 나도 곧 잊어 버렸다. 어쨌든 메리가 가죽을 받기를 원했고, 티무가 내게 만족하는 것이 기뻤던 나는 오직 그에게만 관심이 있었다. 달리 누구도 늑대에 대해서 생각하는 것을 원치 않았다. 오두막 안에 늑대가 얼씬도 하지 못하게 되기를 원할 뿐이 었다.

사냥에 대해 이야기를 하자면, 남자들은 그렇게 강에서 가까운 곳에 순록이 다니는 길이 여러 개 있었다는 사실에 훨씬 더 관심이 많았다. 그들에게는 그게 굉장히 이상한 모 양이었다. 그들은 매번 숲에서만 순록을 찾고 있었다.

스위프트만이 늑대에게 큰 관심을 갖고 있었다. 그는 서 너 차례 다른 남자들에게 늑대의 발자국을 보고 알게 된 것 과 나중에 내가 해준 이야기에서 알게 된 것을 말했다. 아무 도 궁금해하지 않자, 그가 물러앉으며 메리에게 물었다.

"네 늑대는 어디 있지?"

메리는 주변을 두리번거리며 늑대를 찾다가, 어디에도 보 이지 않자 어깨를 으쓱했다. 하지만 메리는 설령 안다 하더 라도 말해 주지 않았을 것이다. 스위프트가 간을 기다리는 사람들 너머로 고개를 빼고 내게 물었다.

"야난! 늑대가 어디로 갔는지 알아?"

"우리가 고기를 자른 곳에 남은 조각을 찾으러 갔을지 몰라요."

"그렇구나. 그럼 내가 찾아가 봐야지."

스위프트는 곧장 일어나 창을 들었다. 그때 메리가 소리쳤다.

"그 아이한테 손대지 말아요! 그 아이는 내 거예요!"

스위프트는 웃었다.

"그를 해치려는 게 아니란다, 꼬마야. 그냥 보고 싶을 뿐이야."

스위프트는 곧 늑대를 찾으러 떠났고, 그때 마침 간이 다 익었으므로 우리는 배를 채우느라 늑대 생각을 지웠다. 그날 밤, 다른 사람들이 순록 가죽 속으로 자러 들어가고, 나는 다시 티무와 잠자리에 들었을 때 스위프트가 돌아왔다. 티무는 숨소리를 크게 내지 않으려고 하면서 내 허벅지 안쪽을 쓰다듬으며 다른 사람들이 잠들기를 기다리고 있었다.

스위프트가 내 이름을 부르자 티무는 손으로 내 입을 막아 대답하지 못하게 했다. 하지만 스위프트는 대답을 기다리지 않았다. 그가 이렇게 말했다.

"네 늑대는 없더구나. 하지만 나는 그놈이 사냥하는 것을 꼭 보고 싶다. 다음에는 너와 같이 사냥하겠다."

티무가 내 귀에 속삭였다.

"매머드 사냥꾼놈들의 집요함이라니⋯⋯."

내가 잡은 순록을 다 먹기 전에 눈보라가 내렸고, 그 덕분에 숲에 보금자리를 마련한 순록이 더욱 늘었다. 땅에 눈이 쌓인 것이 우리한테는 좋은 일이다. 발자국을 찾기 쉬웠고, 아주 소리 없이 걸을 수 있기 때문이다.

이제 그레이랙은 내가 티무와 함께 사냥을 나가도 반대하지 않았다. 그래서 아침이면 우리는 창을 들고 새로 내린 눈을 밟으며 부리나케 떠나곤 했다. 추위에도 불구하고, 어떻게 하면 옷을 다 벗지 않고도 사랑을 나눌 수 있을까 궁리하면서⋯⋯.

하지만 우리가 떠나는 것을 보면 스위프트가 매번 따라붙었다. 그는 늑대와 함께 사냥하기를 간절히 원했다. 어느 날은 내가 예의 바르게 말을 꺼냈다.

"아저씨. 정 그러시다면 늑대랑 둘이서만 가세요. 그러면 늑대를 더 잘 보실 수 있을 텐데."

"늑대란 놈이 나랑 같이 가고 싶어하지 않아. 놈은 너를 원해."

여기서 말을 덧붙이면 다른 사람들이 의심할까봐 티무와 나는 별 수 없이 스위프트와 함께 갔다. 곧 늑대가 나타나 우리 앞을 걸어가며, 이따금 우리가 진짜 사냥을 가는 게 맞는지 어깨 너머로 돌아보고 확인했다.

얼마 후, 늑대가 산자락의 덤불에 관심을 가졌다. 스위프트는 코를 벌렁거리며 냄새를 맡아 보곤 사냥꾼의 신호로 순록이라고 표시했다. 우리는 조용히 앞으로 기어나갔다. 그런데 그때였다. 갑자기 늑대가 수풀로 뛰어들었고, 다음 순간 수컷 순록 한 마리가 펄쩍 튀어나와 줄달음치기 시작했다.

늑대가 뒤를 바짝 따라 달렸지만 결과는 실패였다. 이 일로 스위프트는 늑대가 사냥을 도울 수도 있지만 망칠 수도 있다는 사실을 알게 되었다. 그러니 더 이상 우리를 따라오겠다고 조르지 않을 것이라 생각하는 순간, 갑자기 그가 창으로 내 길을 막았다.

"쉿! 조용히."

저만치 언덕 위에서는 순록이 갑자기 돌아서서 자기를 쫓아오는 늑대에게 앞발을 내밀고 있었다. 여차하면 앞발로 걷어차겠다는 신호였다. 그때 스위프트가 창을 겨누었다. 저렇게 멀리까지 던지는 사람이 어디 있겠어?

나는 그리 생각했지만, 순록이 우리에게 옆구리를 보이는 순간 창이 날카롭게 허공을 가르는 소리가 들리더니 쿵 하는 소리와 울부짖는 소리가 동시에 들렸다. 순록이 갈비뼈 사이에 창을 맞고 비틀거리고 있었다.

늑대가 순록의 코를 물고 쓰러뜨렸다. 스위프트는 칼을 꺼내 들고 달려가더니 늑대를 냅다 걷어차 쫓아버리고는 단숨에 순록의 목덜미를 베었다. 스위프트와 티무는 무척 기뻐했다. 언덕 위에서 늑대가 한 입 먹기를 기대하며 지켜보는 동안, 스위프트와 티무는 순록이 크고 기름기가 많다고 놀라워하면서 가죽을 벗기기 시작했다. 티무가 작업에 열중하면서 말했다.

"야난! 오두막으로 가서 고기를 나를 사람들을 불러와."

달리 할 일이 없었기 때문에, 나는 즉시 그 자리를 떠났고 내 연락을 받고 사람들이 열심히 그곳으로 달려갔다. 가죽을 벗겨 둥그렇게 뭉친 다음 고기를 꾸러미로 싸고 나자, 사람들은 노래를 부르며 그것을 집으로 날랐다.

우리는 바늘과 송곳을 만들기 위해 뿔도 가져갔으므로, 늑대 몫으로 남은 것은 눈에 묻은 피와 되새김질 하는 위뿐이었다. 늑대는 피 묻은 눈은 먹을 수는 있지만, 되새김질하는 위를 먹을 것 같지는 않았다. 거기엔 고기가 들어 있는 게 아니라 씹어서 되새김질한 이끼뿐이기 때문이다.

우리가 간을 굽는 동안 스위프트의 이복누이인 린이 자신의 몫이 된 순록의 가죽에 달린 길고 하얀 겨울털을 쓰다듬고 있었다. 스위프트는 늑대가 얼마나 많이 도와주었는지를 이야기하며 남자들의 관심을 모으고 있었다.

"늑대는 사람보다 흔적의 냄새를 잘 맡을 수 있고, 우리보다 훨씬 더 잘 들을 수 있어. 그리고 숲에서 다른 짐승들과 항상 같이 살고, 밤에도 오두막에서 지내지 않기 때문에 짐승들이 어디에 있는지 잘 알고 있는 거야."

그는 또 만약 동물들이 자리를 옮기면 늑대는 그곳이 어디인지 알 것이라고 했다. 평원에서는 사람들이 동물을 잡을 수 있지만 숲속에서는 그렇지 않다고, 스위프트가 말했다.

"그러니 평원에서 사는 사람이 숲속에 사는 사람들에게 자신의 땅에서 사냥하는 법을 알려 주는 게 어떻겠어?"

스위프트가 남자들에게 유쾌하게 웃으며 물었다. 스위프트가 고기를 가져오는 남자라는 사실은 의심할 여지가 없었다. 남자들이 전부 그를 존경하는 것도 이상한 일은 아니었다. 남자들은 그의 웃음에 유쾌하게 따라 웃었다.

이제 남자들은 하나 같이 늑대와 함께 사냥을 가고 싶어 했다. 그래서 그들은 몇 번 시도를 했는데, 매번 두세 명의 남자들이 사냥을 갈 때면 늑대가 가까이 있는지부터 먼저 살펴보았다. 당연히 늑대는 오지 않았다. 그들은 오래전부터 메리의 늑대에게 너무 많은 돌을 던졌던 것이다.

스위프트는 나와 함께 사냥을 나가면 늑대가 따라오리라고 생각했지만, 그렇지도 않았다. 지난번에 순록을 사냥할 때 스위프트에게 걷어차인 다음부터는 가까이 오지 않았다.

다른 남자들은 슬슬 포기했지만, 스위프트만 포기하지 않고 계속 시도했기 때문에 티무는 짜증이 났다. 그는 내가 다른 사람과 그렇게 많은 시간을 보내는 것을 원하지 않았다. 나도 스위프트와 함께 가는 것이 싫었고, 그레이랙이 정말 원한다고 생각하지 않았더라면 함께 가지도 않았을 것이다.

스위프트는 아주 넓은 지역을 돌아다니고, 쉬거나 말하기 위해 멈추는 법이 없었으며, 하루 종일 너무 빨리 돌아다니기 때문에 나는 거의 뛰다시피 다녀야 했다. 그리고 마침내 사냥감을 발견하면 나를 뒤에 남겨두고 쏜살같이 달려가는 바람에, 그리고 내가 뒤에 남았다는 사실조차 잊어버리기 때문에, 종종 나 혼자 집으로 돌아갈 때도 있었다.

내가 혼자 있을 때가 아니면, 늑대는 보통 내게서도 멀리 떨어져 있었다. 남자들은 그 사실에 적잖이 실망했다. 그렇지만 분명히 늑대도 고기는 전부 가져가고 고작해야 이끼가 든 위만 내준 우리한테 실망했을 것이다. 늑대는 차라리 우리 화장실에 들어 있는 똥이나 문에서 훔쳐낸 것을 먹는 걸 더 좋아했다.

늑대를 항상 만나는 사람은 메리뿐이었는데, 메리가 땔감을 찾으러 나가면 어김없이 늑대가 찾으러 온다고 했다. 그렇다면 메리를 사냥에 투입시키면 어떨까? 메리는 아직도 손가락을 빠는 아기에 불과한데? 메리를 사냥에 데려갈 생각은 아무도 하지 않았고, 심지어 나도 그런 생각은 하지 못했다.

12

그해 '눈보라의 달'에는 무겁고 축축한 눈이 계속 오는 바람에 우리는 오두막 바깥으로 한 발짝도 나가지 못했다. 땔감이 떨어져도 밖으로 땔감을 구하러 나갈 수가 없어서 순록 가죽을 뒤덮어 쓰고 누운 채로 몸을 따뜻하게 해보려고 애쓰기도 했다.

더 심각한 문제는 양식마저 떨어진 것이었다. 내가 암컷 순록을 잡고 스위프트가 수컷을 잡은 후로, 순록들은 대부분 폭설을 피해 남쪽 비탈로 옮겨갔기 때문에 우리는 설령 사냥을 나가더라도 눈밭을 뚫고 멀리까지 나가야 했다.

그해 겨울엔, 이런 혹독한 계절이 되면 늘 그렇듯이 배고 픔과 추위 때문에 모두 신경이 날카로워졌다. 우리는 서로에게 기분 나쁜 소리를 하지 않기 위해 차라리 입을 다물고 지내려고 했다. 심하게 다투고 나서도 봄이 올 때까지 한 지붕 밑에서 살아야 한다는 사실을 두려워했다.

'오두막의 달'이 뜨기 시작하던 어느 날 밤, 스위프트가 내게 목걸이를 하나 주었다. 메리와의 약혼 예물 중 내 몫으로 주는 것이라고 했다. 나는 가진 게 없었으므로 답례로 줄 선물이 없었지만, 그건 문제되지 않았다. 매머드 사냥꾼들은 결혼 예물을 주고받는 데 있어서 오랫동안 기다리는 것에 익숙했기 때문이다.

나는 메리와 스위프트가 절대 결혼하지 않을 거라고 믿었기 때문에 그 목걸이를 받자 굉장히 이상한 기분이 들었다. 하지만 나는 당연히 그것을 받았다. 약혼이 깨지면 돌려주면 그뿐이니까.

내가 그 목걸이를 얼마나 좋아했는지 생각해 보니 부끄럽다. 상아에 윤을 내어 만든 구슬을 여러 개 엮은 것인데, 하나하나의 구멍을 뚫는 데만도 상당히 많은 시간이 걸렸을 것이다. 그 목걸이는 스스로 우윳빛을 발하듯이 불가에서 근사하게 빛이 나서 다른 여자들의 질투를 자아낼 정도였다. 나는 화이트 폭스의 가족들한테서는 그같은 멋진 선물을 결코 받지 못할 것이기에, 그것을 계속 갖기를 바라며 목에 걸고 다녔다.

오두막의 달에 앙키가 아기를 낳았다. 앙키는 아기를 아주 쉽게 낳았다. 아니면 앙키가 그렇게 보이려고 애를 썼는지도 모르지만……. 앙키는 진통이 올 때뿐만 아니라 아기를 낳기 위해 힘을 줄 때도 수다를 떨면서 미소를 지었다.

여자들이 한 일이라곤 옆에 있어 주면서 치우는 일밖에 없었다.

앙키는 내가 성년식 때 고통을 참아내는 광경을 유심히 본 게 분명했다. 그녀는 자신도 나처럼 고통에 무관심하다는 사실을 보여 주려고 애를 썼는데 나보다 그녀의 고통이 훨씬 더 심했을 것이다.

계집아기가 태어났다. 엘로는 무척 기뻐했다. 밤마다 딸을 데리고 놀며 희희낙락했다. 하지만 먹을 것이 없어서 앙키의 젖이 모자라는 게 문제였다. '굶주림의 달'에 이르러 아기는 앙키의 빈 젖을 물고 울었고, 그래서 오두막 안의 사람들은 밤낮으로 아기의 칭얼대는 소리를 들어야 했다.

아기가 불쌍했지만, 우리는 그 애의 울음소리에 참을 수 없을 만큼 신경이 날카로워지곤 했다. 앙키도 마찬가지였다. 어느 날 밤, 아기가 또 칭얼거리자 찰싹 하는 소리가 들리더니 잠시 정적이 흐른 뒤에 엄청나게 큰 소리로 아기가 울었다.

불가에 앉아 있던 엘로가 멈칫하더니 화를 참으려고 입술을 깨물었고, 대신 린이 앙키에게 화난 목소리로 뭐라고 말했다. 너무 낮은 소리라 무슨 말인지 들리지 않았지만 앙키가 풀이 죽어서 훌쩍였다.

굶주림의 달이 끝나갈 무렵, 우리는 완전히 지쳐버렸다.

잣을 따러 나갈 때면 내 다리가 몸을 지탱할 것 같지 않았다. 하지만 어찌어찌 그곳까지 갈 수 있었고, 또 돌아올 수 있었다. 그때마다 어머니가 생각났다. 어머니는 왜 항상 그렇게 명랑하게 보이려고 애를 썼을까? 어쩌면 어머니는 정말로 즐거웠고 지치지 않았을지도 모른다는 생각이 들었다. 어머니와는 달리 나는 너무 몸이 무거워 하루 종일 잠만 자고 싶었다.

그 무렵 배가 많이 나온 에티스는 누구와도 가죽 담요를 함께 덮으려고 하지 않아서 밤마다 티무는 나와 함께 잤다. 그 전이라면 기뻐했겠지만, 언젠가부터 그가 내 몸을 더듬는 게 짜증이 나기만 했다. 그만두라고 말하면, 그는 내가 장난치는 줄 알고 억지로 내 다리를 벌리려고 했다.

한 번은 너무 지겨워서 내가 그를 깨문 적도 있었다. 그가 노발대발하며 벌떡 일어나 가죽 담요를 들고 다른 곳으로 가버렸다. 그 바람에 내게는 따뜻하지 않은 파카밖에 남지 않았지만, 나는 죽은 듯이 잘 수 있었다.

어느 날 밤, 나는 옛날을 추억하는 사람들 소리에 잠에서 깼다. 그들이 그레이랙의 불가에 둘러앉아 있었기 때문에, 내가 종일 모아온 땔감에서 나오는 온기를 막고 있었다. 나는 냉기에 온몸을 드러낸 채, 그리고 눈을 질끈 감은 채 그들의 말을 들었다.

겨울 그 무렵의 땔감은 먹을 것이나 마찬가지여서 누구나 그것에 욕심을 부렸다. 우리는 먹을 것을 구하면 배부르기 위해 한꺼번에 많이 먹었고, 땔감을 구하면 따뜻해지려고 한꺼번에 너무 많이 태웠다. 나는 땔감을 구하느라 하루종일 눈을 헤치고 다녀서 그때까지도 온통 젖어 있었고, 맨바닥에 누워 있어서 너무 추웠다.

하지만 나에게 불의 온기를 양보하는 사람은 없었고, 너무 지친 까닭에 불가에 가서 앉을 수도 없었다. 그렇지 않아도 화가 나 있는 판에 남자들의 이야기가 지루하기 짝이 없어서 나는 더 화가 났다. 연장자들은 다른 연장자들에 대해 이야기하면서 이름을 줄줄이 늘어놓았는데, 그 가운데 내가 아는 사람은 아무도 없었다.

그레이랙이 자신의 세 형제를 비롯해서 많은 사람들이 죽었던 어느 해 겨울에 대해 말했다. 우리 오두막을 지은 사람들이 다른 사람들을 위해 사냥을 하거나 집을 짓다가 죽었다고 하면 슬퍼야 마땅했지만, 나는 짜증이 났다. 그런 이야기가 혹독한 계절을 이기는 데 무슨 도움이 된다고 저토록 길고긴 잔소리를 늘어놓는단 말인가.

스위프트도 그레이랙의 이야기를 견딜 수 없었던 모양이다. 스위프트는 코뿔소가 이곳 숲속에 보금자리를 만들기 위해 차르 강에 찾아왔을 때부터 자신은 이 겨울의 추위를 예상했다고 말했다. 물론 이상한 발음으로. 스위프트가 뭐든지 잘 안다며 뽐내는 게 너무도 밉살스러웠다.

그는 이곳에서 우리를 위해 순록 한 마리 잡지도 못하는 주제에 자기 자랑이나 늘어놓을 게 아니라 당장 자기 친족에게 돌아가야 한다고 생각했다. 나는 혀를 붙들어 매야 했지만 그날 밤엔 그러지 못했다.

"겨울이 얼마나 힘든지를 짐승들이 사람보다 더 잘 안다는 말인가요? 그렇게 이 겨울이 가혹할 줄을 미리 알았다면, 왜 진작 더 많은 고기를 잡아놓자고 하지 않았나요?"

그때 스위프트는 내게 등을 돌리고 앉아 있었는데, 돌아앉더니 한참을 쳐다보았다. 나는 팔꿈치로 버티며 몸을 일으켜 스위프트의 하늘색 눈동자를 마주 보았다.

"우리한테 힘든 겨울이 온다고 예상했다고요? 그러면 뭐 해요? 우리가 그걸 막을 수 있었다고 생각하는 건가요?"

틸이 깜짝 놀라서 나를 불렀다.

"야난! 손님에게 예의를 지켜야지!"

"당장 사과해라!"

그레이랙도 소리쳤지만 나는 메스껍고, 심술이 나고, 너무 지쳐 있었기 때문에 사과할 마음이 없었다. 대신 나는 아무 말 없이 도로 누웠다. 한참 동안 어색한 침묵이 흐른 뒤에 그레이랙이 나를 대신해서 사과했다.

"내 아들의 아내가 우리를 망신시키는구려."

그 말에 나는 더욱 화가 치밀어, 다시 몸을 일으켰다.

"저 사람이 우리 모두를 바보 취급하잖아요, 시아버지."

"입을 다물어라!"

그레이랙이 대놓고 화를 내고는 그것만으로는 성이 차지 않는지 아들에게 말했다.

"티무는 당장 저 아이를 밖으로 데려가 흠씬 때려 줘야 한다!"

그 말에 나는 발끈했다.

"우리가 매머드 사냥꾼들과 같나요? 티무가 나를 때리든 말든 난 상관 안 해요."

내가 매머드 사냥꾼에 대해 뭘 안단 말인가? 내가 만나본 매머드 사냥꾼 출신이라고 해봐야 그 자리에 있는 스위프트, 린, 앙키, 에티스뿐이었다. 이제 그들은 내 말을 듣고서 우리가 자기들 모르게 나쁜 이야기를 주고받는다고 짐작할 것이다. 모두 경악해서 입을 다물었고, 불가에 모인 사람들은 서로 얼굴을 피했다. 그레이랙이 나를 노려보며 엄중하게 말했다.

"그런 말을 하다니, 당장 사과해라!"

그레이랙이나 매머드 사냥꾼들이 내게 무슨 짓을 했다고 그들을 모욕했을까? 나는 너무 지쳐서 울음을 터뜨렸고, 그러다 보니 뱃속이 더욱 메슥거렸다. 끔찍한 정적이 지난 뒤에 틸이 사람들을 지나오더니 내 곁에 쭈그리고 앉았다.

"야난, 무슨 일이냐? 참으로 이상한 일이구나."

틸이 내 뺨에 손을 대었다.

"너 열이 있니? 왜 젖은 옷을 입고 누워 있어?"

"너무 힘들어서요. 하루 종일 눈을 헤치고 땔감을 구해 왔어요. 그런데도 사람들은 나에게 자리를 내주기는커녕 땔감이 바닥나지 않는다는 듯이 태우고 있잖아요. 내일은 다른 사람이 구해야 할 거예요. 난 안 갈 거예요."

그레이랙이 재촉했다.

"티무! 네 아내는 우리 모두에게 사과해야 한다!"

"그럴 거예요. 하지만 이 아이는 지금 제정신이 아니에요."

틸이 재빨리 말하고는, 내게 말했다.

"야난, 사과하는 게 좋겠다."

내가 아무 말도 하지 않자 틸이 나를 노려보았다.

"지쳤으면 잠을 자! 이렇게 무례하게 구는 짓은 그만두고! 그리고 옷을 말려줄 테니 내놓아라."

그래서 나는 옷을 내주고 가죽 담요를 머리끝까지 덮었다. 불가에서 다시 이야기가 시작되었을 때는 모욕을 받은 뒤라 말소리가 느리고 어색했다. 그렇지만 여전히 내 귓전에 그 소리들이 쿵쿵 울리며 아우성을 쳤다. 나는 지쳤는데도 가만히 누워 있지 못하고 자꾸만 몸을 뒤척였다.

어쩌면 정말로 아프거나, 그저 배가 고픈 것일지도 몰랐다. 그러다 생각이 났다. 사람들이 내게 화가 났다면, 화를 내야 할 대상은 내가 아니라 남자들이었다. 한 조각의 고기도 구해 오지 못하는 저 한심한 작자들 말이다. 이윽고 사람들이 하나씩 불가에서 일어나 가죽 담요를 찾아갔다. 이내 오두막은 조용해졌고, 그때 티무가 내 곁으로 왔다.

"무슨 일이야? 왜 무례하게 굴었어? 스위프트는 불가에 모인 사람들에게 이야기를 한 것이지 네게 말한 게 아니야. 그리고 왜 아버지한테 무례하게 굴었어? 이제 모두 너한테 화가 났어. 나도 화가 났고."

"그럼 에티스랑 같이 자."

나는 그렇게 말하고서, 말이 입에서 떨어지자마자 후회했다. 오늘 같은 밤이야말로 티무의 따뜻한 손이 가장 필요하다는 사실을 깨달았기 때문이었다. 티무가 벌떡 일어나 앉았다. 그의 목소리가 위험스럽게 높아졌다.

"너 정말 맞아야 되겠니? 배가 고파서 화가 난 거야? 하지만 너만 배가 고픈 줄 알아? 너만 지친 줄 아냐고? 나도 눈 속에서 종일 걸었어. 다른 남자들이 내일 너와 함께 사냥하길 원했어. 아니, 네가 우리 오두막을 모욕하기 전까지는 그랬지. 너는 내일 스위프트와 린, 아버지, 그리고 에티스와 앙키한데도 사과해야 해."

그는 아무도 듣지 못하도록 목소리를 다시 낮추었다.

"지난번 네가 스위프트를 모욕했을 때, 내가 널 때리지 않은 것을 모두 다 알고 있어. 다음에는 모두 내가 사람들이 보는 앞에서 때려 주길 바랄 거야. 나도 그럴 셈이고. 그럼 우리는 모두 불행해질 거야. 그렇게 만들지 마, 야난."

그는 때려 준다는 말을 아주 쉽게 뱉었다. 이 모든 것은 매머드 사냥꾼들에게서 배운 것이다. 우리들은 애당초 그런 징벌 따위는 모른다. 정말로 그럴 일이 생기면 스스로 반성하게 하지 때려서 잘못을 깨닫도록 하지는 않았다. 그런 사실을 말하려다가 나는 마음을 접었다. 이제 소동을 끝내고 싶었다. 그러기 위해 나는 말했다.

"미안해. 나는 너무 지쳤고, 몸이 좋지 않아."

"우리 모두 지쳤고, 몸이 좋은 사람은 아무도 없어. 그걸 잊지 마. 겨울에는 말썽 피우지 마."

"그럴게."

"그리고 내일 사과해. 오늘밤 천천히 할 말을 생각한 다음에, 내일 모든 사람 앞에서 말해."

"그럴게."

밤중에 바람이 굴뚝으로 젖은 눈을 떨어뜨리는 동안, 우리는 잠결에 맹렬하게 불어대는 눈보라 소리를 들었다. 아침이 되자 사냥은커녕 땔감을 구할 수도 없게 되었다. 폭설 때문에 앞이 보이지 않았던 것이다. 우리는 대부분 가죽 담요를 뒤집어쓰고 누워 이따금 날씨를 보거나 화장실에 갈 때만 일어났다. 우리 모두 그 자리에 있었고 모두 깨어 있었으므로, 나는 일어나서 진지하게 말했다.

"어젯밤 나는 손님들을 모욕하고, 이 오두막에 사는 사람들을 모욕했어요. 내가 한 말은 진심이 아니었고 부끄럽고 미안합니다. 용서를 받을 자격은 없지만, 용서해 주세요."

나는 고요한 오두막에서 대답이 나오기를 기다렸지만, 아무도 말하지 않았다. 그럴 때 나는 스위프트나 린에게 선물을 약속해야 했다. 티무에게 주려고 만드는 새 가죽신을 준다고 해야 하는 순간이었을지도 모른다. 하지만 나는 그냥 버티며 그 자리에 앉았다. 싸움 대신 평화를 원하는 그레이랙이 말했다.

"야난이 사과했소. 야난이 더 이상 말썽을 피우지 않는다면, 우리 모두 받아들입시다."

그는 매머드 사냥꾼 가운데 한 명이라도 맞장구를 쳐주기를 기다리며 앉아 있었지만, 아무도 그렇게 하지 않았다. 그러자 이번엔 틸이 나섰다.

"야난은 어리고 무지해요. 아픈 것 같기도 하고. 우리 모두 몸이 좋지 않아요. 야난의 어린애 같은 소리는 잊고, 이제부터 사냥 생각이나 합시다."

아버지의 누이인 아이너도 말을 꺼냈다.

"우리 모두 내 조카가 이 오두막의 평화를 깨뜨린 것에 화가 나 있어요. 우리는 그동안 모두 상냥하고 서로를 위해 주며 살았지요. 야난은 이제 얼마나 바보 같은 소리를 했는지 깨달았어요. 저 애 부모가 살아 있었더라면 좀 더 잘 가르쳤을 텐데…… 이제 야난이 잘못을 알았으니 다시는 바보 같은 소리를 하지 않을 거예요."

나는 사람들이 어떻게 받아들이는지 둘러보았다. 티무는 만족한 표정이었다. 그가 시키는 대로 했으니까. 엘로는 나를 차갑게 노려보고 있었고, 아울은 이게 다 무슨 상관이냐는 듯이 부드럽게 용서하는 표정이었으며, 메리는 겁먹은 표정이었다. 에티스는 상처를 받은 표정이었고, 린은 멍하니 아무 표정도 짓지 않았다.

스위프트는 내키지는 않지만 내 사과를 받아들이겠다는 듯 어깨를 으쓱하며 나직이 신음 소리를 냈다. 이로써 소동은 가라앉은 것일까? 그때 아기를 안고 있던 앙키가 내 눈을 똑바로 쳐다보며 말했다.

"새는 덫을 놓아 잡을 수 있지만, 말은 한 번 뱉으면 영원히 주워 담을 수 없지."

나는 드러내지 않으려 했지만, 깜짝 놀라버렸다. 앙키가 왜 나를 적대시하는 것일까? 어젯밤 나는 스위프트에게 화를 냈지 앙키에게 화를 낸 게 아니었다. 앙키가 내 말에 마음이 상할 것이라고는 생각도 하지 않았다. 사실 나는 그녀는 염두에도 없었다.

앙키의 남편인 엘로가 나를 따라 숲속에 온 적이 있다는 것을 안 것일까? 그가 무슨 말을 했을까? 나는 속으로 중얼거렸다. 네가 애를 때렸지, 내가 때린 게 아니야, 이 행실 나쁜 다람쥐야. 네가 뭔데 나한테 잘난 척을 하지?

하지만 그때는 앙키하고든 누구하고든 싸울 때가 아니었다. 나는 잘못을 저질렀으니 한동안 고개를 숙이고만 있었다. 그러다가 앉아서 할 일도 없이 창피를 당하느니 꿰매고 있던 신발을 가지러 잠자리로 가서 무슨 일이 갑자기 벌어져 모두의 관심이 내게서 사라지길 바라면서 일을 했다.

오두막은 너무 추워서 나는 파카를 입고 있어야 했고, 연기가 너무 자욱해서 바늘구멍은 보이지 않았다. 눈 때문에 굴뚝이 거의 막혀버렸고, 불길이 세지 않아서인지 연기가 위로 빠져 나가지 못했다. 나는 눈물이 줄줄 흐를 때까지 기침을 했지만 일하는 손을 놓지 않았다.

남자들이 메리의 늑대가 덫에 잡힌 사냥감을 훔친다면서 거친 목소리로 불평을 해대기 시작했다. 그러더니 그들이 머리를 맞대고 속닥였는데, 늑대를 잡을 덫을 놓자고 의논하고 있다는 의심이 들기 시작했다. 남자들이란! 나는 생각했다. 늑대한테서 도움도 받지 못하더니, 이제 늑대를 죽이려고 들면서 메리처럼 어린아이에게 대놓고 말할 용기도 없다니.

내 가슴 안에서 또다시 분노가 활활 타올랐다. 그런데도 여기 앉아 티무에게 줄 선물을 만들고 있다니! 나는 재빨리 신발을 치워버렸다. 그러자 할 일이 없어졌다. 아울이 틸에게 이야기를 해달라고 청하자, 나는 내심 기대했지만 틸이 뱅어가 토끼한테서 불을 훔친 이야기를 시작하자 짜증이 났다. 그 이야기를 전에 얼마나 많이 들었는지 셀 수도 없을 지경이었다. 나는 파카를 벗고 가죽 담요를 몸에 감았다.

그렇게 굶주림의 달이 지나갔다. 강 건너 숲속에 순록이 잔뜩 숨어 있는데도, 그동안 우리는 단 한 마리밖에 잡지 못했다. '포효의 달'이 되자 암호랑이도 순록을 잡으러 왔다. 호랑이의 발정기가 다시 왔고, 밤이면 암호랑이가 수컷을 부르며 우는 소리가 들렸다.

전과 마찬가지로, 우리는 숲이 더 위험해졌다는 판단 아래 사냥을 위해 두 개의 무리를 만들었다. 한 무리에는 그레이랙과 크레인, 엘로가 들어갔고, 다른 무리에는 스위프트,

티무, 화이트 폭스와 내가 들어갔다.

어린 아기만 빼고 남자들은 모두 사냥꾼 무리에 들어갔고, 여자는 나 혼자뿐이었다. 나의 사냥 실력을 알아준 것이니 고마워해야 할 일이지만, 나는 몸이 너무 무겁고 모든 일에 짜증이 나서 시큰둥한 기분이었다. 어찌 되든 될 대로 되라지, 그런 기분이었다.

스위프트와 그레이랙이 대장이었다. 그들은 나와 화이트 폭스를 합치면 옐로와 크레인과 맞먹는다고 생각하는 것 같았다. 지금은 아주 먼 옛날처럼 느껴지는, 내 몸이 좋았던 때라면 그런 판단에 수긍했을지도 모르지만 이제는 나는 너무 지쳐서 상관하지 않았다.

피로 때문에 남자들을 따라잡기가 어려웠다. 이따금 그들이 보이지 않을 때면, 나는 아무 데나 쭈그리고 앉아서 무릎을 끌어안고 고개를 숙이고 쉬었다. 가끔은 옷을 버리지 않고 토하려고 엎드리기도 했다. 그때마다 속에서 나오는 것은 코에서 흐르는 것처럼 거품이 생긴 노란색의 즙이었다.

호랑이 때문에 순록들이 경계심을 늦추지 않아서, 우리는 순록 가까이 다가갈 수가 없었다. 어느 날, 스위프트와 나머지 사람들이 순록의 발자국이나 풀을 뜯은 자국을 찾아 나무 사이로 널리 퍼져 있었고, 나는 산자락을 돌고 있었다.

그러다 내 발자국을 다시 보고는 암호랑이 한 마리가 내 발자국을 밟고 있다는 사실을 알게 되었다. 그건 호랑이가 내 뒤를 은밀하게 뒤쫓고 있다는 것이었다. 겁이 난 나는 호랑이가 덤빌 수 없는 트인 곳으로 달려가서 당장 경계 신호를 보냈다. 루루루루루루루루!

남자들이 재빨리 창을 들고 나를 찾아왔고, 내가 신호를 보내는 바람에 사냥을 망쳤지만, 강둑을 따라 암호랑이 발자국을 쫓아가 어떻게 하면 좋을지 살펴봐야 한다고 우겼다. 나는 집으로 돌아가기를 간절히 바라고 있었지만 남자들의 고집에 어쩔 수 없었다.

그들은 나뭇가지에서 호랑이가 눈 오줌이 얼어 있는 것을 찾아냈고, 털이 잔뜩 들어 있는 똥도 찾아냈다. 그들은 내게는 보여 줄 생각도 않고 똥을 부수더니 놀랍게도 똥 속의 털이 두 마리의 동물, 즉 붉은 사슴과 순록의 것임을 알아냈다.

이것은 무슨 뜻이지? 그들은 서로 물었다. 그건 호랑이가 아주 멀리까지 넓은 지역을 사냥터로 삼고 있다는 사실이라는 데 의견이 모아졌다. 붉은 사슴과 순록은 주거지가 전혀 다르기 때문이었다.

그런 사실은 호랑이가 나를 따라오고 있었다는 사실보다 더 걱정스러운 일이었다. 호랑이가 그렇게 광활한 지역을 넘나드는 한 우리는 아주 제한된 지역에서만 사냥을 해야 하기 때문이었다.

어두워지자, 모닥불에 모인 남자들은 사냥과 동물에 대해 오랫동안 이야기를 나누었다. 다른 여자들이 잣을 따러 멀리까지 가서 큰 주머니 두 개를 채워 오지 않았더라면, 그날 밤 우리의 식사는 눈밖에 없었을 것이다.

나는 너무 지쳐 잣을 깔 수가 없어서 메리한테 좀 까달라고 부탁한 뒤 가죽 담요를 몸에 감고 잠이 들었다. 메리가 깨웠을 때, 노랫소리가 들려서 샤먼이 영혼 의식을 시작하려 한다는 사실을 깨달았다.

그런데 놀라운 광경이 나를 기다리고 있었다. 스위프트가 허리까지 맨살을 드러내고 오커로 줄무늬를 그린 것이었다. 나는 내 눈을 의심했다. 그가 정말 자기 말대로 샤먼이었단 말인가? 아무튼 그의 영혼 의식을 돕기 위해 우리는 노래를 불렀다.

모든 동물들과 모든 사람들을 지켜보는 이시여,
우리 노래를 들어 주시오!
뿔을 달고 다니는 것들을 우리에게 주시오!
하얀 털 달린 것을 우리에게 주시오!
둥근 발굽 달린 것을 우리에게 주시오!

순록의 어머니시여!

포효의 달 아래 있는 우리를 도와주시오!

순록의 뿔 달 아래 있는 우리를 도와주시오!

우리에게 생명을 주시오

생명을 주시는 이여!

우리에게 먹을 것을 보내 주시오

먹을 것을 주시는 이여!

겨울의 우리를 도와주시오.

스위프트는 참 강하게 생겼구나. 몹시 말랐지만, 모닥불의 흔들거리는 빛에 비친 그의 어깨와 등에 생긴 사냥꾼의 근육은 너무도 강인해 보였다. 이상한 말이지만, 그의 모습에 내 목이 뻣뻣해졌다.

그가 굴뚝을 바라보며 빙빙 돌다가 땅에 쓰러졌다. 틸은 그와 함께 영혼 의식을 치르지는 않았지만, 그가 의식을 잃고 쓰러져 있을 때 등과 팔다리를 문질러 주었다. 마침내 그가 얼굴을 닦으며 일어나 앉더니 말했다.

"샐리의 영혼을 보았노라. 그녀가 여기에 있도다. 그녀는 화가 나 있구나. 순록은 그녀의 것이다. 그녀만이 사냥하기를 원한다. 우리가 순록을 함부로 잡으면 안 된다고, 그녀가 말했노라."

샐리는 우리의 친족으로, 그녀의 딸이 바로 틸이다. 그런데 스위프트가 어떻게 샐리를 알았을까? 샐리는 오두막에 사는 영혼이 아니었다. 샐리의 영혼은 아기를 안고 숲속을 돌아다니거나 암호랑이 모습으로 새끼를 데리고 강둑을 돌아다닌다. 스위프트의 말을 듣고, 아무도 어떻게 해야 할지 알지 못했다.

매머드 사냥꾼 여자들은 넋을 잃은 것처럼 입을 벌리고 스위프트를 쳐다보았다. 샐리가 순록을 잡지 말라고 하면, 그럼 무엇을 사냥한단 말인가? 샐리는 오두막 사람들이 그냥 굶어 죽기만을 바라고 있단 말인가?

스위프트는 모닥불을 사이에 두고 우리 맞은편에 아주 침착한 모습으로 앉아서 팔꿈치를 무릎 위에 올려두고 손으로 불빛을 가리고 있었다. 틸이 몸을 곧게 세우고 일어나자 불빛이 그녀를 비추었다. 스위프트의 말을 믿지 않는 것처럼 틸이 그를 내려다보았다.

"말씀해 보십시오, 스위프트 샤먼. 나의 어머니 샐리가 어떻게 생겼는지를 말이오."

스위프트는 다시 고기를 가져오는 남자로 돌아와 편안한 표정을 짓고 있었다. 그는 하늘색 눈으로 틸을 올려다보며, 여자들의 귀찮은 질문에 대답할 때 내는 참을성 있는 목소리로 대답했다.

"그분은 호랑이처럼 생겼소. 줄무늬가 있고, 긴 꼬리가 달렸소. 그녀는 순록을 자신이 차지하고 싶어하오. 하지만 우리가 굶어 죽기를 바라는 것은 아니므로, 대신 내게 자고 있는 곰을 찾도록 해줄 것이오."

틸은 어리둥절한 표정으로 자리에 앉았다. 우리 모두 그러했다. 샐리는 자기 딸 앞에도 그런 모습으로 나타난 적이 없기 때문이다. 참 이상한 일이었다. 하지만 그것이 이상하다는 사실에 스위프트는 전혀 개의치 않았다. 그는 지금 곰 생각뿐인 것 같았다. 아직 영혼 의식 상태에 가까운데도 그는 이렇게 말했다.

"호랑이는 다 자란 곰은 사냥하지 않지. 겨울에는 아무리 배가 고파도 어린 곰을 사냥하지 않지. 암, 그렇고말고!"

아침이 되니, 날씨가 맑았다. 그레이랙은 티무와 화이트폭스, 그리고 나를 데리고 사냥하러 갔다. 어쩌면 샤먼과 오랜 세월 결혼해서 살기 때문인지, 아니면 스위프트의 말을 믿지 않기 때문인지, 그레이랙은 전날 스위프트가 전한 이야기에 별로 걱정하는 것 같지 않았다. 그레이랙은 샐리가 뭘 원하든 우리는 순록을 잡으러 가야한다고 생각했다.

지금 샐리의 딸이 고생하고 있다. 샐리의 손자도 그렇고,

샐리의 증손녀는 가장 심하게 고통을 당하고 있었다. 그 무렵 내내 울고만 있는 엘로의 딸은 나날이 쇠약해졌고, 누가 보아도 살 가망이 없어 보였다.

티무도 맞장구를 쳤다. 자기 아버지마냥 티무도 적어도 낮 동안에는 샐리 샤먼에 대해 별로 생각하지 않는 것 같았다. 나는 우리가 영혼의 소망을 거스르고 가서는 안 된다고 생각해서 그렇게 말했지만, 티무가 나를 무시하는 낮빛으로 바라보며 이렇게 대꾸했다.

"너는 네 자신과 네 자신의 두려움만 생각하는구나. 하지만 넌 우리만큼 두려워할 것도 없어. 샐리는 너의 친족이잖아. 다른 사람들은 어쩌라고? 너는 어떤지 모르지만, 그들은 너무 배가 고파."

하지만 그레이랙이 티무의 말을 막았다.

"네 아내의 말이 옳을지도 모른다. 순록을 잡으면, 암호랑이를 위해 영혼의 몫을 따로 놓아두어야 할 것이다. 그녀가 정말로 샐리라면, 그것으로 기뻐할 것이다. 샐리는 고기가 필요한 사람들에게서 그것을 빼앗을 수 없다. 지금은 그녀 손자의 아내에게 먹을 것이 필요하다. 먹을 것이 없으면 여자들한테서는 젖이 나오지 않으므로!"

우리는 곧 출발해서 언 강을 건넜다. 밤새 눈발이 날려 오래 전에 생긴 발자국을 덮어버렸다. 따라서 우리가 보는 순록 발자국은 전부 새로운 것이었다. 해가 높이 뜨기 전에, 우리는 발자국을 하나 찾아 따라갔고 덤불에 숨어 있던 순록을 발견해서 곧바로 잡았다.

'흥! 샐리 샤먼이 순록 고기를 잡으면 안 된다고 했다고? 그런 말 따윈 나하고 상관없어!'

그레이랙이 순록의 배를 가를 때 보인 태도는 그렇게 말하는 것 같았다. 새끼 암컷이었는데, 너무 작고 말라서 티무와 내가 둘이 들어서 나를 수 있을 정도였다. 우리가 고기를 전부 가져가려는데, 그레이랙이 영혼의 몫을 내놔야 한다고 일깨워 주었고, 그래서 우리는 피 묻은 땅에 뱃살 한 조각을 조심스레 놓아두었다.

그런 다음 남자들은 고기를 들고, 나는 모을 수 있는 땔감을 모두 거둬들인 다음 오두막으로 가서 당장 불을 피우고 간을 구웠다. 냄새가 너무 좋아서 눈물이 날 지경이었다.

굴뚝을 통해 그 냄새가 피어오르자, 근처에서 땔감과 열매를 찾던 여자들이 전부 집으로 모였다. 모두 웃고 이야기하며 젖은 옷을 지붕 위 뿔에 걸고, 먹을 준비를 했다. 에티스는 커다란 배를 안고, 앙키는 젖먹이 아기를 안고, 둘 다불가에 바짝 붙어 앉아 고기를 뚫어져라 바라보았다.

아마도 내가 너무 빨리 먹었나 보다. 아니면 너무 오랫동안 위장이 비어 있었기 때문에 고기가 낯설었든지. 나는 곧

토하고 싶어졌다. 너무 속이 상해서 바닥에 누워서 먹은 것을 토하지 않으려고 애를 써보았다.

하지만 소용없는 일이었다. 속이 뒤집힌다고 생각하는 순간, 나는 벌떡 일어나 바깥으로 달려 나갔고 거기서 거의 씹지도 않고 넘긴 간과 앞다리 조각을 모조리 눈 위에 쏟아놓았다. 울고 싶었다. 그것을 다시 뱃속에 집어넣고 싶었다. 사람들이 이렇게 낭비하는 걸 보면 뭐라고 할까?

혹시 누가 보고 있는지 주위를 둘러보았더니 메리의 늑대가 덤불 뒤에서 간절한 눈으로 나를 바라보고 있었다. 녀석도 연기 속에서 간을 굽는 냄새를 맡았던 것이다. 늑대는 귀를 접고, 조르는 표정으로 천천히 내 쪽으로 다가오면서 내 얼굴과 토한 것을 번갈아 보았다. 녀석도 굶주리고 있었던 것이다. 겨울털이 두터운데도 뼈가 앙상하게 튀어나와 있었다. 토한 것에서 물러나며 내가 말했다.

"먹어."

늑대의 어미가 내게 이와 똑같은 일을 해주지 않았더라면, 나는 이 자리에 있지도 못했을 것이니 아깝지 않다고 생각했다. 늑대가 다가오더니 눈 깜짝할 사이에 모조리 먹어치우곤 고맙다는 듯이 꼬리를 살랑살랑 흔들며 사라졌다.

오두막으로 돌아와서, 나는 고기 한 조각을 더 달라고 해서 천천히 먹었다. 그것은 토하지 않았다. 조금 있다가 한 조각을 더 먹었는데, 그것도 토하지 않았다. 그러고는 쉬려고 누우니 조금 힘이 나는 것 같았다.

해가 진 뒤에도 스위프트와 크레인, 엘로는 돌아오지 않았다. 달이 뜨고 한참 지난 뒤에도 여전히 오지 않자 그들을 찾으러 나갔는데, 스위프트 일행이 강을 건너고 있는 게 보였다. 멀리서 보기에도 빈손이었지만, 그들은 우리를 보고 반갑게 손을 흔들었다.

그들이 자기 몫의 순록 고기를 먹고 나더니 오늘 하루 종일 어디에 있었는지, 무엇을 발견했는지 말해 주었다. 가는 길에 배고픔을 참느라 자작나무 가지를 먹으면서 빠른 걸음으로 걸어 차르 강이 시작되는 산까지 갔다고 했다.

거기서 샐리의 약속대로 그들은 곰이 숨을 쉬어서 생긴 조그만 구멍을 발견했다. 안에 있는 곰은 아마도 자고 있을 것이며, 암컷일 것이다. 구멍을 통해 들어 보니 새끼 곰 소리도 들리는 것 같았다고 했다. 곰이 두 마리나 있다니! 그만한 고기라면 우리가 여름에 새로운 주거지로 옮길 때까지 지낼 수 있을 만큼 엄청난 양이었다.

순록 고기 덕분에 산까지 먼 길을 걸어갈 힘을 얻었고, 굴을 파내어 곰을 죽이고 그것을 다시 가져올 수 있게 되다니, 우리는 정말 운이 좋다고, 스위프트와 그레이랙이 호탕하게 웃었다.

그들은 벌써 사냥 계획을 짜고 있었다. 거기서 잠을 자야 하고, 고기 무게 때문에 돌아올 때는 더 늦어질 것이므로 적어도 이틀은 나가 있어야 한다. 엘로를 빼고 남자들은 모두 갈 것이었다. 엘로는 호랑이의 습격에 대비해서 여자들을 돕기 위해 남기로 했다.

엘로는 이 계획에 반대하며 상처받은 표정이었다. 따지고 보면 그가 곰의 굴을 찾는 데 일조했기 때문이었다. 나는 사냥 생각만 해도 피곤해서, 그렇다면 엘로 대신 내가 남겠다고 했다. 게다가 엘로만 남아 있게 하는 것은 위험하다. 지난번 여자들과 함께 남았을 때 자기 친척 여자를 '아내'라고 부르지 않았던가? 하지만 그레이랙의 마음은 정해져 있었다.

"야난은 곰을 잡는 데 엘로만큼 도움이 될 수도 있지만, 엘로가 덩치도 더 크고 강하기 때문에 호랑이가 오두막을 찾아오는 경우엔 반드시 필요해. 또한 엘로는 나이도 야난보다 많고 동물에 대한 경험도 많으니 호랑이의 공격에 더 잘 대비할 수 있어."

더구나 엘로의 아내가 아기를 낳은 지 얼마 되지 않는다. 만약 그 암호랑이가 샐리라면, 그녀는 내 친척일 뿐이지만 엘로한테는 할머니였다. 따라서 엘로가 남고, 나는 가야 했다.

맑은 하늘에서 저무는 달이 아직 반짝이고 있는 새벽녘, 입김이 얼굴에 닿으면 즉시 얼어붙는 추위 속에서 우리는 출발했다. 우리는 하루 종일 어제 스위프트 일행이 남겨놓은 발자국을 따라갔다. 오후 늦게, 우리는 마침내 차르 강이 시작되는 곳에 이르러서 북쪽을 향한 야트막한 비탈로 올라갔다. 나는 그곳을 알고 있었다. 메리와 둘이 소나무 강에서 차르 강으로 올 때 바로 이곳을 통과했던 것이다.

스위프트가 우리한테 소나무 뿌리 사이에 있는 작은 구멍을 보여 준 것은 그로부터 얼마 뒤였다. 구멍에 손을 올려놓으니 옅고 따뜻한 바람이 부드럽게 올라오는 걸 느낄 수 있었다. 정신없이 자고 있는 곰의 숨결이었다.

그레이랙이 말하기를 북쪽 비탈이라 위치가 마땅치 않다고 했다. 구멍을 파내려면 언 땅을 얼음처럼 잘게 부수어야 하기 때문이었다. 하지만 날씨가 너무 추운 까닭에 남쪽 비탈이라 해도 더 낫지는 않을 것이다. 더구나 저녁 때 땅을 파기 시작하는 것은 어리석은 짓이다. 어두워지기 전에 많이 파지도 못하는 데다 곰을 깨울 수도 있기 때문이다. 따라서 우리는 아침에 일을 시작하기로 했다.

준비를 마칠 때까지 곰이 깨지 않도록, 우리는 굴에서 멀찌감치 떨어진 곳의 작은 빈터를 잠자리로 골랐다. 남자들이 부싯깃으로 작은 불을 피웠고, 그레이랙이 그날 밤을 보낼 땔감을 모아 오라고 나를 보냈다.

주위에 땔감이 충분했으므로 그건 쉬운 일이었다. 숲속에 혼자 들어간 나는 메리와 바로 이 산을 넘으면서 너무 무서워 불도 피우지 못했던 일을 떠올렸다.

땔감을 가지고 돌아가니, 남자들은 약한 불에 순록 고기를 뒤덮어놓고 있어 불이 거의 꺼질 지경이었다. 그들은 내가 돌아온 것도 알아차리지 못하고 이야기를 계속했는데, 주로 샐리에 관한 이야기였다. 스위프트가 티무에게 샐리에 관해 이야기하고 있었고, 이따금 그레이랙이 한두 마디씩 거들었다.

"내 친족 가운데 한 사람이 바로 샐리의 남편이었어."

스위프트의 말을 듣고 나는 깜짝 놀랐다. 그렇다면 스위프트가 샐리에 대해 아는 것은 당연했고, 그래서 영혼 의식 중에 샐리를 보았다고 자신 있게 말할 수 있었던 것이다. 나는 흥미가 생겨서 열심히 들었다.

스위프트가 말하기를, 아주 오래 전에 어린 여동생 둘을 둔 남자가 살았다고 했다. 그들의 여름 주거지는 털의 강이었는데, 그들의 친족들은 전부 매머드 사냥꾼들이었다. 그 남자의 누이 둘은 같은 매머드 사냥꾼 일족 가운데서 남편감을 구했는데, 그들이 바로 스위프트의 아버지와 또 다른 남자였다.

"그 또 다른 남자의 손녀가 바로 에티스와 앙키야."

그때 나는 스위프트의 이야기가 재미있기는커녕 알지도

못하는 이름들을 지루하게 늘어놓고 있다고 생각했다. 한동 안은 정말로 그랬다. 그래서 오래전에 살았다는 어린 여동 생 둘의 오빠 이름이 나올 때쯤, 나는 짐을 찾기 위해 주위를 돌아보았다. 그 오빠가 불의 강에 가서 누군가와 결혼했다 고 했을 때, 나는 가죽 담요를 펼쳤다. 그리고 그와 그의 아 내가 샐리 남편의 부모가 되었을 때, 나는 누워 잠을 청했다.

하지만 스위프트의 지루한 목소리 탓에 나는 쉽사리 잠 들지 못했고, 그의 독특한 억양 때문에 말을 잘 알아들을 수 없어서 자꾸만 더 신경이 거슬렸다. 그러다 나는 잠이 확 깨 고 말았다. 스위프트가 이렇게 말했던 것이다.

"샐리는 남편의 친족들을 좋아하지 않았어. 좋아하기는 커녕 증오했지."

그리고 스위프트의 다음 말에 나는 눈을 번쩍 뜨고, 끝내 일어나 앉았다.

"샐리가 자기 친족의 아이를 가진 것은 남편의 오두막을 망쳐놓기 위해서였어."

틸과 어머니는 샐리가 친족의 아이를 가진 것은 그를 사 랑해서였다고 말했지만, 스위프트는 사랑은커녕 남편에게 복수하기 위한 방편에 불과했다고 말하고 있었다.

"샐리는 원하는 일이라면 뭐든지 할 수 있다고 생각했지. 그런 생각은 분명히 잘못된 거였네. 제아무리 샤먼일지라도 분명히 할 수 없는 일은 있는 법이니까. 하지만 한동안 사람들은 샐리라면 무슨 일이든 할 수 있다고 생각했지. 그녀에겐 힘이 있었거든. 그 여자가 초원에서 지내던 사람들 모두에게 여신 오헌을 데려왔던 이야기를 들었나?"

그레이랙이 그 물음에 답했다.

"듣지 못한 사람도 있지. 내 아들 티무도, 화이트 폭스도 듣지 못했지."

나도 듣지 못했기 때문에 스위프트의 이야기를 잘 들으려고 불가로 더 가까이 다가앉았다.

"샐리는, 털의 강 유역에 사는 모든 사람들이 이름을 알고 있을 정도로 아주 유명한 샤먼이었지. 그녀가 친족과의 사이에서 아기를 가졌던 여름에, 내 아버지와 다른 남자들은 그녀의 친척들이 사는 곳으로 가서 여자를 교환하고 새의 깃털과 조개껍질을 구할 수 있는지 알아보았지.

그때 나는 어린아이였고, 아버지는 지금의 내 나이쯤 되었을 때지. 우리가 그녀의 친척들을 찾아가자, 그들은 우리를 반겨 주었네. 우리는 그들과 함께 탁 트인 평원에 잘 곳을 마련했어. 그러다가 우리는 곧 샐리와 남편 사이의 분쟁을 알게 되었어.

매머드의 달이 보름달이 되던 어느 날 밤, 사람들은 커다란 모닥불을 피웠지. 샐리가 노래를 하라고 하자 사람들은 그 말에 복종해서 큰 소리로 노래를 불렀지. 내 아버지와, 아버지와 같이 갔던 사람들 모두 그녀를 두려워했기 때문에 아이처럼 순종했어.

하지만 노랫소리 말고 뭔가 새로운 소리가 들렸어. 심장이 뛰는 소리 같았지. 그게 무엇일까? 우리가 둘러보니 샐리가 손에 작은 것을 들고 있었어. 그건 나뭇가지를 동그랗게 구부려 그 위에 백조의 가죽을 대고 묶은 것으로, 샐리가 그걸 두드리면서 무시무시한 소리를 냈어. 뭘 하는 거냐고 아버지가 옆에 앉은 사람에게 물어보자 그가 대답했어. 영혼을 부르는 소리라고.

사람들은 샐리가 들고 있는 둥그런 것과 거기서 나는 소리가 너무 무서워서, 그녀가 그것을 땅에 내려놓았을 때 감히 쳐다보지도 못했어. 우리는 샐리도 무서웠어. 그녀는 오커를 잔뜩 바르고, 머리를 풀어헤쳐 바람에 날리게 하고 있었어. 그녀가 자신의 능력을 높이기 위해 온몸에 불을 덮어쓰자 살갗이 타는 냄새가 사방에 풍겼지. 그 순간, 우리는 샐리가 보여 주려는 것을 보았어.

불에서 연기가 뭉게뭉게 피어오르더니, 그 연기 속에 들소만큼 커다란 다른 여자가 나타났어. 그 여자가 너무 커서, 우리는 모두 겁에 질리고 말았어. 그 여자도 옷을 벗고 있었는데 정강이는 길고, 허벅지는 두껍고, 배는 아주 컸어.

그 여자는 이렇게 팔을 들어올리고, 머리를 뒤로 젖혀서 우리가 얼굴을 볼 수 없게 하고서 샐리 뒤에 서 있었지. 우리는 그녀의 몸 앞쪽과 턱밑만 겨우 볼 수 있었어. 그것만으로도 우리는 정말 놀랐지만, 그녀가 다리를 벌리더니 쭈그려 앉으려고 무릎을 구부리기에 더 놀랐어. 영혼이라고 할지라도 여자의 그런 모습을 보는 건 옳지 않은 일이기에 말일세.

하지만 그녀는 우리한테 뭔가 보여 주려는 것이었네. 그 다음에 무슨 일이 있었는지 말해 주면 모두들 무서울 것이네. 우리도 너무 무서웠으니까. 그녀는 완전히 쭈그리고 앉은 게 아니라 도중에 멈췄네. 그러고는 몸 아래에서 머리가 거꾸로 나오는 것을 보여 주었네. 그건 아기였어. 앞쪽을 향하고 눈을 꼭 감고 있는 아기……

우리는 그 아기가 눈을 뜨고 우리를 바라보지 않기를 바라며 줄곧 거기서 눈을 떼지 못했네. 그러더니 그것이 잠시 후에 감쪽같이 사라지더군. 커다란 여자가 다리를 세우자, 아기가 도로 몸속으로 들어가 버린 것일세.

우리는 달아나고 싶었지만 움직일 수가 없었어. 사자가 바로 옆에 있는 것처럼 우리는 잠자코 앉아 있었네. 여자가 다시 준비를 마치고 무릎을 굽혔지. 그러자 다시 아기의 머리가 목까지 나왔어. 이번엔 아기의 머리가 더 길고, 주름이 잡히고, 뭉툭한 코가 달려 있었네. 그런데 자세히 보니, 그건 사람이 아니라 새끼 곰이었어.

여자는 우리가 똑똑히 볼 수 있도록 한참 시간을 주었지. 그러더니 다리를 세우자, 새끼 곰의 머리는 다시 몸속으로 들어갔네.

세 번째로 그녀가 무릎을 굽혔네. 세 번째 머리가 미끄러져 나왔는데, 길게 접힌 귀가 달린 좁다란 얼굴이었어. 이번엔 순록 새끼였어. 커다란 여자가 매머드처럼 아주 천천히 움직이자, 새끼 순록의 머리는 다시 들어가 사라져버렸어.

그러더니 그 여자는 팔을 양옆으로 늘어뜨리고, 머리를 숙여 머리카락이 앞으로 쏟아지도록 했어. 우리는 산처럼 커다란 그녀의 배를 보았지만, 그 안에 무엇이 들어 있는지 알 수 없었네. 머리카락이 가리고 있어서 그녀의 얼굴조차 보지 못했어.

그리고 그 다음 순간 그녀는 사라지고, 그 자리에 샐리가 서 있었네. 그 커다란 여자처럼 샐리의 얼굴도 머리카락이 가리고 있었는데, 그녀가 머리채를 뒤로 넘기면서 우리한테 말했네. 방금 전에 나타난 것이 바로 여신 오헌이다. 이제 너희들은 그녀를 보았다. 그녀가 전하는 것이 내가 전하는 것이다. 너희들은 내가 원하는 대로 받아들여라!"

긴 이야기의 끝에, 스위프트가 우리에게 물었다.

"그때 우리는 뭐라고 생각해야 했을까? 지금까지도 우리는 그날 밤의 이야기를 차마 입에 올리지 못하네. 그래서 우리 모두 그날 밤을 단지 '북소리를 처음 들은 날 밤'이라고 부르지. 하지만 우리는 샐리가 하고 싶었던 말을 남편의 친족들에게 전하는 것이었다고 생각하네. 여신 오헌처럼, 샐리도 원하는 것은 뭐든 낳을 수 있다는 뜻이지. 곰자리가 그것을 좋아하지 않은들 무슨 상관이겠나? 곰을 태어나게 하는 것도 여신 오헌인데. 이야기는 이것으로 끝이네."

스위프트가 우리들 한 사람 한 사람의 얼굴을 바라보며 말했다.

"나머지는 다들 알고 있을 것이야. 막상 진통이 시작되었을 때, 샐리는 자기 생각만큼 강하지 않았던 것이네. 처음부터 그녀에겐 문제가 있었어. 아기는 친족과의 사이에서 생긴 것이라 부끄러워 가로로 누워서 얼굴을 가리고 엉덩이부터 드러내고 있었지. 아기는 태어나고 싶지 않았던 것이야."

남자들은 샐리가 천벌을 받은 이야기를 들으려고 기다리며 고개를 끄덕였다. 하지만 나는 샐리가 한 일에 경외심을 느꼈고, 그 이야기는 거기서 끝이 나야 한다고 생각했다. 나머지 샐리가 아이를 낳다가 죽은 이야기는 남자들한테 들려주고 싶지 않았다.

하지만 그들은 그 이야기를 했다. 그들은 샐리가 어떻게 죽었는지를 놓고 한참 말다툼을 벌였다. 티무는 샐리의 남편이 샐리의 다리를 꽁꽁 묶어 놓아 아기가 나올 수 없었다고 우겼다. 그러자 스위프트는 그게 아니라고 했다.

"샐리의 남편이 그녀를 죽인 게 아니야. 사람을 함부로 죽이는 것은 또 다른 말썽을 일으키므로 그는 그러지 않았어."

아기를 죽이는 것도 싸움을 일으키고 때로는 더 많은 사람을 죽이게 되기도 한다. 만약 샐리의 남편이 누군가를 죽였다면, 그로 인한 수치가 지금까지도 그의 혈통을 따라다닐 것이다. 하지만 샐리의 남편이 그녀를 죽인 것은 아니라할지라도, 아무도 그녀를 돕지 못하게 함으로써 죽음을 방치했다. 스위프트의 말에 따르면, 샐리의 남편이 이렇게 말했다고 했다.

"샐리가 여신 오헌을 불러 돕게 하라. 여신 오헌이 온다면 나는 물러나겠다."

여신 오헌은 끝내 오지 않았고, 샐리는 죽었다. 샐리가 벌인 굉장한 소동에도 불구하고 친족과의 불륜으로 인해 생긴 아기는 죽었고, 샐리마저 끝내 천벌을 받은 것이다.

그런 소동이 있기 전에는 매머드 사냥꾼 혈통의 사람들과 불의 강 혈통의 사람들은 흔히 결혼을 했지만, 그 뒤로는 적어도 그 전만큼 결혼하는 일이 자주 있지는 않았다. 두 무리는 서로 두려워하게 되었던 것이다. 스위프트가 말했다.

"사실은, 샐리의 딸 틸은 매머드 사냥꾼과 결혼하기로 되어 있었지만 그 일이 있은 뒤에 불의 강 사람들과 매머드 사냥꾼 모두 마음을 바꿨어. 그래서 틸이 자네와 결혼할 수 있었던 것이지."

스위프트가 그레이랙에게 말했고, 그레이랙이 고개를 끄덕였다. 그도 이미 알고 있었던 것이다.

"하지만 똥에서 버섯이 자라듯이 나쁜 일에서도 좋은 일은 나오는 법이거든."

스위프트가 그날 밤 이야기를 다 마쳤다는 듯이 가죽 담요를 펼치면서 말했다.

"옛날의 분란 때문에 우리 혈통들은 멀리 떨어져 지냈네. 우리 친족들은 더 이상 섞이지 않았고, 그래서 우리는 서로 쉽게 아내를 구할 수 있게 되었지. 티무는 에티스를 얻고, 엘로는 앙키를 얻었으니 이보다 더 좋은 일이 어디 있겠는가? 내가 얻는 것은 겨우 메리뿐이지만."

스위프트는 내가 듣고 있다는 사실을 까맣게 잊고 웃었다.

"나한테는 별로 득이 되지 않네. 메리는 아직 어린아이에 불과하니까. 하지만 언젠가는 자라 어른이 되겠지."

메리 이야기를 한 것은 화이트 폭스에게는 가혹한 짓이었다. 화이트 폭스는 나뭇가지로 모닥불을 쿡쿡 찔러 불똥을 날리게 했다. 스위프트가 그의 화난 행동을 알아차리지 못하고 이렇게 말했다.

"털의 강에서 자네에게 여자를 찾아 주겠네. 사사를 기억하나? 사사의 가족이 자네에게 그녀를 줄 거야."

그 뒤, 티무와 그레이랙은 여전히 깨어서 이야기를 나누면서 모닥불에 땔감을 넣었고, 어두운 숲속에 누가 돌아다니는지 망을 보았다. 나는 그들의 보호에 안심하면서 마침내 잠이 들었다.

추워서 일어나 보니, 티무가 혼자 망을 보고 있었다. 그래서 나는 불을 쬐려고 일어났고, 우리는 말없이 함께 앉아 있었다. '포효의 달'이 눈 위를 비추고 있어 하늘과 숲은 밝았다. 바람이 무척 잔잔해서 모닥불의 온기를 날려버리지 않았다. 내가 티무에게 물었다.

"우리 혈통이 매머드 사냥꾼들하고 합쳐야 한다는 말을 믿어?"

그가 잠시 생각하더니 이렇게 말했다.

"모르겠어. 젊은 사람들은 그런 일을 결정하지 않잖아. 어른들과, 그 앞의 어른들이 결혼과 혈통에 대해 가장 잘 알지. 우리도 나이가 들면 알게 되겠지."

나는 티무와 내가 함께 나이 들어가는 것을 잠시 생각해 보았다. 상상하기 어려웠지만, 우리가 살아남는다면 그렇게 될 것이었다.

"네가 고를 수 있다면, 너는 어떤 혈통을 고르겠니?"

내 물음에 티무가 놀란 표정을 지었다.

"나는 이미 골랐어. 내가 에티스를 선택했으니까."

그 말이 사실이긴 했지만 나는 실망하지 않을 수 없었다. 하지만 그가 덧붙였다.

"그래서 어른들이 더 잘 안다고 한 거야. 나는 에티스를 골랐지만, 어른들은 너를 골랐잖아."

티무가 잠들자, 나는 너무 지친 나머지 더 자지 않은 것이 아쉽다고 생각하면서 혼자 망을 보았다. 요즘 들어 자주 그러듯이 또 토할 것 같아서 고기 한 조각을 억지로 삼켰다. 그 고기는 우리에게 마지막으로 남은 것이었다. 우리의 다음 식사는 곰 고기나 눈이 될 것이었다. 먹은 것이 깨어 있는 데 도움이 되었다.

스위프트와 그레이랙이 일어났을 때, 새벽별이 뜨는 게 보였다. 지는 달이 그때까지도 하늘을 훤히 밝히고 있어서 더 밝아지기를 기다릴 필요가 없었다. 우리는 짐을 들고 고요한 숲을 가로질러 소나무 그늘 밑의 곰의 굴로 갔다.

우리는 그곳을 한동안 살펴보면서 곰이 나오면 어떻게 될지 생각해 보았다. 미리 누구의 창을 던지고, 누구의 창으로 찌를 것이며, 각자 어디에 서 있을지 결정하기 위해서였다. 곰을 공격하기 위해 두 가지 계획을 세웠다. 하나는 곰에게 새끼가 있는 경우였고, 또 하나는 새끼가 없는 경우였다.

"명심해라. 곰은 생각보다 빨리 튀어나온다."

그레이랙이 말했다. 우리는 준비를 마치고 굴을 덮고 있는 눈을 긁어낸 다음 순록 뼈로 만든 송곳으로 입구 주위의 얼음을 부쉈다. 얼음은 바위 같았다. 송곳으로 두드릴 때마다 겨우 구슬만한 얼음 조각이 떨어져 나올 뿐이었다. 스위프트가 말했다.

"곰이 정말 깊이 잠들어 있군! 이런 소란에도 꿈쩍도 않으니."

우리는 웃었다. 남자들은 스위프트의 농담에 웃었고, 나는 그의 억양에 웃었다. 그레이랙이 입구에 귀를 대고 들어 보더니 스위프트에게도 들어 보라고 했다.

"깨어나고 있어. 분명히 새끼도 있어."

그러자 모두가 귀를 기울였고, 나도 땅속에서 나는 작은 소리를 들었다. 큰 소리도 높은 소리도 아니고, 그저 어린 소리였다. 큰 곰이 숨을 쉬는 소리도 들렸지만 땅속이라 멀리 있는 것처럼 느껴졌다. 스위프트가 얼음을 세게 내리치다 송곳이 부서졌다.

"이런!"

스위프트가 아쉬워하면서 부서진 조각을 맞추어 보았다. 송곳은 하나처럼 보였지만 당연히 더 이상 쓸 수 없었다. 그는 그것을 숲에 던져버리더니 창을 잡으려고 했다.

"그렇게 깊이 있는 것 같지 않아. 한 번 시험해 보겠네."

그때 그레이랙이 말렸다.

"잠깐! 굴은 이렇게 생긴 것 같네."

그는 손으로 구덩이가 나무 아래에서 굽어져 있다가 다시 약간 올라가 있는 모양을 그려 보였다.

"어미는 뿌리 사이에 있어. 따라서 거기서 곰을 죽이면 꺼낼 수가 없을 거야."

스위프트가 동의했다

"옳은 말이네. 어떻게든 밖으로 끌어내야 해."

스위프트와 그레이랙이 창으로 구멍을 찔러 보았다. 그러다 갑자기 손을 멈추더니 우리를 돌아보았다. 스위프트가 특유의 억양으로 말했다.

"거기 손 놓고 서 있지만 말고, 준비를 해라."

그래서 우리는 창을 겨누었다. 그때 그레이랙이 소리쳤다.

"깨어났어!"

"준비! 물러서!"

스위프트가 소리쳤을 때, 부스럭거리는 소리가 들렸다. 곰이 깨어났다. 조심해! 스위프트가 창을 들고 경고했다. 그레이랙이 신중하게 구멍을 한 번 더 찌르고는 펄쩍 뛰면서 뒤로 물러났다. 그 다음 순간, 귀가 먹을 것 같은 고함 소리와 함께 곰이 밖으로 나왔고, 흙 조각과 마른 솔잎이 우수수 떨어졌다.

곰은 정말 컸다. 마치 매머드 같았다. 곰은 달아나지 않고, 지금 벌어지고 있는 상황을 이해하려는 듯이 잠시 서 있었다. 이때다! 나는 놈의 가슴으로 온 힘을 다해 창을 던지고는 뒤로 돌아 내달렸다.

몇 발자국 달려간 뒤, 걸음을 멈추고 돌아보았다. 불의의 일격을 당한 곰은 달아났지만, 가슴에 네 개의 창을 꽂은 채였다. 내 것은 어깨 근처에 꽂혀 있었다. 티무, 크레인, 화이트 폭스도 가슴에 창을 던졌는데, 크레인의 것이 한가운데 깊이 박혀 있었다.

곰의 코에서 피가 흘러내렸다. 곰이 돌아서려고 할 때, 옆에서 스위프트와 그레이랙이 갈비뼈 사이에 창을 쑤셔 넣었다. 곰은 휘청거리며 엎어졌는데, 그럼에도 불구하고 또 달아나기 시작했다. 우리는 곰의 커다란 엉덩이가 나무 사이로 사라지는 것을 보고 따라가기 시작했다. 곰은 처음에는 내 창을, 그리고 다음에는 티무의 창을 뽑아내 던져버렸다.

우리는 그것을 다시 집어 들었다. 손잡이까지 피가 묻어 있는 화이트 폭스의 창, 아니 우리 아버지의 창도 찾았다.

그리고 피가 묻은 스위프트의 창도 발견했다. 우리는 곰이 싸우려 들 때를 대비해서 조심스레 뒤를 따르다 마침내 곰이 기력을 잃고 눈밭에 쓰러져 있는 것을 발견했다.

혹시 몰라서 우리는 안전한 거리에서 한참 기다렸다. 곰이 움직이지 않자, 스위프트와 티무가 내 창과 화이트 폭스의 창을 들고서 천천히 거대한 몸뚱이 가까이 다가가서 눈을 좀 던지고 발로 걷어차 보았다. 그래도 아무 일이 없자, 그레이랙이 곰의 심장에 창을 찔러 넣었다. 곰은 죽어 있었다. 움직이지도, 신음하지도 않았다.

우리의 기쁨은 컸다. 우리 앞에 놓인 고기와 기름 덩어리는 상상할 수 없는 것이었다. 그리고 곰의 가죽은 또 얼마나 큰지. 해가 방금 전에 나무 꼭대기에 다다랐으므로, 일하기에도 충분했다. 우리는 짐과 칼을 가지러 굴로 돌아갔고, 입구에서 새끼 얼굴을 보았다.

티무가 새끼를 향해 도끼를 날렸고, 그대로 즉사시켰다. 고기도 더 생기고, 가죽이 두 개나 생기다니! 그레이랙을 통해 큰 가죽을 얻게 될 테니 틸과 아이너는 기뻐할 것이다. 크레인을 통해 이빨을 얻게 될 테니 아울도 기뻐할 것이다.

어미 곰을 가르자, 내가 던진 창도 타격을 주기는 했지만 가장 치명상을 입힌 것은 역시 크레인의 창임을 알 수 있었다. 크레인의 창은 손 세 개의 길이까지 깊이 들어가 허파를 찌르고 있었다.

그 큰 가죽을 벗기고 고기를 나눠 들 수 있는 조각으로 자르는 데 남은 하루가 다 걸렸다. 우리는 불을 피우고, 고기를 잘라 조금은 구우면서 나머지는 피의 무게를 줄이도록 나뭇가지에 걸어두었다. 까마귀가 우리를 발견하고는 머리 위에 날아와서 피가 밴 바닥의 눈을 파먹었다.

그들이 동료 까마귀를 부르는 소리와 냄새가 멀리까지 퍼진 모양이었다. 한낮에는 숲속에서 늑대가 보였다. 그들은 감히 우리 가까이에 다가오지는 못했다. 우리는 여섯 명이고, 그들은 예닐곱 마리밖에 되지 않았다. 어쩌면 늑대들은 우리가 가져갈 고기가 너무 많아서 다 가져가지 못할 거라고 생각하는지도 몰랐지만 어림없는 일이었다.

우리는 가죽을 반으로 자르는 것을 놓고 한참 이야기를 나누었다. 가죽이 굉장히 무거웠는데, 그레이랙의 아내 둘이 공평히 나누어 갖게 하려면 절반으로 자르는 게 좋을 것 같았다. 하지만 그것을 함부로 자르는 것은 아까웠고, 크레인이 나를 수 있을 것 같다고 하자 우리는 가죽을 대충 긁은 다음, 얼 경우에 대비해 둘둘 말아놓았다.

오후 늦게, 날이 추워지자 고기의 온기는 모두 사라졌다. 모든 것이 얼어붙을 것 같아서 우리는 서둘러 짐을 싸고 새끼의 내장을 빼낸 다음 내장, 머리, 무거운 뼈를 굴 깊숙이

파묻은 다음 덮어놓았다. 이제 우리는 필요할 때면 언제든지 돌아와 다시 파낼 수 있을 것이다.

그리고 우리는 짐을 짊어졌다. 가장 작은 내 짐조차도 너무 무거워서 땅에서 들어 올리지 못했다. 티무가 들어 주어 간신히 짊어질 수 있었다. 창을 지팡이 삼아, 남자들을 따라 숲으로 들어가면서 나는 집까지 가는 길이 대체로 내리막이라는 데 감사했다.

그렇다 해도 나는 다른 사람들 뒤에 멀리 처지기 시작했고 앞 사람들이 보이지도, 말소리가 들리지도 않을 정도가 되었다. 하지만 발자국은 찾기 쉬웠다. 이미 네 차례나 오간 길이니까. 나는 별빛을 받아 은은하게 반짝이는 발자국을 찾아 걸었다.

추위와 눈에 지쳐 그만 눈 위에 드러눕고 싶을 때, 나무 사이로 커다란 남자가 나를 향해 걸어오는 게 보였다. 티무였다. 그가 내 짐을 들자, 공중으로 날아오르는 느낌이었다. 그는 다른 사람들이 벌써 잠자리를 찾았다고 하더니, 내가 서두르도록 앞장서게 했다. 어둠이 내린 뒤에 낯선 숲에서 고기 덩어리를 들고 다니는 것은 위험하기 짝이 없는 일이니 서둘러야 했다.

발자국은 산비탈에 나 있는 조그만 동굴로 곧장 향하고 있었다. 스위프트가 엊그제 이곳을 지나가면서 우리가 고기를 갖고 돌아갈 때 필요할 거라며 미리 봐둔 곳이라고 했다. 그곳에서 우리는 밤새 고기를 지키기 위해 숲에 사는 동물과 싸우지 않아도 되었다. 남자들은 땔감을 모아 동굴 입구에 불을 피운 뒤 고기를 구웠다. 이제 내가 할 일은 가죽 담요를 펴고 눕는 것뿐이었다.

좋은 하루였고, 날씨는 청명하고 차가운 별이 총총 뜬 밤이었다. 달이 뜰 산 너머 하늘에는 노란 빛이 보였다. 곧 동굴에 연기가 가득 찼지만 아무도 상관하지 않았다. 내가 잠이 들었던 모양이다. 티무가 내 몫을 주느라 나를 깨웠다.

13

곰 고기를 들고 오두막으로 돌아가니, 엘로가 얼굴에 온통 멍 자국인 채 파카도 입지 않고 밖에 나와 있었다. 더 놀라운 것은, 린이 도끼를 들고 문을 단단히 지키고 있다는 사실이었다. 엘로가 얼어 죽지 않은 건 분해서 열을 낸 덕분일 것이다. 린이 그를 오두막 안에 넣어 주지 않았던 것이다.

우리가 고기를 들고 문 앞에 다가가자, 린이 물러나 들어가게 해주더니 앙키와 함께 오두막 맨 안쪽에 앉았다. 그러자 엘로도 우리를 따라 재빨리 오두막으로 들어왔다.

앙키가 울고 있었다. 린은 어두운 표정으로 우리들을 노려보았지만, 스위프트에게만은 전말을 말해 주었다. 오두막 끝자락에 아울과 메리가 틸 옆에서 서로를 꽉 끌어안고 있었고, 틸은 딱딱하게 군은 채 불편하고 엄한 표정으로 앉아 있었다.

메리는 이유는 모르지만 엘로가 앙키를 때렸다고 했다. 엘로와 앙키가 오전 내내 말다툼을 하더니, 결국 엘로는 앙키가 아기를 다루는 방식에 대해 뭐라고 고함을 쳤다는 것이다. 아기가 운다고 때린 적이 있어서, 나는 앙키가 아기한테 잘못했을 거라고 생각했지만 메리의 말로는 앙키가 아기한테 가죽 담요를 주고 엘로가 같이 덮지 못하게 했단다. 그것으로 보아 아마도 엘로는 출산한 지 얼마 안 되는 앙키의 몸을 원했던 모양이다.

여자들이 전부 엘로를 앙키한테서 떼어놓고는 린이 땅 파는 막대기로 엘로를 때렸다고 메리가 말했다. 엘로가 린에게서 달아나려고 문 쪽으로 피하자 린이 도끼를 가져와 엘로가 오두막에 들어오지 못하게 했다고 한다.

하지만 어째서 엘로가 바깥으로 나갔는지 메리는 모르겠다고 했다. 그저 일어나서 숨을 고르려고 한 것 같았단다. 그러다 엘로가 일단 밖으로 나가자 린은 밖에 있으라고 했다. 제대로 옷을 입지 않은 엘로는 좀 더 있었다면 정말로 얼어 죽을 수도 있었다.

그렇게 엄청난 문제는 저절로 해결되지 않는다. 그레이 랙조차도 그 일은 막을 수 없다. 이것은 남자들이 남편 편을 들고, 여자들이 아내 편을 드는 단순한 싸움이 아니었다. 남자들은 여자들과 맞서고, 혈통끼리 맞서고, 오두막끼리 맞서는 얽히고설킨 싸움이었다.

우리들은 대부분 어떻든지 엘로가 모두를 망신시켰다는

느낌을 받았다. 이에 엘로는 노발대발했는데, 자신이 린에게 심한 모욕을 당했기 때문이라고 했다.

스위프트는 손님인 자신의 여동생이 주인 가운데 한 사람을 때리는 것으로도 모자라 밖으로 밀어냈다는 사실에 화를 냈다. 티무는 린이 엘로를 불붙이는 막대기나 부싯깃도 없이 윗옷 바람에 내쫓음으로써 얼어 죽을 수도 있었다는 이유로 화를 냈다. 때마침 우리가 와서 엘로를 구하지 않았더라면 동생은 정말로 얼어 죽었을 수도 있었다고 티무가 말했다.

린은 자신이 할 수 있는 일은 그것뿐이었다고 우겼다. 엘로가 앙키를 건드리지 않겠다고 약속했다면 린도 기꺼이 엘로를 안에 들여놓아 주었을 거라고 했다. 하지만 엘로는 끝내 그런 약속을 하지 않고 버텼고, 린은 그를 쫓아낼 수밖에 없었다는 것이다. 린은 또 말하기를, 티무가 그 상황을 이해하려 들지 않는 것이 어리석다고 했다. 적어도 린이 조만간 엘로의 옷가지와 불붙이는 막대기를 던져 주었을 것이라고 티무가 믿어야 한다고 했다.

매머드 사냥꾼 여자들은 여자를 지켜 주기는커녕 주먹을 휘두르는 보호자를 두고 갔다고, 그레이랙의 친척들에게 노발대발했다. 우리 오두막 여자들도 대부분 엘로에게 화를 냈다. 지난번에도 엘로는 여자들을 지키기 위해 남아 있다가 남의 아내를 훔치지 않았던가? 그 일에 대해 엘로는 그렇지 않다고 우겼다. 자신은 요이 이모와 몸을 섞은 적이 없다고 펄펄 뛰었다. 그의 억지에 내 분노가 폭발했다.

"그건 거짓말이야! 넌 우리 아버지의 아내인 요이 이모를 가졌잖아!"

하지만 조금 지나자, 나는 그의 어머니인 틸의 편을 들 수밖에 없었다. 엘로는 우리의 친척이므로 우리가 지켜 주어야 했다. 틸은 앙키가 말을 너무 거칠게 하기 때문에 엘로를 자극했을지 모른다는 사실을 모두에게 일깨웠다.

나는 앙키의 매머드 사냥꾼 친척들은 항상 때린다고 위협하며 무슨 일이든 억지로 시키려 든다는 사실을 모두에게 일깨웠다. 결국 앙키는 자기 친척들의 방식으로 당한 것뿐이다. 매머드 사냥꾼의 여자가 남편에게 맞는 것에 놀랄 수 있단 말인가?

그러자 스위프트가 앙키의 편을 들었다. 매머드 사냥꾼 남자들은 아내가 아기를 낳은 뒤 다시 같이 자자고 할 때까지 시간을 넉넉히 준다는 것이었다. 엘로의 폭력에 아기가 죽을 수도 있다는 것이었다. 그러자 틸이 외쳤다.

"그렇지 않아! 내 아들이 당신의 친척 여자에게 손을 대기 전에, 아기를 먼저 빼앗았어. 엘로가 앙키를 때리고, 린이 엘로를 때리는 동안 에티스가 아기를 안고 있었어. 나는 여

기 있었어. 싸움을 모두 지켜보았어. 당신은 밖에 나가 있었
으면서 우리보다 잘 아는 척을 하는군!"

스위프트와 그레이랙은 오두막을 합치려는 계획에 위험
이 닥쳤음을 깨닫고 당장 그만두라고 명령했다. 하지만 일
은 너무 크게 번져버렸고, 사람들은 거기서 멈추려고 하지
않았다. 이틀 낮 이틀 밤 동안, 어둡고 연기 자욱한 오두막
에서 말다툼을 벌이는 끔찍한 광경에 진저리를 친 스위프트
와 티무는 그저 오두막에서 벗어나기 위해 덫을 놓으러 나
갔다.

이튿날 밤, 오두막이 어두워졌을 때 그들은 덫으로 잡은
늑대의 가죽을 갖고 돌아왔다. 그들이 그것을 구석에 던져
놓는 것을 본 사람은 나뿐이있다. 티무와 스위프트가 그레
이랙의 모닥불로 가서 먹을 것을 찾을 때, 나는 살금살금 기
어가 그 가죽을 보았다. 아무도 나를 보지 못했다.

그 가죽은 머리와 발이 잘려나가 있었지만, 메리의 늑대
에게서 벗긴 것 같았다. 더 자세히 보기 위해 나는 그것을
소리 없이 말아 밖으로 가지고 나갔다. 바람 부는 달밤에,
나는 그 가죽을 펼쳐놓고 자세히 살펴보았다. 어린 늑대의
털이 붙어 있었고, 분명히 수컷이었다.

메리의 늑대가 분명했다. 메리의 늑대는 늘 배가 고파서
고기 조각을 찾아 헤매고 다녔다. 늑대는 덫 안에 놓인 그럴

싸한 미끼를 보고 성급하게 달려들었을 것이다. 나는 바람에 나부끼는 털과 가죽을 한참 동안 바라보았다. 메리는 이 일에 대해 모르는 편이 나을 것이다. 나는 당장 그 가죽을 멀리 가져가 없애버리기로 작정했다. 스위프트와 티무가 그 가죽의 주인이지만, 없어도 살 수 있을 것이다.

달빛 비치는 길에 사람들이 싸우는 소리가 바람에 날려갔다. 작은 나무 사이에서 바람이 한숨을 쉬는 소리를 들으며, 달빛에 흔들리는 나무의 그림자를 보며, 나는 제비 강의 오두막과 소나무 강의 오두막을 생각했다.

일 년 전, 아버지는 거기서 죽었다. 일 년 전, 어미 늑대는 나와 메리를 도와주었다. 긴 다리와 노란 눈을 가진 그 늑대를 나는 평생 잊지 못할 것이다. 메리와 나처럼 자기 친척들과 살지 못했던 그 늑대를……

늑대는 혼자서 새끼를 돌봤고, 그 때문에 우리가 살 수 있었다. 거기서 우리가 어떻게 살았는지 누가 알고 관심을 가질까? 그런 사람은 아무도 없었다. 나는 아무한테도 그때 일을 말하지 않았다. 그런데 결국 어떻게 되었나? 급류 때문에 생긴 구멍을 통해 얼음 밑으로 들어가 어딘가로 흘러갈 가죽 한 장뿐……

아주 먼데서 불어오는 바람이 암호랑이의 포효를 전하고 있었다. 분명히 저 호랑이는 샐리일 것이다. 남편이 죽으려

한 아기를 데리고 혼자서, 나와 메리처럼 찾아와 주는 사람 하나 없는 존재로, 무리에게서 새끼를 거부당한 그 어미 늑대 같은 존재로 그렇게 참담하게 살았을 샐리일 것이다.

길 아래 얼음 밑에서 거친 물소리가 들려왔다. 나는 층층이 나 있는 비탈을 하나씩 내려가 큰 바위 옆 얼음에 구멍이 나 있는 것을 보고서 늑대 가죽을 머리부터 밀어 넣었다. 거센 물살에 가죽은 내 손을 쏜살같이 빠져나갔다.

오두막 가까이 다가가니 몹시 성난 목소리가 들렸다. 요란한 싸움이 벌어진 것 같은데, 그 틈에 메리의 울음소리가 들렸다. 그레이랙이 모두에게 앉으라고 고함을 치는 소리도 들렸다.

나는 정신 없이 안으로 뛰어들었다. 메리를 빼고, 모두가 서 있었다. 누군가 메리를 때린 것이 분명했다. 틸 옆에 앉아 있는 불쌍한 메리는 몸을 웅크리고서 손에 얼굴을 파묻고 울고 있었다.

"메리!"

메리가 내게 달려와 안기는 순간, 그레이랙이 소리쳤다.

"앉아라, 야난! 모두 앉아! 이제부터 싸움이 아니라 이야기를 할 거야! 그러니 모두 앉아!"

나를 제외한 모든 사람들이 두 개의 모닥불 주위에 둥그렇게 모여 천천히 몸을 낮추었고, 메리도 그의 말을 들었다. 성난 목소리로 그레이랙이 외쳤다.

　"앉으라고 했다, 야난!"

　하지만 내 안에서 끓고 있는 분노가 그레이랙의 명령을 외면하게 했다. 나는 오두막 안에 있는 한 사람 한 사람을 훑어보며 이를 악물고 물었다.

　"무슨 짓을 한 거예요?"

　많은 사람들이 한꺼번에 입을 열어 우리가 싸워서는 안 된다고 했지만, 앙키가 하는 말이 들렸다.

　"메리가 내 몫의 가죽을 가져갔어. 그래서 벌을 받았어."

　마침내 분노가 밖으로 터져 나왔다. 봄이 되면 얼음이 강물을 멈추지 못하듯이, 나는 내 목소리를 멈출 수 없었다.

　"그래? 늑대 말이지! 내가 그 가죽을 가져갔어! 나, 래프윙의 딸 야난이! 당신들의 것일지도 모르지만, 그 늑대는 원래 메리의 것이었으니 당신들은 한 조각도 가질 수 없어! 그 늑대는 당신들이 절대 찾지 못할 곳으로 갔으니 당신들은 영원히 갖지 못해! 그리고 메리도 갖지 못할 거야! 메리는 당신들 중 누구도 갖거나 함부로 벌을 주지 못해! 왜냐하면 내가 데려갈 거니까!"

　나는 사람들이 입을 딱 벌리고 나를 쳐다보는 것을 보고 온몸이 떨리는 것을 느꼈다. 티무가 내 앞에 버티고 섰다.

"진정해, 야난. 아버지 말대로, 거기 앉아!"

하지만 나는 멈출 수 없었다. 나는 그를 옆으로 밀쳐냈다.

"누가 메리를 때렸어? 대체 누구야? 그렇지, 저기 저 사람 말고 또 누구겠어!"

나는 스위프트를 똑바로 가리켰다.

"당신은 메리가 당신 것이라고 하지만 그건 거짓말이야, 이 짐승아! 네가 사는 풀숲에나 가서 살라고! 거기 가서 딴 여자를 찾아보라고!"

나는 약혼 선물로 받았던 목걸이를 뜯어내어 그를 향해 던졌다. 그가 솜씨 좋게, 침착하게 그 목걸이를 받으면서 씨 익 웃었다. 그 순간, 티무가 내 머리채를 잡아채었다. 아마 그쯤 되었으니 달리 방도가 없었을 것이다. 그러나 그 이후 이어진 행동은 나를 경악시켰다. 그가 손으로 내 머리채를 잡은 다음 허리띠로 나를 후려쳤던 것이다.

나를 때렸어? 나는 참을 수 없었다. 메리 편을 들어 그 애가 고통 받지 않게 해줘야 할 티무가 일이 이 지경이 되도록 수수방관하고는 이제는 나까지 때려?

다음 순간 나는 그를 세게 물어뜯어 아래윗니가 맞닿았고, 그의 따뜻하고 찝찔한 피가 내 입으로 튀어 들어왔다. 때리고 발로 걷어차면서 우리는 바닥으로 쓰러져 불 위에 굴렀다. 그러다 결국 사람들이 우리를 떼어놓았고, 우리가 다시 맞붙으려고 하자 양팔을 붙잡았다.

머리는 전부 뻗쳤고 옷은 탔고, 이에는 피가 묻은 나는 끔찍한 꼴을 하고 있었을 것이다. 티무도 재와 땀으로 범벅이 되어, 물리고 긁힌 자리에서 피를 흘리는 무시무시한 모습을 하고 있었다. 허리띠가 없으니 바지가 흘러내렸고, 한쪽 팔에서는 살갗이 떨어져 나와 있었다. 그때 화이트 폭스가 웃기 시작했다.

"티무! 야단! 정신 좀 차려! 부끄러운 줄을 알아라!"

그 외에 조금이라도 우습다고 생각한 사람은 아무도 없었다. 티무와 나는 다른 사람들 손에 끌려 오두막 반대쪽으로 가서 앉았다. 어쩌다가 이 지경이 되었나? 그건 꽤 긴 이야기였다.

티무가 그레이랙에게 덫에 늑대가 잡혔다고 하자, 그레이랙은 그것을 앙키에게 주어 맞은 것을 위로해 주고 싶어했다. 그런데 티무가 그 가죽을 찾지 못했고, 이것을 순전히 메리 탓으로 여겼다. 왜냐하면 메리 옆에 던져놨었기 때문이다. 이유는 단지 그것뿐이었다.

그래서 메리는 자기 늑대가 죽은 것을 알고 미친 듯이 울어댔다. 메리의 비명 소리에 모든 사람들이 일어나 메리와 내가 하찮은 동물을 가지고 너무 유난을 떤다며 말다툼을 벌이기 시작했다. 메리는 소리를 지른 것에 대해 틸에게 벌을 받았는데, 내가 문으로 뛰어들었을 때 틸은 메리를 야단치고 있었다. 그때까지만 해도 내가 없다는 것을 아무도 알지 못했다.

화를 터뜨리고 나니, 나는 메스껍고 기운도 없었다. 머리가 아팠고, 맞은 곳도 쓰라리기 시작했다. 나는 희망이 없다고 생각하며 틸에게 기대어 이따금 고개를 들고서 오두막 반대편에 앉아 있는 티무를 노려보았다. 틸은 내가 그러지 못하도록 이마를 문질러 주었고, 봄이 올 것이고 우리의 말썽은 다 끝날 거라고 부드러운 목소리로 이야기해 주었다.

"네가 도와 가져온 고기를 생각해 보렴, 착한 아이야. 그리고 먹을 것이 떨어졌을 때 네가 구해 온 암컷 순록도. 이번 겨울에 네가 얼마나 큰 도움이 되었는지."

그래도 소용없었다. 내 가슴에 날아와 박힌 분노를 틸의 말로 털어낼 수는 없었다. 아침이 되자, 나는 모든 사람 앞에서 이렇게 선언했다.

"티무와 이혼하겠어요."

사람들은 놀란 표정을 지었지만, 나는 멈추지 않았다. 나는 어쨌든 결혼 예물 교환은 제대로 이루어지지 않았다고 말해 주었다. 이미 받은 것은 되돌려줄 수 있을 것이라고 했다. 불의 강으로 가면, 내 친척들에게 받은 것을 되돌려주라고 말할 셈이었다. 그리고 나는 마지막으로 말했다.

"나는 메리를 데려갈 거예요."

나는 자리에 앉았다. 내 기억에 아무도 한 마디도 하지 않았고, 티무는 더욱 말이 없었다. 나는 가죽 담요를 덮고 다시 잠들기 전에 이런 생각을 했다. 다른 사람들더러 땔감을 모아 오라지. 나는 더 이상 저들의 모닥불을 쬐지 않을 테니. 그날 늦게 틸은 내 어깨를 흔들어 깨웠다.

"앉아 봐라. 너랑 이야기를 하고 싶다."

나는 심란한 얼굴로 일어나 윗옷을 걷어 멍든 곳을 보여 주었다. 틸이 잠시 그것을 바라보다가, 내 눈을 똑바로 들여다보며 긴긴 이야기를 시작했다.

"야난, 내 말을 잘 들어야 한다. 너는 지금 아주 나쁜 짓을 저지르고 있어. 네 결혼은 아주 신중하게 이뤄진 것이다. 네 시아버지, 네 아버지, 네 어머니, 네 이모, 그리고 내가 모두 함께 약속한 것이다. 우리가 너를 이 오두막의 일원으로 만든 것이란다.

그레이랙의 오두막은 누가 뭐래도 세상에서 가장 훌륭한 겨울 오두막이다. 우리한테는 먹을 것과 땔감, 눈보라를 막아줄 곳, 파카를 만들 털 달린 동물, 도구를 만들 뿔과 녹암이 있다. 이렇게 모든 것을 다 가진 곳은 그리 많지 않아. 그렇기에 너의 부모는 너희들과 같이 이 오두막에서 그레이랙과 함께 살기를 바랐다.

게다가 우리의 여름 주거지는 또 어떻고? 너도 풀의 강을 보았겠지만, 거기에 비교할 곳은 아무 데도 없다. 너는 털의 강을 보지 못했지? 여름마다 그곳 계곡에 얼마나 많은 고기가 있는지 모를 거다. 세상 모든 사람들이 다 먹어도 남을 양이란다.

그레이랙은 자기 친척들이 스위프트의 여름 고기를 얻도록 하고 싶어한다. 그렇지 않고서야 우리가 왜 스위프트에게 메리를 주겠니? 메리의 결혼도 아주 신중하게 정한 것이란다. 우리는 스위프트의 여름 주거지를 사용하길 원하고, 스위프트의 사람들은 그레이랙의 겨울 오두막을 사용하기를 원한다. 너와 그레이랙이 티무를 통해 이어졌으니, 우리는 네 동생을 통해 스위프트와 그레이랙을 이어주기로 했다. 너는 어리니 아직 이해하지 못하겠지만, 이 같은 약속은 우리 모두를 위해 아주 소중한 것이란다. 듣고 있니?"

나는 발치만 내려다보고 대답하지 않았다. 틸이 잠시 아무 말 하지 않다가 조금 언성을 높였다.

"내 인내심이 다하고 있다, 야난! 네게 이야기를 하는데, 너는 듣지 않는구나! 티무가 널 때려 준 게 기뻐지려고 한다."

이 말에 나는 몹시 화가 났지만, 달리 할 말이 없었기에 여전히 입을 다물고만 있었다. 나는 스위프트에게는 무례하게 대할 수도 있다고 생각했을지 모르지만, 틸에게는 말대꾸조차 한 적이 없었다. 나는 계속 발치를 내려다보며 틸의 말을 기다렸다. 틸이 다시 입을 열었을 때, 그녀의 목소리가 떨리고 있었다.

"우리같이 나이 많은 사람들, 이치를 아는 사람들은 아주 신중하게 사람들을 맺어 준다. 이제 너는 그레이랙의 아들과 이혼하길 원하고, 메리의 약혼 선물 목걸이를 스위프트 앞에 내던졌다. 너는 우리의 계획과 노력을 삽시간에 끝장내려고 한다. 나이 든 사람들이 어떻게 생각하겠느냐?"

나이 든 사람들이라고 해서 메리에 대해 함부로 약속할 권리가 어디 있는가? 그들은 메리의 부모가 아니다. 그리고 이 모든 소란은 틸의 아들 엘로가, 다른 것도 아니고 잠자리를 하지 않는다는 이유로 매머드 사냥꾼 아내를 때려서 시작된 것이다. 그녀가 아기를 낳은 지 얼마 되지도 않는데도 말이다.

그럼에도 틸이 내 탓만 하는 건 얼마나 부당한가. 그렇지만 나는 틸이 너무 화가 나 있는 걸 알기 때문에 그 말을 뱉지는 않았다. 하지만 무슨 말을 해야 했기에, 나는 고개를 젖혔다.

"사람들이 나 때문에 화가 나 있다는 것을 알아요. 하지만 스위프트와 린도 앙키가 엘로를 거부했다고 그렇게 화를 내고 있나요?"

"그걸 묻다니, 잘했다. 너는 앙키보다 나은 본보기를 보여야지. 스위프트와 린이 앙키를 구석으로 데려가 내가 네게 한 이야기를 일깨워 주었다. 그들은 앙키에게 그녀의 결혼이 우리들을 하나로 묶어 준다는 사실을 일깨워 주었다. 메리와 스위프트의 결혼처럼 강한 결합은 아니지만, 어쨌든 결합은 결합이지. 너와는 달리 앙키는 말귀를 알아들었다. 그녀는 별로 화를 내지 않았고, 그 일은 잊어 보겠다고 했다. 하지만 너는 감히 이혼을 입에 담다니! 꼭 그랬어야 했니?"

나는 대답하지 않았다.

"메리는 아직 어리니 스위프트는 그 애가 자랄 때까지 기다려야 할 거다. 그러니 메리한테는 불리하지. 너는 그렇게 버릇없이 굴어 스위프트가 다음에 네가 또 무슨 말을 해서 자기 심사를 건드릴지 두고 보고 있는데, 넌 메리의 언니잖니? 그것도 메리에게는 불리하다. 하지만 스위프트와 그레이랙은 절친한 친구 사이가 되었다. 어쩌면 그레이랙이 스위프트에게 약혼을 다시 하자고 설득할 수도 있을 게다. 하지만 네가 티무와 이혼하면 그게 다 무슨 소용이냐?"

그 말이 옳다는 것을 알지만 메리에게 스위프트라니, 그건 말도 안 되는 결합이 분명하다고 생각했다. 메리에겐 화이트 폭스가 있다고, 어머니는 마지막 순간까지도 그렇게 철석같이 믿고 있었다. 부모님의 동의 없이 메리의 상대를 함부로 바꾼 것은 아무리 생각해도 납득할 수 없었다.

"스위프트는 나이도 많고, 못생겼어요. 말하는 것도 이상해요."

"그래, 그는 늙고 못생겼지. 하지만 그는 가장 좋은 여름 주거지를 가진 가장 훌륭한 사냥꾼이고, 모든 오두막과 모든 혈통 가운데 누구보다 가장 고기를 많이 가진 사람이다. 나도 네가 티무와 이혼하기를 바란다. 나도 너와 메리가 아주 잘생긴 남자들을 만나기를 바란다. 게다가 그 남자들이 훌륭한 사냥꾼이라면 더할 나위가 없겠지. 잘생긴 얼굴이 너한테는 그렇게 중요하니 말이다."

틸의 목소리가 또 높아졌다.

"너는 여자라도 직접 사냥을 할 수 있을 것이다. 네 아이들이 따라다니며 사냥을 망쳐놓더라도 말이다. 너는 네가 똑똑한 줄 알지만, 그렇지 않다, 야난! 너는 너무 자존심이 세고, 그러면서도 바보처럼 굴고 있다. 잘 생각해 보아라!"

틸이 일어나더니 자리를 떴다. 틸은 자존심이라는 부분을 힘주어 강조했다. 나는 참담한 기분으로 다시 담요를 덮고 누웠다. 눈물이 흘러내렸지만, 나는 볼을 적시는 눈물을 닦아낼 생각도 않고 굴뚝을 통해 먼 하늘만 바라보았다.

내 감정은 아무것도 아니란 말인가? 아무도 상관하지 않는다는 말인가? 내가 얼마나 지치고, 항상 구역질을 한다는 걸 아무도 모른단 말인가? 내 기분과는 상관없이 모두를 위해 얼마나 열심히 일하는지 아무도 모른단 말인가? 언니로서 메리를 지키려는 간절한 마음을 고작해야 자존심이라고 윽박지르다니, 어머니가 살아 있어도 그렇게 말했을까?

이튿날 숲에서 땔감을 줍고 있는데, 틸이 내게 다가왔다.

"그레이랙이 너와 이야기하길 바란다. 돌아가거든 그에게 가서 무슨 이야기든지 물어보아라. 예의 바르게 굴어야 한다! 너의 무례함을 충분히 보았으니까."

오두막에서는 그레이랙이 엘로와 티무를 거느리고 모닥불 옆에 앉아 있었다. 나는 땔감을 내려놓고 좀 떨어진 곳에서 다소곳이 기다렸다. 그러자 그가 나와 단둘이 이야기할 수 있도록 엘로와 티무에게 나가달라는 손짓을 했다.

자신은 평생 잘못한 것이 없다는 듯 엘로는 벌떡 일어나 나갔지만, 티무는 천천히 일어나더니 내 옆을 지나가며 험한 눈빛으로 노려보았다. 그레이랙은 내게 무슨 말을 하고 싶은 것일까?

"내게 할 말이 있다기에 들으러 왔습니다."

그레이랙이 미소를 지었다.

"착하구나, 야난."

그가 맞은편에 앉으라고 손짓을 했다.

"너는 어리다, 며느리야. 다른 많은 사람들처럼, 너는 화를 냈지. 내 아들도 화를 냈다. 너희 둘 다 좀 더 나이를 먹으면 참는 법을 배우게 될 것이다. 나는 이제 나이 먹은 늙은이가 되었지만, 너와 내 아들이 한 것처럼 불덩이 위를 뒤엉켜 구르는 따위는 본 적이 없다. 잘 생각해 보아라. 네가 화를 참았더라면 그런 일을 했겠느냐? 아니지, 불에 델까 봐 겁을 냈을 것이다. 그건 중요한 의미가 있다, 며느리야."

나는 예의 바르게 고개를 끄덕이며 그렇다고 했다.

"내 아들은 널 때리지 말았어야 한다. 하지만 왜 그런 일이 벌어졌는지 생각해 보아라. 너는 누군가 네 동생을 때렸다고 생각해서 화를 냈지만, 그건 네 착각이었다. 이제 물어보자. 메리가 누구한테 맞아서가 아니라 화가 나서 운 것을 알았더라도 그렇게 참을성을 잃었겠느냐?"

"아닙니다, 시아버지."

그레이랙은 항상 내 자신을 부끄럽게 만들 줄 알았고, 그때도 그랬다. 그가 이야기를 계속했다.

"너는 메리를 돌보겠다고 했다. 메리를 데리고 불의 강으로 가겠다고 했다. 우리도 그건 이해하지만, 우리 같은 연장자들이 너희 둘을 돌보고 싶다. 사람을 돌보는 일에는 사려 깊은 관심과 계획이 필요하다. 너는 불 위에 구르는 것처럼 네 동생을 함부로 돌보려 할 것이다. 성급한 행동은 불에 데는 것처럼 화를 부를 수 있다."

그가 내 동의를 구하기 위해 말을 멈췄지만, 나는 할 말을 찾지 못했다.

"메리에게 무슨 일이 있었는지 좀 더 자세히 알아보았더라면, 너는 사람들을 모욕하지 않았을 것이다. 이제 너는 성급하게 불의 강으로 가기 전에 우리의 계획에 대해 생각해봐야 한다. 어쩌면 나이 든 사람들이 너보다 똑똑할지 모르니까."

"네, 시아버지."

"좋다, 이제 그만 가라. 내가 한 말을 명심해라."

"네, 시아버지."

나는 진심으로 존경심을 느끼며 말했지만, 그가 한 이야기는 이미 다 알고 있는 사실이었으므로 내 마음은 바뀌지 않았다. 티무와 나는 여전히 말을 하지 않고, 밤이면 우리의 가죽 담요를 최대한 서로에게서 멀리 깔고 잠자리에 들었다. 어느 날 틸이 나를 불렀다.

"네가 티무와 함께 강 건너편에 갔다왔으면 한다. 나는 너희들이 햇볕 잘 드는 곳을 골라서, 거기 앉아 싸움을 그만둘 때까지 이야기를 나눴으면 한다. 그러지 않으면 우리는 너희들을 모든 사람 앞에서 이야기하게 만들 것이다. 그런 것을 본 적이 없지? 오두막 안의 모든 사람들이 두 사람에게 이야기 시키는 것을. 그건 정말 창피한 일이다. 그러니 너희들끼리 해결해야 한다."

"내가 강을 건너가면요? 티무도 거기 갈지 어떻게 알아요?"

"그레이랙이 티무를 보낼 것이다."

그래서 티무와 나는 강을 건너가 햇빛을 받아 따뜻해진 바위에 마주보고 앉았다. 턱을 치켜들고 눈을 번뜩이며 우리는 한참 서로를 노려보았다. 나는 먼저 말할 생각이 없었고, 그도 마찬가지인 모양이었다. 하지만 그레이랙이 티무에게 아주 심각한 말을 해두었는지, 아니면 남자라서 더 의무감을 느꼈던지, 그가 마침내 말했다.

"우리의 결혼생활을 지속하려면, 싸움을 그만두어야 해."

티무는 한참 기다리다가 내가 자기 말에 동조할 생각이 없다는 사실을 알고서 다시 입을 열었다.

"어른들이 우리를 결혼시켰어. 너는 네가 한 모든 행동으로 어른들에게 상처를 주고, 화나게 만들고 있어."

"미안하구나."

내가 비웃으며 대답하자, 그는 내가 전혀 미안해하지 않는다는 것을 알았다. 사실 나는 불에다 땔감을 넣듯이 그로 하여금 분노로 불타오르게 만들고 있었다. 그가 오랫동안 나를 노려보더니 말했다.

"그리고 나도 화가 났어."

"그렇게 보여. 튀어 오르는 동물처럼 둥그런 눈을 하고 말이야."

"동물이라고 했니? 내가 그렇게 보여? 이걸 좀 봐."

티무가 소매를 걷어 올리고 붉게 부어오른 자국을 보여주었다.

"이건 네가 물어뜯은 자국이야. 이거야말로 동물이 문 자국이라고. 그렇다면 누가 동물이냐? 대답을 해봐!"

"네가 또다시 나를 때린다면, 더 아프게 물어줄 거야."

"내가 다시 때린다면, 그때는 너는 더 이상 아무도 물지 못하게 될 거다. 왜냐하면 너는 내 손에 죽을 테니까!"

"싸움을 끝내고 싶다더니 나를 죽이겠다고? 그것 참 잘됐군. 알았어, 이젠 집으로 돌아가도 되겠네."

나는 일어나 자리를 떴고, 티무는 다른 길로 돌아왔다. 이렇게 되자 우리가 아무것도 해결하지 않은 사실을 모두가 알았고, 그날 밤 틸의 으름장대로 오두막 사람들이 우리에게 이야기를 시켰다.

사람들은 우리를 마주보게 앉히고는 주위에 둘러앉았다. 틸, 아이너, 그레이랙, 아울, 크레인이 모두 우리를 비난하는 가운데 매머드 사냥꾼들이 멀찌감치 앉아서 듣고 있었다. 엘로는 잘못을 저질렀기 때문에 물러나 있었고, 화이트 폭스와 메리는 어리기 때문에 끼지 못하고 멀리 떨어져 앉았다.

나는 비난이 티무보다는 내게 향할 것이라고 생각하고 있었고, 그도 그렇게 생각한 모양이었다. 내 생각대로 사람들의 원성은 주로 나의 착각과 실수로 모이고 있었다. 티무의 입가에 비웃음과 승리감이 머물고 있었다. 오두막의 힘도 아무 소용이 없었다.

날이 맑는 대로 여름 주거지로 가기 위해 고기를 말렸다. 나는 불의 강으로, 다른 사람들은 털의 강에 있는 스위프트의 동굴로 떠나는 것이었다. 어느 날 나는 그레이랙이 잡은 순록에서 내 몫을 좀 잘라 지붕 위의 순록 뿔에 널어 두었다. 거기라면 고기가 얼면서도 잘 말라 들고 가기에 가벼울 것이다.

밤이 되기 전에 고기를 안으로 들여놓는데, 지붕 위에서 발소리가 들렸다. 창과 도끼를 들고 우리들 여럿이 문 쪽에 모여 도둑을 잡으려고 하는데, 놀랍게도 늑대 한 마리가 뒷다리로 서서 고기 조각을 끌어내리고 있었다. 상황을 보아하니, 이미 여러 조각을 먹어 치운 모양이었다.

메리의 늑대였다. 늑대는 사람이 돌을 얼마나 멀리까지

던질 수 있는지 잘 알기 때문에 느긋하게 달아났다. 다른 사람들은 늑대에게 창을 던질 기회를 노리며 따라 뛰었지만, 나는 너무 놀라 그 자리에 주저앉고 말았다. 그렇다면 내가 강물에 던져 넣은 것은 무엇이었단 말인가?

당연히 그건 다른 늑대의 가죽이었다. 어린 늑대들은 비슷하게 생겼고, 머리와 발이 없어 얼굴과 발자국을 볼 수 없으니 내가 착각을 한 것이다. 그때의 나는 확신을 했지만, 지금 명백해진 것은 내 생각이 틀렸다는 사실이었다.

차가운 봄의 강물처럼, 내가 한 말과 행동이 한꺼번에 몰려들었다. 내가 터뜨린 분노, 내가 함부로 던진 모욕, 물고 뜯었던 싸움, 그리고 메리의 파혼과 나의 이혼. 그 가운데 하나라도 고칠 수 있을까? 스위프트한테 받은 약혼 예물 목걸이를 돌려줬으니, 메리의 약혼을 깬 것은 이제 되돌릴 수 없을 것이다.

어떻게든 되려면 스위프트가 먼저 나서야 할 것이다. 설령 그가 그렇게 한다 하더라도, 나는 메리가 일이 생길 때마다 매머드 사냥꾼들에게 괴롭힘을 당하도록 놔둘 생각이 없었다. 사람들이 뭐라고 하든 메리를 늙은 매머드 사냥꾼과 결혼시킬 수 없었다.

스위프트를 모욕한 것도 되돌릴 수는 없을 것이다. 사과는 할 수 있지만 이미 뱉어버린 말을 주워 담을 수는 없을 것이다. 티무와의 싸움도 멈출 수 없었다. 그러고 싶지 않았다.

적어도 메리에게 늑대 이야기는 해줄 수 있었다. 메리는 틸과 멀리까지 땔감을 주우러 나가 있어서, 나는 같은 길을 따라가 해가 질 무렵 돌아오는 그들과 만났다. 메리의 짐 절반을 받아들고, 나는 내가 본 것을 이야기해 주었다.

메리가 너무 기뻐해서 마음이 아팠다. 어른들의 싸움으로 빚어진 혼란의 와중에서, 메리는 누구에게도 말하지 못하고 혼자 늑대의 죽음을 슬퍼하고 있었던 것이다. 메리는 나머지 짐을 내게 다 맡기고 늑대를 잠깐이라도 보기 위해 앞서 달려 나갔다. 어두워졌으므로 늑대는 달아났을 것이고, 그래서 메리는 늑대를 보지 못했지만 모두가 고기를 구우려고 불가에 모인 뒤에 돌아온 메리의 눈은 반짝이고 있었다.

메리가 행복해하는 얼굴을 보니 좋았지만, 그렇다고 내 실수가 고쳐지진 않았다. 나는 스위프트에게 무례함을 사과했지만, 이번에도 모든 사람 앞에서 사과하지는 않았다. 그는 사과 따위는 필요 없다는 듯 어깨를 으쓱했을 뿐이었다. 따지고 보면, 나는 이 일로 충분히 대가를 치렀으니 그것으로 되었다고 생각하는 모양이었다. 스위프트가 메리 이야기를 꺼낼지 약간 기대하며 기다렸지만, 그는 묘한 미소를 지으며 그만 가보라고 했다.

나는 티무에게도 사과했다. 물어뜯은 것에 대해서가 아니라 그의 늑대 가죽을 강물에 넣은 일에 대해서였다. 게다가 사과하는 것 자체가 속상했기 때문에, 아주 뻣뻣하게 말했다. 그러면 티무도 나에게 사과할 거라고 생각했지만, 아무 말도 하지 않았다.

다른 가죽을 앙키에게 주는 것 말고는 달리 방도가 없었다. 하지만 내게는 다른 가죽이 없었기에 메리에게 내가 잡은 암컷 순록에서 메리 몫으로 준 가죽을 달라고 부탁했다. 처음에 메리는 내켜하지 않다가 내가 조르자 몹시 못마땅해하면서 그렇게 했다.

나는 그 가죽을 앙키에게 가져갔고, 앙키는 좀 무시하는 눈초리로 그것을 보았다. 겨울 가죽인데도, 그 털은 늑대의 털만큼 좋지 않아서 옷을 만들 수는 없을 것이다. 내가 내놓은 최선의 선물을 앞에 두고, 앙키가 여전히 부루퉁한 표정을 짓고 있었다.

제 **4** 부

여행의 달

14

'여행의 달'이 뜨자, 밤이면 기러기들이 여름 주거지로 날아가는 소리가 들리기 시작했다. 동이 트기 전, 그레이랙이 앞장선 가운데 우리는 길을 떠나 일렬로 늘어서서 강을 따라 걸어가기 시작했다. 그레이랙의 뒤에는 에티스와 티무가 걸었는데, 에티스의 짐을 티무가 거의 다 들었다. 에티스는 뱃속의 아기 때문에 몸이 무거웠기 때문이다.

린과 스위프트가 그 뒤를 따랐는데, 앙키를 엘로에게서 떨어뜨리기 위해 자신들 사이에 세워 따로 걷게 했다. 아기를 안고 있는 앙키를 위해, 스위프트가 그녀의 짐을 좀 들어주고 있었다. 그 다음에는 린, 그 뒤로 그레이랙의 나머지 가족들이 자리를 잡았고, 마지막으로 엘로가 걸었다.

엘로 뒤에 얼마쯤 간격을 두고 메리와 내가 걸었다. 불의 강을 향해 처음 갔을 때처럼, 나는 오두막 지붕 위에 서 있는 긴 뿔을 한 번 돌아보았다. 이제 다시는 그것을 보지 못할 것이라 생각하니 눈시울이 뜨거워졌다.

그 순록 뿔은 한 무리의 순록처럼, 나무 덤불처럼, 오래전에 내가 보았을 때와 똑같은 모습으로 이제 막 떠오르는 해를 등지고 서 있었다. 마지막으로 산등성이를 넘어갈 때, 어머니가 힘겹게 걸어가던 일이 떠올라 눈물이 났다.

우리는 하루 종일 걸었지만, 걷는 동안 본 것은 아무것도 기억나지 않고 마지막으로 본 순록 뿔만 내 머릿속을 맴돌았다. 그날 밤, 잠자리를 정했을 때 메리와 나는 다른 사람들과 모닥불을 함께 쓰지 않았다. 누구의 모닥불을 함께 쓰겠는가? 대신 우리는 솔방울과 나뭇가지를 모아 모닥불을 따로 피웠다. 우리는 이미 잊어버린 존재라는 듯 아무도 찾아오지 않았다.

그 후 여러 날 밤 동안, 나는 처음 그 길을 지나갈 때 밤이면 아무 걱정 없이 메리와 어머니, 혹은 메리와 요이 이모와 함께 편안히 잠들었던 생각이 났다. 하지만 이번에는 밤마다 여러 번 일어나 모닥불에 나뭇가지를 더 넣고, 주위의 넓고 캄캄한 평원에서 들리는 소리에 귀를 기울이고, 땔감이 동이 틀 때까지 부족하지 않은지 염려해야 했다.

메리와 둘이 제비 강을 건너 돌아올 때도 우리가 안전하게 잘 수 있는 은신처를 내가 골랐지만, 이번에는 혼자였음에도 또한 다른 사람들과 함께였다. 그들이 길을 고르고, 잘 곳도 골랐다. 나는 그들의 결정에 묵묵히 따라야 했다.

어느 날 불의 강이 시작되는 곳, 그러니까 오래전에 내가 호랑이를 만났던 산의 남쪽 자락에 다다랐다. 이제 나와 메리는 남서쪽으로 가서 산을 넘어야 하고, 다른 사람들은 북서쪽으로 가서 스위프트의 친척들이 살고 있는 털의 강의 동굴로 가야 했다.

그날 밤 잠자리를 마련했을 때, 그레이랙과 두 아내가 나를 찾아왔다. 우선 메리가 잠들었는지 들여다본 뒤에, 그들은 나뭇가지 몇 개와 짐승의 똥 한 덩어리를 태우고 있는 내 작은 모닥불 옆에 앉았다.

그들의 얼굴조차 잘 볼 수 없을 만큼, 밤하늘보다 더 시커먼 몸의 형체만 겨우 가늠할 수 있을 만큼 어두운 밤이었지만 느릿느릿 뻣뻣하게 몸을 놀리는 걸 보니 그들도 많이 지친 것을 알 수 있었다. 그레이랙이 말을 꺼냈다.

"래프윙의 딸이 우리 말을 들어 준다면, 한 번 더 이야기를 나누고 싶구나. 그대가 우리의 생각과 감정을 알아주고, 그대 친척들 사이에서 지낼 때에도 우리를 좋게 생각해 주기를 바란다."

나는 뭐라고 대답해야 좋을지 알 수 없었다. 그렇게 격식을 갖추고 예의를 차린 말에, 나는 내가 누군지 갑자기 혼란스러워졌다. 그레이랙은 느닷없이 나를 나이 많은 사람으로 대하고 있었던 것이다. 그 전까지 나를 '래프윙의 딸'이라고 부른 사람은 아무도 없었다. 처음에는 그레이랙이 내게 말하는 것인지조차도 몰랐다. 게다가 누가 나를 '그대'라고 부른 일도 없었다. 항상 '너'였을 뿐, 혹은 야난이었을 뿐이었다. 하지만 나는 대답했다.

"네, 그렇게 하겠습니다."

그레이랙은 매우 진중한 태도로 또 입을 열었다.

"우리 오두막의 그 어떤 사람도 래프윙의 딸들 가운데 한 사람의 결혼을 함부로 약속할 수는 결코 없는 일이었지. 그건 그대의 부모만이 정할 수 있는 일이었어."

무거운 침묵을 버거워하며, 나는 잠자코 기다렸다. 그레이랙이 또 말했다.

"그러니 내 아들의 아내는 이를 기억해 주었으면 한다. 그대의 동생을 약혼시켰을 때, 우리는 그대의 어머니가 살아 있다고 생각했다는 사실을 말이다."

어둠 속에서, 나는 알고 있다는 뜻으로 고개를 끄덕였지만 그들은 보지 못했을지도 모른다.

"그대의 아버지 아히는 털의 강의 훌륭한 사냥터를 좋아했을 것이다. 야난의 어머니 래프윙은 과거에 우리 혈통이 그들과 여러 차례 결혼했음을 알고 있었을 것이다. 나의 두 아내인 그대의 고모 아이너와 그대 어머니의 친척인 틸은 그대의 부모가 기뻐했을 것이라고 생각했다. 특히 막내딸의 상대로 우리가 얼마나 좋은 남자를 구했는지, 얼마나 많은 고기를 구했는지 알았더라면 말이다."

나는 또 고개를 끄덕였다.

"하지만 내 아들의 아내가 그것을 반대한다기에 우리는 놀랐다. 그래서 내 아내들과 나는 몹시 슬펐지. 그러나 우리가 성급했다거나 깊은 사려 없이 행동하지는 않았음을 그대가 알아주길 바란다."

다시 침묵이 흘렀다. 그레이랙이 내게 말할 기회를 주는 것일지도 몰랐지만, 나는 말할 수 없었다. 마치 정신없이 물에 떠내려가거나 낯선 숲속에서 길을 잃고 막막할 때처럼 이상한 기분이 들었다.

"이제 내 아들의 아내는 자기 혈통에게 돌아가려고 하고 있다. 그것은 그대의 권리이니, 우리는 막지 않을 것이다. 그대의 이혼도 막아서지 않을 것이다. 그것이 그대의 소망이라면 그렇게 되어야 하기 때문이다."

할 말을 잃은 나는 자그마한 모닥불만 죽어라고 노려보고 있었다. 나뭇가지 몇 개를 더 얹어놔야 할 텐데 몸을 움직일 엄두조차 낼 수 없었다.

"내 아들은 아내를 때리는 큰 잘못을 저질렀고, 그건 전적으로 그의 탓이다. 그는 양어머니들과 내가 무척 화가 나 있음을 알고 있다. 젊은이들은 지난 겨울과 같은 굶주림에 우리처럼 익숙하지 않다. 우리 어른들은 힘든 겨울에 많은 분쟁과 갈등이 일어날 수 있다는 사실을 알고 있다. 그렇기에 내 아내들과 나는 아무런 말썽 없이 지혜롭게 그 시기를 보냈다. 우리 모두는 훌륭한 혈통에서 온 좋은 여자이며 좋은 사람의 딸인, 더구나 사냥을 비롯해서 모든 일을 잘 해내는 며느리를 잃고 싶지 않다. 우리는 그대와 내 아들이 언젠가는 말썽을 잊고 다시 합치기를 바라고 있다. 그때까지 내 아들의 아내와 그대의 동생이 먹을 것과 보금자리, 좋은 길을 찾기를 진심으로 바란다."

그레이랙이 그렇게 격식을 차려서, 이제 모든 것이 끝나버리고 완전히 남이 된 것처럼 말하는 것을 듣자 나도 몹시 슬퍼졌다. 그는 지금 모든 잘못을 티무에게 돌리고 있지만, 그렇게 격식에 맞추어 말하는 그 남자는 한때 나의 시아버지였으며 바로 며칠 전만 해도 '야난, 앉아라!' 하고 말할 수 있는 어른이었다.

그가 말하는 두 아내, 지금 너무나 예의 바르고 너무나 애틋한 표정으로 남편의 말을 듣고 있는 그 여자들은 나의 부모와 가장 가까운 어른들이었다. 아이너는 바로 얼마 전만 해도 내게 땔감을 주워 오라고 심부름을 보냈다. 틸은 바로 얼마 전만 해도 강가에서 내 옷을 벗기고 모래로 몸을 닦아 주었다.

결혼을 하나도 아니고 둘씩이나 망쳐놓고, 스위프트와의 가장 튼튼한 결합을 망쳐놓은 나를 향해 이들은 뭐라고 말할까? 기러기 떼가 함께 모여 무리의 힘으로 바람과 추위에 맞서 이겨내는 것을 늘 칭송했던 그레이랙은 나를 어떻게 생각할까?

비록 언젠가 티무와 다시 합치기를 바란다고 말할지라도, 이제 그들은 나를 남으로 여길 게 틀림없었다. 잠시 후, 마치 낯선 사람의 말소리를 들을 때처럼 야난이라는 여자가 이렇게 말하는 소리가 들렸다.

"칭찬과 기원에 감사드립니다. 그리고 지난 말썽을 잊어주셔서 감사합니다. 내게도 그 말썽은 없었던 일입니다. 나도 그런 것은 잊고 싶습니다. 아드님께 인사를 전합니다. 내가 잊은 것처럼, 그도 말썽을 잊기를 바랍니다. 훗날 내 동생과 나를 위해 해주신 모든 일에 대해, 선물로 보답하겠습니다."

"그럼……."

그레이랙이 틸과 아이너에게 고개를 끄덕이며 말했다. 오랫동안 그림자가 드리워진 세 사람의 얼굴이 나를 가만히, 슬프게 바라보았다. 그리고 마침내 그레이랙이 뻣뻣한 움직임으로 일어났고, 틸과 아이너도 뒤를 따랐다.

그레이랙이 내 어머니의 친척과 내 아버지의 누이인 아내들과 함께 천천히 한 줄로 서서 자기들의 모닥불로 돌아가는 모습을 지켜보노라니 왈칵 눈물이 났다. 이제 그들을 다시 볼 날이 있을까? 소나무 강의 광막한 땅에서 보호해 주는 사람 하나 없이 메리와 단둘이 살았던 시절에도 이보다 더 비참한 적은 없었다.

이튿날 동이 트기 전, 엘로와 화이트 폭스가 각자 짐을 지고 와서는 메리가 자고 있는 곳을 지나 내 옆에 쭈그리고 앉았다. 나는 밤새 거의 깨어 있었다. 메리가 이따금 깨어나 졸린 눈을 비비며 망을 보고 땔감을 넣는 일을 도와주긴 했지만, 그래도 나는 몹시 지쳐 있었다. 엘로와 화이트 폭스를 바라보며 무슨 일인지 물어보려고 입을 여는 순간, 엘로가 먼저 말했다.

"우린 너와 함께 가기로 했어. 나는 매머드 사냥꾼들이 싫고, 너처럼 우리 혈통을 찾고 싶어. 어쩌면 우리 친척이 내게 신붓감을 구해 줄지도 모르지. 앙키 같은 여자한테는 질렸으니까."

엘로의 말이 끝나자마자, 화이트 폭스가 누구의 눈치도 볼 것 없다는 듯이 큰 소리로 말했다.

"나는 메리를 따라갈 거야. 나중에 털의 강으로 가서, 부모님에게 어째서 내 약혼을 깼는지 물어볼 거야."

나는 최대한 천천히 짐을 쌌다. 틸이 기세등등하게 찾아와 좋은 남자와 이혼하고 이렇게 고집을 부리며 떠나려 하다니 넌 참 바보구나 하고 꾸짖어 주기를 바랐는지도 모른다. 또는 티무가 찾아와 결혼에 대해서는 연장자들이 제일 잘 아니, 그들의 뜻을 저버리지 말아야 한다고 말해 주길 바랐는지도 모른다. 하지만 그들은 오지 않았다. 아무도 오지 않았다.

야트막한 덤불 너머 그들이 서로 도와가며 짐을 지고 있는 모습이 보였다. 이제 그들은 떠날 것이고, 나도 떠날 것이다. 그들을 지켜보다, 가슴이 쿵 떨어졌다. 그레이랙이 내게 다가오고 있었던 것이다. 그런데 스위프트도 뒤를 따르고 있었다. 그들이 만나려고 하는 사람은 내가 아니라 엘로였다. 스위프트가 엘로에게 말했다.

"그래, 네 친척을 잠시 만나고 오는 것도 좋을 거야. 내가 대신 앙키를 돌보겠네."

엘로는 스위프트를 보며 힘없이 미소를 지을 뿐 아무런 대꾸도 하지 않았다. 스위프트가 이번에는 나를 보고 말했다.

"이 젊은이들이 함께 가게 되어 다행이군."

스위프트와 그레이랙, 그리고 그 밖의 누구에게든 무슨 말을 하려면 지금이 마지막 기회일 것 같았다. 다른 사람들은 이제 멀리서 짐을 지고 일어나 떠날 채비를 하고 있었다. 나는 그레이랙 앞으로 걸어갔다.

"미안해요, 시아버지."

그레이랙이 침통한 표정으로 말했다.

"나도 미안하구나."

"미안해요, 아저씨."

내가 스위프트에게 고개를 숙이자, 그는 예의 바르게 고개를 끄덕였다. 메리에 대해서라든지 뭐든 덧붙이고 싶었지만, 이제 그는 그 문제에 대해서는 더 이상 나와 이야기하려 들지 않을 것이었다. 그레이랙이 화이트 폭스의 어깨를 한 팔로 감싸며 말했다.

"이 훌륭한 청년이 너를 돌봐 줄 거다. 이 아이와 함께 있으면 넌 아무것도 걱정할 필요가 없을 것이다."

칭찬을 받은 화이트 폭스가 겸손하게 미소를 지으며 눈을 내리깔았다. 화이트 폭스에게 그레이랙이 이렇게 당부했다.

"속히 돌아와라, 월귤이 익을 무렵쯤엔 반드시. 네가 그때까지 오지 않는다면, 내가 너를 데리러 갈 것이다. 알겠지?"

화이트 폭스가 그레이랙을 보며 씩 웃었다.

"나를 잡으러 올 필요는 없을 겁니다. 내가 스스로 찾아갈 거니까요."

"그럼."

그레이랙이 그의 어깨를 감싸 안으며 유쾌한 표정으로 우리 모두에게 고개를 끄덕였다. 그는 스위프트와 함께 힘찬 발걸음으로 가족들에게 돌아가더니 곧바로 앞장을 섰다.

일행에서 떨어진 두 마리 순록처럼, 엘로와 나는 그들이 떠나가는 모습을 줄곧 바라보았다. 다시 만날 기약은 했지만, 다시 만날 수 있을지는 여신 오헌만이 알 것이다. 나도 짐을 지고 불의 강을 향해 출발했다. 엘로, 화이트 폭스, 메리가 내 뒤를 따르고 있었다.

"그들이 나한테 화가 많이 났었니?"

산등성이를 넘어가면서 엘로에게 묻자, 그가 피식 웃었다.

"좋아하지는 않았지."

"넌 왜 그들과 같이 안 갔지?"

"내가 어떻게 그들과 함께 지낼 수 있겠어? 그들이 나한테 망신을 주는데."

"그래, 우리는 너무 많이 다퉜어. 그런데 왜 티무는 날 만나러 오지 않았을까?"

"어떻게 오겠어? 에티스랑 함께 있으면서 만족하는 척해야 하는데. 그레이랙과 매머드 사냥꾼들은 서로 필요한 사람들인데, 이제 그들을 연결해 주는 사람은 티무뿐이야. 그러니 함부로 행동을 못하지."

우리는 이야기를 멈추고, 각자 생각에 잠긴 채 걸어갔다.

한 걸음 옮길 때마다 그레이랙을 비롯한 모든 사람들과 점점 멀어지면서……. 하지만 그것 말고 내가 선택할 다른 방법이 있었을까? 내가 알고 있는 것은, 내 앞에 펼쳐진 세계가 완전히 미지의 세상이라는 것뿐이었다.

그레이랙과 스위프트 일행과 헤어진 뒤로 우리는 여러 날을 걸었다. 엘로는 화이트 폭스와 메리보다 훨씬 앞섰고, 나는 훨씬 뒤처졌다. 엘로와 나는 거의 말을 나누지 않았지만, 화이트 폭스와 메리는 수수께끼를 주고받으며 계속 웃었다.

우리가 잠자리를 만든 곳은 늘 한적하고 텅 빈 공간으로, 매일 밤마다 작은 모닥불 하나만 피웠다. 모든 것이 불만족스러웠다. 나는 아무 이유 없이 그들에게 화를 내고 있었고, 그들이 하는 말을 코웃음을 치며 윽박질렀다. 정신이 딴 데 있었지만 나 자신도 무슨 생각을 하는지 알 수 없었고, 잠이 들기만 하면 악몽에 시달렸다.

우리한테는 먹을 것이 아주 빈약했다. 밤에는 덫을 놓고, 낮에는 죽은 동물을 찾아보았지만 아무런 성과가 없었다. 연이은 배고픔 때문에 서로를 바라보는 시선은 날로 차가워져 갔다.

'파리 떼의 달'이 아주 얇은 초승달일 때, 우리는 전에 호랑이를 본 곳 근방까지 갔다. 그곳에 가 보니, 맛없는 솔방울로 연명했던 나날과 사람들이 했던 말이 하나씩 하나씩 떠올랐다.

어머니와 틸이 물을 찾으러 갔다가 그 대신 낯선 사람들을 만난 일이 떠올랐다. 어머니와 틸이 엘로를 데려간 것은 요이 이모 때문에 함부로 두고 떠날 수 없기 때문이었던 일, 엘로가 자작나무 숲을 지나 우리를 데리러 돌아왔던 일, 그 때 낯선 사람들이 보낸 인색한 선물인 말의 앞다리를 들고 왔던 일⋯⋯.

그런 생각을 하다 아버지가 낯선 사람들한테 모욕을 당하고 우리 가족만 데리고 당장 떠나겠다고 했던 광경도 떠올랐다. 어쩌면 내가 지금 겪고 있는 고통은 전부 그 순간부터 시작되었는지도 모른다는 생각이 들었다. 아버지의 고집에 이끌려 소나무 강으로 가던 중에 어머니가 죽었고, 요이 이모와 프록과 스틱이 떠났고, 그리고 끝내 아버지도 죽었다.

그런 생각을 하노라니 내가 걸어온 운명의 늪이 지겨워졌고, 나는 점점 더 화가 치밀어 메리한테도 말을 건네지 않았다. 그렇게 정신이 산란한 채로 걷다 보니, 우리는 불의 강을 찾지 못했다. 엘로, 화이트 폭스, 내가 메리를 나무 위에 올려놓고 사방으로 흩어져서 강을 찾았지만 우리는 계속 엉뚱한 곳만 드나들며 헤맸다.

호랑이가 우리 주변을 맴돌고 있었을 때를 더듬어보니, 주위에 가문비나무가 있었던 것이 떠올랐다. 그렇지만 가문비나무 숲은 저만치 북쪽 비탈에 있었다. 그렇다는 것은, 우리가 불의 강에서 너무 남쪽까지 와버렸다는 것을 의미했다.

겨울이 지나 축축해진 긴 풀이 땅을 덮고 있어 숲속을 소리 없이 걸을 수 있었다. 얼마나 헤맸을까? 나는 지치고 화가 난 상태에서 한동안 멍하니 서 있었다. 아버지는 왜 그렇게 서둘러 그레이랙과 헤어지려고 했을까? 함께 어울려 날아가는 기러기 떼처럼 그레이랙과 헤어지지 않았더라면 어머니가 그렇게 허망하게 죽지는 않았을 것이며, 아버지 또한 마찬가지였을 것이다.

나를 둘러싼, 그러나 내 의지와는 아무 상관없이 벌어진 운명의 파도를 생각하노라니 또 화가 치밀었다. 나는 주먹을 꽉 쥐고는 하늘을 향해 뭐든지 외치고만 싶었다. 어머니를 부르고 싶고, 아버지를 부르고 싶었다.

그때 문득 뭔가 내 뒤에 서 있다는 생각이 들었다. 호랑이일까? 그러고 보니 아까부터 뭔가가 나를 조용히 따르고 있다는 느낌이 들었다. 뭐지? 하지만 나는 고개를 돌리지 않고도 그것의 정체를 알 수 있을 것 같았다. 바람결에 들리는 저 발자국 소리, 저 냄새, 그러자 내 가슴에 또 한 번 차가운 분노가 솟구쳤다. 저만치 뒤에 엘로가 서 있었던 것이다.

누군가 그때의 내 모습을 보았다면 활활 타오르는 내 눈을 보고 질겁하고 물러섰을 것이다. 분노가 온몸을 불태워 버렸기 때문이다. 엘로가 무슨 말을 하려는지 입을 벌렸지만, 한동안 우물우물하기만 했다. 그러다가 그가 말을 뱉는 대신 미소와 함께 내게 양손을 살그머니 내밀었다.

나는 분노로 등을 빳빳하게 세우고, 턱을 치켜든 채 아주 오랫동안 그를 똑바로 노려보았다. 다음 순간, 엘로가 나의 느닷없는 태도에 양손을 옆으로 툭 떨어뜨렸다. 그의 입이 일그러졌다.

나는 엘로가 보는 앞에서 허리를 숙여 가죽신의 끈을 풀었다. 허리띠를 끄르고 바지를 내린 다음 발로 걷어차 버렸다. 윗옷을 벗어 땅에 던져 버리고, 땋은 머리를 앞으로 넘겨 푼 다음 머리를 흔들어 풀어헤쳤다.

그러는 동안 내내 나는 엘로를 똑바로 응시하고 있었다. 그는 한동안 어리둥절한 표정을 짓고 있다가 희미한 미소와 함께 옷을 벗기 시작하더니, 나보다 훨씬 서둘러 바지를 벗었다.

나는 이를 악물고, 주먹을 꽉 쥐고, 그를 노려보기만 했다. 내 몸을 가리고 있던 모든 것들이 땅바닥에 널브러져 있었다. 맨살에 바람이 불어와 온몸이 얼어붙을 것 같았다. 이가 딱딱 소리를 내며 부딪쳤다.

나는 등을 돌리고 엎드려 팔꿈치를 땅에 대고, 머리를 숙이고, 머리카락으로 손을 덮었다. 엘로가 곧바로 내 뒤로 다가왔고, 뒤이어 그가 내 몸 안으로 들어오는 걸 느꼈다. 나는 머리를 젖히고 등을 활처럼 굽혔다. 그가 한쪽 팔을 뻗어 내 머리를 눌렀을 때, 나는 팔꿈치를 구부렸다. 그가 강한 팔로 내 어깨를 잡고는 더 가까이 몸을 밀착시켰다.

곧 내게 절정이 왔고, 그에게도 절정이 왔다. 그가 내 어깨를 잡은 손을 늦추고 한숨을 깊이 내쉬더니 조심스럽게 일어섰다. 그가 뭔가 할 말이 있다는 듯 부드러운 눈으로 쳐다보았지만, 나는 그를 외면했다. 대신 나는 이를 악물고 옷을 입었다.

나는 머리카락을 셋으로 갈라, 풀을 좀 골라낸 다음 땋았다. 머리를 묶었던 작은 끈을 찾아서 감은 뒤, 나는 옷 입기를 다 마치고 돌아서서 걸어가 버렸다. 하지만 등 뒤에서는 엘로의 부드러운 발자국 소리가 여전히 들려왔다. 그제야 나는 그를 마주보았다.

"내게서 떨어져. 가서 불의 강이나 찾아."

그로부터 오래 뒤 내가 영혼이 된 뒤에, 스위프트가 영혼 의식을 통해 내게 메리의 늑대를 사냥 도우미로 쓰게 데려와 달라고 자꾸만 부탁했다. 나는 갖가지 변명을 둘러대면서 그의 부탁을 들어 주지 않았다. 스위프트가 물었다.

"그 늑대가 우리한테서 늘 고기를 훔쳐 가는데도 찾을 수 없다고 하는 이유가 뭔가? 어째서 그런 짓을 막지 않는가?"

내가 막지 않은 것은, 메리의 늑대가 앙상한 몸으로 숲에서 기어 나와 고기 냄새를 킁킁거리며 다가가는 모습을 볼 때마다 녀석의 굶주림에 마음이 약해져 못 본 척했기 때문이다. 어느 날 밤, 스위프트가 내가 늑대를 일부러 찾지 않는다고 믿고는 단호한 목소리로 말했다.

"지금 당장 가서 잡아와라. 가서, 혼자 돌아오지 마라."

"좋아요."

나는 노력하고 있다는 걸 증명할 필요가 있다고 생각하면서 그렇게 대답했다. 나는 늑대의 형상으로 숲에 들어가, 차르 강 옆의 충진 비탈에 늑대의 흔적이 있는지 찾아보려고 했다.

메리의 늑대는 보통 오두막 주변 어딘가에 꼭 있었지만 나와 마못에게서 멀찌감치 떨어져 지냈고, 산속에 사는 큰 무리의 늑대들한테서도 멀리 피하며 지냈다.

나는 마침내 메리의 늑대가 남긴 발자취를 찾아내고는, 녀석의 뒤를 쫓아가 마침내 사로잡았다. 메리의 늑대는 나를 보자 처음에는 깜짝 놀란 표정이었다. 아마도 늑대는 내가 큰 무리에 속한 늑대인데, 침입자를 잡으러 온 줄 알았던 모양이다.

하지만 내가 혼자인 것을 알고 나자, 녀석은 내게 흥미를 느꼈다. 그것이 스위프트가 세운 계획이었을까? 그때는 늑대들이 짝짓기를 할 때였고, 내게서 나는 냄새가 녀석의 관심을 끈 게 분명했다.

메리의 늑대가 내게 놀자고 청했고, 내가 미처 알아차리기도 전에 한쪽 다리를 내 등에 얹고 있었다. 그 녀석은 나를 몰라볼 수도 있겠지만, 나는 분명히 그 늑대를 기억하고 있었다.

나는 불같이 화를 냈다. 내가 이런 애송이와? 조그만 새끼 늑대 주제에! 나는 무시무시한 소리를 지르고 이빨을 드러내며 새끼 늑대의 얼굴을 깨물려고 했다.

그러자 그 녀석은 재빨리 피한 뒤에 꼬리를 내리고는 달아나기 시작했다. 이로써 메리의 늑대를 도우미로 얻으려는 스위프트의 계획은 한동안 성사되지 못했고, 그러니 잘된 일이었다.

훗날 나는 메리의 늑대와 만났던 일을 종종 떠올리곤 했다. 그렇다, 나는 오래전에 엘로에게 했어야 하는 행동을 그 늑대에게 했던 것이다. 내가 엘로와 몸을 섞었을 때, 그 선부른 행동에서 얻은 것이라곤 결국 내 목숨과 맞바꾸는, 극히 소소한 쾌락뿐이었다. 나는 엘로와 떨어져서 몸을 일으키기도 전에 끔찍한 실수를 저질렀음을 알 수 있었다. 그것은 결코 되돌릴 수 없는, 내가 저지른 또 하나의 잘못이었다.

분노했다면, 누구를 향한 분노였단 말인가? 절정을 느끼던 그 순간에 희한하게도 내 가슴에 차올랐던 그 싸늘한 기쁨은 누구를 향한 승리감이었단 말인가?

나는 짧은 순간의 그 쾌락이 모두를, 특히 엘로와 나 자신과 티무, 그리고 그레이랙을 따르는 모든 사람들을 향한 복수라고 애써 생각했었다. 그렇지만 운명을 향한 복수는 샐리 샤먼조차도 성공하지 못한 부질없는 짓임을 엘로 앞에서 옷을 벗기 전에 알았어야 했다. 참으로 슬픈 일이지만, 우리 핏줄의 여자들에게 그런 식의 복수는 매번 너무도 허망한 일이었다.

15

그 전까지 나는 모든 게 못마땅해서 매사에 화가 치미는 정도였지만, 그 후로는 끊임없이 솟아오르는 분노 때문에 참을 수 없을 지경이 되었다.

그날 저녁 늦게, 나는 혼자 힘으로 불의 강으로 이어지는 한 줄기 강물을 찾아낸 다음 메리에게 돌아갔다. 메리는 화이트 폭스와 엘로 옆에 앉아서 나를 기다리고 있었다. 그들은 따뜻해지기 위해 자그마한 불을 피워놓고는 시들어버린 고사리 잎을 씹고 있었다. 나는 메리 옆에 있는 내 몫을 노려보다가 벼락같이 소리쳤다.

"가자. 어서 와, 메리."

그러자 화이트 폭스가 말했다.

"아직 강을 찾지 못했어. 내일 다시 찾아야 해."

이미 해가 서쪽으로 기울고 있었지만, 나는 메리를 향해 다시 소리쳤다.

"가자니까."

"어딜 가는데?"

화이트 폭스가 미간을 찌푸리며 물었다.

"불의 강에. 너희들이 여기 앉아 있는 동안 내가 찾았어."

화이트 폭스가 벌떡 일어났다.

"지금 가자고? 너무 늦었어. 오늘은 여기서 자는 게 좋겠어."

"있고 싶으면 있어라. 메리, 우린 가자!"

내 위세에 겁을 먹고 메리가 고집을 부리지 않고 일어났다. 곧 옐로와 화이트 폭스가 메리 뒤에서, 좋은 곳과 땔감을 두고 왔다고 투덜거리면서도 따라오는 소리가 들렸다. 조금 걸어가다가, 나는 돌아서서 그들을 노려보았다.

"여자들처럼 수다 떠는 것 좀 그만둘 수 없어? 그렇게 시끄럽게 굴어서야 사냥을 할 수가 있겠어?"

그들은 즉시 입을 다물었는데, 결과적으로 그건 잘된 일이었다. 우리는 한참을 가다가 어스름에 나무 한 그루 옆에서 짐승의 귀를 발견했고, 곧바로 짐을 내려놓고 그것의 뒤를 밟았다. 사향노루였다. 작은 놈이지만 잡을 수만 있다면 넷의 몇 끼 식사로는 충분할 것이었다.

화이트 폭스가 바람이 불어오는 반대쪽 덤불에 몸을 숨긴 사이, 우리는 사향노루를 그쪽으로 몰았다. 녀석은 반대편에 우리보다 더 무서운 것이 기다리고 있는 줄도 모르고 잽

싸게 그쪽으로 뛰어갔다. 화이트 폭스가 사향노루를 창으로 찔렀다. 녀석은 몸서리쳐지는 비명을 내질렀다.

그러고 나서, 우리는 잠자리를 찾았다. 그곳은 덤불이 무성해서 우리를 쫓거나 고기를 훔쳐 가려는 짐승들이 숨기에 좋은 곳이어서 야영을 하기엔 그다지 좋지 않았다. 그러나 너무 어두워져서 움직일 수 없었기 때문에 어쩔 수 없었다.

엘로와 화이트 폭스는 이런 처지에 놓이도록 만든 나를 탓하며 화를 냈지만, 나로선 그들이 화를 내는 것을 탓할 수는 없는 상황이었다. 주변에 땔감이 있다 해도 너무 늦어서 모을 수가 없었다.

어둠 속에 옹기종기 모여 앉아 빽빽한 덤불 속에서 방금 전에 죽은 고기의 강한 냄새를 맡으며 푸른 향나무에 불을 붙이려 할 때, 그레이랙이 내게 참을성에 대해 했던 말이 떠올랐다. 애초에 내게 참을성이 없었기 때문에 이곳까지 오게 된 것이고, 오늘도 내가 화를 내는 바람에 모두가 죽을 수도 있는 상황이 닥친 것이었다. 마음속에서, 틸이 이 상황을 해결할 사람은 너 밖에 없다고 말하는 소리가 들렸다. 그래서 나는 마음속의 틸에게 물었다.

'우리가 자는 곳에서 사향 순록을 치워야 되나요?'

'당연하지. 그것부터 시작해야지. 호랑이를 기억해라.'

그래서 우리는 사향노루를 거의 날것으로 양껏 먹은 뒤,

엘로와 화이트 폭스에게 시켜 멀리까지 갖다 놓으라고 했다. 그들도 거부하지 않았다. 그들도 호랑이를 몹시 걱정하고 있었던 것이다.

고기를 감출 높은 나무가 없어서 덤불 아래에 놔두었는데, 그들이 자리로 돌아오기도 전에 여우 두 마리가 고기 근방에서 으르렁거리는 소리가 들렸다. 그러다가 갑자기 정적이 흐르더니, 뼈를 부수는 소리가 들렸다. 뭔가 큰 놈이 여우들을 쫓아냈던 것이다.

이 모든 일이 너무도 짧은 시간에 일어났기 때문에 우리는 정신을 차릴 수가 없었다. 호랑이일까? 하지만 그보다 더 큰 동물이 찾아왔을지라도 우리가 할 수 있는 일은 없었다. 그저 모닥불을 밝혀 약간의 빛이 비치게 하고, 추위를 막기 위해 가죽 담요로 몸을 감싼 다음 단단히 창을 쥐고 깨어 있는 것뿐이었다.

메리가 먼저 잠들었고, 화이트 폭스가 앉은 채 머리를 숙이고 잠들었다. 엘로와 나는 말없이 깨어 있었다. 나는 엘로에겐 고개조차 돌리지 않고, 대신 사향노루가 내지르던 비명을 생각했다.

고통 때문에 소리를 질렀을까? 그런 것 같지 않았다. 동물들은 아파도 소리를 지르지 않는다. 그렇다면 공포 때문이었을까? 그것 역시 아닐 것 같았다. 누군가 도와줄 존재가 있으면 두려울 때 소리를 지르지만, 사향노루를 도와줄 것은 아무것도 없었다.

그러면 왜였을까? 그날 밤처럼 추운 밤이면 비명소리는 아주 멀리까지 들릴 수 있다. 방금 전에 사향노루의 뼈를 부수던 큰 동물은 그 소리를 듣고 온 게 분명했다. 사향노루는 뭔가 와주기를 바랐던 것일까? 사향노루는 내가 저지른 것과 똑같은 짓을 저질러, 자신이 당했다는 이유로 남도 당하게 만들려는 것이었을까? 그 비명소리는 이렇게 말하는 것 같았다.

"너희가 나를 죽였지? 하지만 나도 너희들을 죽이라고 누군가를 불렀어."

그놈은 정말로 우리를 죽일 뻔했다. 그놈이 죽었거나, 혹은 내가 내 분노로 죽였거나……. 지루하기도 하고 두렵기도 했지만 엘로와 나는 그럼에도 불구하고 잠들어버렸고, 정신을 차려 보니 새벽별이 떠오르고 있었다. 동이 트려고 하늘이 부옇게 변하고 있는 걸 보며 뻣뻣한 몸을 일으켜 주위를 둘러보았다. 우리 바로 옆에 호랑이 발자국이 찍혀 있는 게 보였다.

아주 오래전, 우리가 밤을 지낸 곳의 주위를 맴돌던 그놈일지도 모른다는 생각이 들었다. 그 발자국을 보고 있노라니, 나는 속이 메스꺼워졌다. 깨어 있었더라면, 만질 수도 있었을 거리에 호랑이가 와 있었다. 화이트 폭스가 말했다.

"사향노루 덕분에 우리가 살았어."

그날 이후, 내 가슴을 채우고 있던 분노가 떠나가더니 다시 돌아오지 않았다. 그렇다고 즐거운 것은 아니었지만, 화이트 폭스와 메리에게 좀 살갑게 대할 수 있었다. 엘로와 나는, 우리 사이에 있었던 일이 마치 없었던 일인 것처럼 무시했다. 우리는 서로 아무렇지도 않게 행동하고 있었다. 정말로 그런 일이 없었다는 듯이…….

우리가 불의 강을 찾아간 것은 봄이 좀 지난 때였는데, 뱅어는 여전히 있었지만 사람의 흔적은 없었다. 우리는 며칠 동안 상류로 걸어가 여자 호수에 닿았고, 거기서 반대편으로 가서 다시 하류로 내려가 강의 얕은 곳이 굽이를 돌아 평원으로 나아가는 곳으로 향했다.

내가 불의 강이 아니면 달리 갈 곳이 없으므로 아무도 찾지 못하게 되면 어찌 할지 고민하고 있을 때, 화이트 폭스가 사람들의 발자국이 찍혀 있는 길을 발견했다. 우리는 그 흔적을 따라 한나절을 걸어가 마침내 사람들이 살고 있는 곳에 닿았다.

우리는 싸울 뜻이 없음을 알리기 위해 덤불 옆에 창을 두고 그곳으로 다가갔다. 꽤나 넓은 지역에 여러 채의 오두막이 서 있었다. 강둑 너머 평원에까지 흩어져 보금자리를 만들고 있는 것으로 보아 많은 사람들이 마을을 이루며 살고 있는 것 같았다.

우리는 그곳의 어마어마한 규모에 놀랐다. 그레이랙의 오두막이 제아무리 크고 그 안에 사는 사람이 아무리 많아도 결국엔 하나의 일족에 불과했다. 그런데 이곳은 비록 오두막의 크기는 작아도 여러 채가 넓은 지역에 퍼져 있었다.

사람들은 여기저기 흩어져서 뱅어를 굽고 있었다. 몇몇은 우리가 낯선 사람이라는 걸 알고는 깜짝 놀라 일어났다. 하지만 우리는 그 가운데 한 사람을 알아볼 수 있었다. 그는 키가 크고 입이 큼직하고 눈이 튀어나온 남자로, 다름 아닌 아이너의 아들이자 내 사촌인 프록이었다.

그를 보니 반갑기도 하고 화가 나기도 했다. 그는 메리와 나를 본 순간, 거의 겁에 질린 것 같았다. 아마도 메리와 내가 죽었을 거라고 생각했던 모양이다. 어쩌면 그는 불의 강 사람들에게 그레이랙과 아버지와 헤어진 까닭을 설명하면서 거짓말을 했을지도 모른다.

하지만 그는 혼란을 감추고 곧장 우리를 맞으러 나왔다. 엘로와 화이트 폭스가 서로 낯익은 얼굴을 알아보고 무척 기뻐했다. 곧 많은 사람들이 우리 주위에 모였는데, 그 가운데 스틱도 있었다. 그는 우리 뒤를 살피며 다른 사람들이 있는지 찾아보기도 했다.

그는 자신의 어머니인 아이너의 안부를 묻고는 내 아버지의 안부도 물었다. 그들이 떠난 뒤에 아버지가 곧바로 죽었다고 대답하자, 스틱이 고개를 끄덕였다. 그러리라 예상했던 것이다. 그런데 아주 놀라운 소식이 스틱의 입에서 튀어나왔다.

"요이는 이곳에 오자마자 곧바로 다른 남자와 결혼했어."

이모는 아버지와 우리를 버리고 떠날 때, 이미 자신이 과부가 될 줄을 알고 있었던 것이다. 프록이 말하기를, 요이 이모는 지금 사초 뿌리를 파러 갔지만 곧 돌아와서 우리를 보고 깜짝 놀랄 거라고 했다.

그동안 우리는 다른 사람들을 만나고, 먹을 것도 좀 얻었다. 우리 주위엔 많은 사람들이 몰려들어 한꺼번에 말을 하고 있었다. 어른들은 모두의 소식을 궁금해했는데, 특히 틸에 대해 알고 싶어했다. 그들은 요이 이모에게 들어서 이미 어머니에 관한 소식은 알고 있었다.

그들은 또한 아울과 티무에 대해서도 알고 싶어했는데, 나로서는 대부분 얼굴도 본 적이 없는 사람들이라서 제대로 대답하기 힘들었다. 낯선 사람들과 이야기를 나누는 일에 서툰 나는, 그저 그들이 잘 있다고만 대답했다.

엘로가 모두에게 내가 티무의 아내였지만 싸우고 난 뒤에 이혼했다고 말하는 바람에 나를 부끄럽게 만들었다. 내가 그들을 더 잘 알게 된 다음에 내가 원할 때 말하려고 했는데 말이다. 그 소식에 스틱과 프록이 내막을 자세히 알고 싶다는 듯 궁금한 표정으로 쳐다보았지만, 나는 아무 말도 덧붙이지 않았다.

메리와 스위프트의 약혼 문제가 나오자, 사람들은 심각해졌다. 그들은 스위프트의 혈통이 자기들에게 예물을 주어야 한다고 말했다. 그러나 스위프트와 메리의 약혼이 깨졌다고 말하자 즉시 실망한 표정을 지었다. 그들은 스위프트가 좋은 상대라고 여겼던 것이다.

구름 낀 하늘 아래, 사방의 풀밭을 스치는 바람 소리 속에서 우리는 불가에 오랫동안 앉아 있었다. 우리는 더 이상 먹을 수 없을 때까지 뱅어를 먹었다. 우리 핏줄을 만났으니, 나는 기뻐야 했다. 내가 티무와 정혼한 것을 알기 전에, 그 레이랙을 따라 풀의 강으로 갔던 이후 이곳을 한 번도 찾지 않았다. 그런데 지금 나는 평생 처음으로 나를 어른으로 대우하며, 내 말에 관심을 가져주는 사람들을 만난 것이었다. 그러니 나는 기뻐야 했다.

그곳에 사는 거의 모든 사람들을 나는 처음 만나는 것이었지만, 그들은 나를 알고 있었다. 그들 가운데 일부 연장자들은 틸과 어머니를 어린 소녀 시절부터 알고 있었고, 어릴 적 별명으로 두 여인을 불렀다. 그런 사람들 가운데에는 내 친척도 많았다.

그런데도 나는 이상하게 우울했다. 그 순간, 나는 그레이랙의 오두막으로 돌아갈 수만 있다면 무슨 일이라도 할 것 같았다. 아무리 혹독한 겨울이라도, 아무리 물고 뜯으며 싸우는 사람들이라도, 심지어 티무에게 얻어맞아도 좋다고 생각했다.

마음속에 티무의 갈색 얼굴이, 잘생기고 넓은 어깨가, 긴 팔다리가, 아름다운 등이 떠올랐다. 그는 지금 무엇을 하고 있을까? 지금쯤 그는 스위프트을 따라 털의 강의 동굴 주거지로 안전하게 도착했을까? 그가 보고 싶어 미칠 것 같았다.

좋은 인상의 여자가 내 옆에 쪼그리고 앉았다. 그녀의 이름은 아이더였는데, 내가 자신의 핏줄이라고 했다. 나는 아이더가 어머니와 닮은 구석이 있는지 찬찬히 뜯어보았다. 어쩌면 닮은 데가 있는 것 같기도 했다. 그녀도 각진 어깨에 몸집이 조그맣고 단단했는데, 어머니가 살아 있다면 비슷한 연배일 것 같았다. 어머니처럼 그 여자도 윤기 나는 머리카락을 깔끔하게 땋았고, 하얀 이를 자주 드러냈다. 그녀가 내 손을 잡으며 이렇게 말했다.

"네 이모가 기뻐하겠구나. 요이는 너희들이 죽은 줄 아는데."

아이더가 어린아이를 부르더니 빨리 강으로 가서 사초 뿌리를 파고 있는 요이 이모를 불러오라고 했다.

"하머의 딸에게 놀라운 손님이 오셨다고 해라."

그러더니 아이더는 자기와 내가 어떻게 친척이 되는지 알려 주었다. 내 어머니의 어머니인 하머에게는 여동생 블랙 울프가 있는데, 그녀가 바로 아이더의 어머니였다.

블랙 울프는 지금 이곳에 살고 있는데, 앞을 보지 못해 거동이 불편하다고 했다. 아이더가 메리와 나를 블랙 울프에게 데리고 갔다. 몸집이 작고 매우 쇠약한 그녀는 모닥불 옆에 가죽 담요를 깔고 누워 있었다.

새의 뼈처럼, 그녀의 뼈가 얇고 주름진 살갗 아래 비치고 있었다. 뜨고 있는 눈은 파랗지만, 스위프트의 눈처럼 하늘색이 아니라 짙은 파란색에 막이 끼여 있었다. 보기 흉한 눈이었다. 더구나 블랙 울프가 입고 있는 가죽 윗옷과 바지는 몸에 비해 너무 컸고 머리카락과 얼굴, 옷은 몹시 더러웠다. 손에는 온통 재가 묻어 있는데, 자신도 모르게 몸을 만져 온몸이 재투성이었다.

아이더의 목소리를 듣더니, 블랙 울프가 일어나 앉아 우리를 찾으려는 듯 천천히 고개를 돌렸다. 아이더는 블랙 울프 옆에 쭈그리고 앉더니 그녀의 팔을 붙잡았다.

"친척들이 인사하러 왔어요, 어머니. 래프윙의 아이들인 야난과 메리랍니다."

노인은 반가운 목소리로 부르며, 내 쪽으로 손을 뻗었다.

"래프윙이라고? 네가 래프윙이냐?"

"래프윙의 딸이라구요, 어머니."

아이더가 큰 소리로 말했어도, 블랙 울프는 알아듣지 못했다.

"뭐라고?"

"래프윙의 딸들이라고요, 어머니. 여기 왔어요."

아이더가 블랙 울프의 손을 내 얼굴에 닿게 해주었다. 바짝 마른 손바닥이 내 눈과 코를 천천히 쓰다듬었다. 가는 손가락이 내 눈썹을 더듬었다.

"그렇구나, 어릴 적 래프윙이구나."

노인이 부드럽게 말하자, 아이더가 미소를 지었다. 나도 미소를 지었지만, 어머니가 속한 이곳에도 어머니의 모습은 블랙 울프의 기억에만 남아 있다니 서글픈 마음이 들었다. 그때 뒤에서 귀에 익은 목소리가 들려왔다.

"야단, 네가 오다니!"

요이 이모가 미소도 띠지 않은 얼굴로 우리를 보고 서 있었다. 우리가 찾아온 데 대해 놀랍고 기가 막힌다는 표정이 역력했다. 나는 얼굴에 예의 바르게 반가움을 드러내면서 일어났다.

"이모! 내가 왔어. 메리도. 옐로와 화이트 폭스도 함께 왔어. 우리 모두 친척과 혈통을 만나러 왔어. 만나서 반가워."

이모의 얼굴은 변하지 않았다. 오히려 더 차갑게 변한 목소리로 말했다.

"따라와라. 어디서 잘지 알려 줄 테니."

메리와 나는 짐을 들고 요이 이모를 따라 마을 한복판을 지나 평원 쪽으로 갔다. 나뭇가지를 세워 벽을 만들고, 지붕은 풀로 엮은 동그란 집 앞에 서서 이모가 말했다.

"여기가 우리 오두막이다."

집 안엔 나이 많은 남자가 앉아 있었다.

"내 남편이다."

남자가 고개를 들고 쳐다보았다. 메리와 나는 요이 이모의 남편이라는 말에 한동안 멍청히 서 있기만 했다. 그러자 이모가 나를 쿡 찔렀다.

"인사해야지. 예절은 어디 갔니?"

나는 당황해서 어떻게 해야 할지 몰랐다. 그레이랙의 오두막에서는 모두 아는 사람이었기 때문에 누구에게도 격식을 차려 인사한 적이 없었다. 사실은 나는 낯선 사람들을 만나 본 게 평생에 딱 두 번뿐이었다. 처음에는 불의 강에서였는데 아버지와 어머니가 인사를 했고, 그 다음은 내가 제비강에서 살다가 그레이랙의 오두막으로 돌아가서 스위프트의 친척들을 만났을 때였다.

요이 이모는 내가 낯선 사람에게 인사하는 데 익숙하지 않다는 사실을 알고 있었을 것이다. 그런데도 왜 내게 창피를 주었을까? 그러다가 오늘 만난 모든 사람들에게도 제대로 인사하지 않았다는 사실이 문득 떠올랐다. 그들이 나를 어떻게 생각했을까? 얼굴이 화끈거렸다. 내가 당황해하는 것을 보더니 이모가 대신 인사를 시작했다.

"아저씨의 혈통에 경의를 표합니다."

이모가 말하자, 나도 얼버무리듯 따라했다. 나는 이모를 곁눈질로 보면서, 불과 얼마 전까지만 해도 그녀를 올려다봤어야 했던 일을 기억했다. 그런데 지금은 이모와 내 어깨가 나란했다. 그 사이에 내 키가 자란 것이었다. 그렇다, 나는 어른이다. 요이 이모가 가르쳐 주는 대로 따라하는 어린아이가 아닌 것이다. 나는 마음을 고쳐먹고 이모의 남편을 곧장 바라보며 말했다.

"미안합니다, 아저씨. 우리 집에서는 새로운 사람을 만나는 일이 흔치 않아서요. 우리가 무례하게 굴 생각은 없었다는 사실을 알아주십시오. 아저씨와 친척 모든 분들을 존경합니다."

그가 고개를 끄덕이고는 요이 이모를 이상한 눈빛으로 쳐다보았다. 그의 입에서 나온 음성은 부드럽고 따뜻했다.

"너와 네 동생을 환영한다. 이곳에서 나는, 내 아내의 조카들과 함께 지냈으면 한다."

"감사합니다, 아저씨."

"뭘 좀 먹었니?"

"감사합니다, 아저씨. 뱅어를 먹었어요."

"그래, 그랬구나."

그 밖에 달리 할 말이 없었기에, 우리는 거기에 다소곳이 앉아 있었다. 여자들이 아이들을 데리고 강가로 가다가 들러 우리를 구경했다. 낯선 사람에게 익숙하지 않은 아이들이 입을 딱 벌리고 메리와 나를 바라보았다.

그러다가 메리와 나는 그 여자들을 따라 강으로 갔다. 많은 여자들과 아이들이 햇볕이 잘 들고 물살이 빠른 굽이에서 옷을 벗고 목욕을 하고 있었다. 햇볕 속에서 빠른 물살이 튀어 오르는 가운데, 사람들의 젖은 피부는 붉은 순록의 피부처럼 빛나고 있었다.

그 여자들도 엉덩이에 여신 오헌의 징표를 갖고 있었다. 하지만 왜 내가 그것을 보고 놀랐을까? 내게 그 징표를 만들어 준 틸이 바로 이곳 출신인데 말이다. 나도 옷을 벗고, 머리를 풀고, 물속으로 들어갔다. 물이 너무 차가워서 허벅지까지 닿자 잠시 서서 기다려야 했다.

요이 이모와 메리는 내 뒤에서 목욕했다. 매끄러운 팔다리를 가진 이모는 언제나처럼 아름다웠지만, 그녀는 뭔가 이상해 보였다. 여자아이처럼 가슴이 작은 어른이라니…….
갑자기 그녀가 불쌍해졌다. 씻기고, 안고 다니고, 이야기해
주고, 노래를 불러 줘야 할 아이들을 가진 여자들이 저렇게
많은데, 그 중에서 이모만 아직도 아이가 없다니…….

그렇게 많은 아이들을 본 것은 몇 년 만이었다. 그레이랙
의 오두막에서는 앙키의 아기만 아직 살아 있다는 것을 생
각하며, 나는 그 아이들이 빛나는 젖은 몸뚱이로 강둑의 둥
근 돌을 가지고 노는 모습을 바라보았다. 그들은 작은 오두
막을 만들고, 그 옆에 조심해서 나뭇가지를 쌓고 있었다.

그러다 요이 이모를 돌아본 순간, 그녀가 나를 아래위로
세심하게 훑어보고 있다는 사실을 알았다. 그녀는 아주 이
상한 표정을 짓고 있었다. 화가 난 것 같기도 하고, 웃는 것
같기도 한 표정으로 나를 불렀다.

"야난!"

하지만 요이 이모는 내게 말하는 대신 바로 옆에서 목욕을
하고 있던 여자에게 말을 건넸다. 그녀가 아이더임을 알아
보는 데는 잠깐 시간이 걸렸다. 아이더에게 이모가 말했다.

"야난이 애를 가졌네요."

나는 숨을 멈추었다. 머릿속이 하얘졌다. 강물 소리도, 사
람들의 말소리도, 아이들의 웃음소리도 들리지 않고 다만
떠오르는 것이 있다면 엘로였다. 자작나무 덤불에서 어깨

너머로 삼킬 듯이 응시했던 그 엘로 말이다. 요이 이모가 미소를 지으며 물었다.

"그렇지?"

나는 목에 힘을 주면서, 그리고 몸을 내려다보지 않으려고 애쓰면서, 눈을 휘둥그레 뜨지 않으려고 하면서, 요이 이모를 조용히 바라보았다. 표시가 났나? 아이의 아버지가 누구인지 알까? 끔찍한 혼란 속에서 문득 정신을 차리고 보니 나는 수많은 낯선 여자들 앞에 벌거벗고 서 있었다. 그들은 모두 나를 쳐다보았고, 모두가 내가 모르는 것을 아는 것 같았다.

"아니야!"

내가 머리를 흔들며 말했지만 요이 이모는 여전히 이상한 미소를 머금고 나를 쳐다보고 있었다. 이모는 내가 놀란 것을 알고 있었다. 몸을 씻는 것 외에는 할 일이 없었다. 애써 침착한 모습으로, 나는 차가운 줄도 모르고 물을 떠서 팔에 부었다. 그러고는 턱까지 물속에 쭈그리고 앉았다. 다시 일어서서 사람들의 구경거리가 되고 싶지 않았기 때문이었다.

그들에게 뭐가 보였을까? 나는 머리를 감는 척하며 고개를 숙여 물속에 잠긴 내 몸을 쳐다보았다. 배가 달랐을까? 가슴이? 아니면 젖꼭지가? 강둑으로 나가 옷을 찾아 입으면서, 다시 내 몸을 훔쳐보았다. 젖꼭지가 더 크고 검어진 것 같기도 했다. 배가 둥글어진 것 같기도 했다. 배꼽에서 거웃 사이에 희미한 줄이 생긴 것이 보였다.

그게 표시일까? 요이 이모에게는 아무것도 물어볼 수 없었다. 어머니는 왜 그렇게 서둘러 죽었을까? 어머니가 살아 있으면 자초지종을 말하고 대답을 들을 수 있었을 것이다. 틸에게도 물어볼 수 있었을 것이다. 틸과 함께 있었더라면 이런 일은 절대 일어나지 않았을 것이다.

해질녘 나는 쑥 덤불 속에서 혼자 시간을 보냈다. 거기서 나는 윗옷을 걷어 올리고 내 몸을 자세히 들여다보았다. 배가 확실히 둥글어졌음을 알 수 있었다. 아기가 움직이는지 느껴 보려고 배를 잡아당기고 찔러 보기도 했다. 하지만 아무런 느낌도 없었다.

죽었을지도 모른다. 엘로가 아버지라면, 죽는 편이 제일 나을 것이다. 내 배는 아이의 무덤이 될 것이고, 언젠가 나는 모두 잊게 될 것이다. 하지만 어쩌면 아기는 내가 먹은 생선들과 함께 그 안에서 움직이고 있는데, 아직은 너무 작아 느끼지 못하는 것일지도 몰랐다. 조만간 무슨 일이 일어나겠지만, 그게 무엇일까? 얼마나 기다려야 알 수 있을까?

밤이 되자 내가 아이를 가졌다는 게 실감났다. 그 생각을 하자 너무 무서웠다. 잠자리에 들었지만 도저히 잘 수 없어서, 나는 모닥불 옆에 누워 별을 바라보고 있었다. 한참만에야 이름을 알게 된 요이 이모의 남편 아터는 누군가를 만나러 가고 없었다. 이모와 메리는 오두막 앞에서 나란히 자고 있었는데, 이모는 예전처럼 메리의 담요를 몽땅 빼앗아 덮고 있었다.

처음에 나는 티무가 아버지라고 믿으려고 했지만, 그건 쉬운 일이 아니었다. 여름이 끝날 무렵 '노란 잎의 달'이 보인 뒤로 티무와 지내면서 가을과 겨울 내내 몸을 섞고 또 섞었지만, 내게 달라진 점을 조금이라도 발견한 사람은 없었다.

하지만 요이 이모는 엘로와 그 짓을 하고 나자마자 내가 아기를 가진 것을 알아차렸다. 티무가 아버지라고 생각하고 싶었지만 그럴 리가 없다는 생각이 들었다. 그가 아버지라고 믿어 보려 한다고 해서 기분이 바뀌는 것도 아니었다.

그러자 어머니와 틸이 샐리에 대해 말하던 일이 기억났다. 어머니와 틸이 요이 이모에게 같은 핏줄 사이에서 태어난 아기들에 대해 해준 이야기도 기억났다. 팔도 없고 다리도 없어서 눈밭에 버려지거나 여우가 잡아가도록 덤불 아래 내버려지는 아기들의 이야기 말이다.

샐리의 아기처럼 가로로 누워 태어나는 아기들, 그리고 이런 아기들을 죽이는 남자들, 그런 아기들의 머리를 바위에 내려치고 싶어하는 남자들, 죽은 자의 땅에 가면 같은 핏줄의 사람들이 그런 여자에게 화를 내면서 모닥불 옆에 앉지도 못하게 한다는 이야기…….

엘로 앞에서 옷을 벗기 전에 그 이야기를 생각했어야 한다는 깨우침이 통렬한 반성으로 나를 덮쳐 왔다. 엘로와 몸을 섞으며 차가운 승리감에 도취했던 짧은 쾌락과는 결코 바꿀 수 없는 운명이 지금 내 앞에 전개되고 있었다.

이제 와서 생각하기엔 모든 것이 너무 늦어버렸지만, 나는 생각을 멈출 수가 없었다. 내 잘못을 도저히 감출 수 없는 것일까? 많은 사람들이 많은 것을 감추었다. 어쩌면 이 일도 감출 수 있을 것이다. 샐리는 남편에게 자신의 친척인 연인에 대해 말함으로써 스스로 비극을 불렀다. 요이 이모는 엘로에게 자신을 '아내'라고 부르게 함으로써 아버지에게 발각되었다.

반면에 나는 아무한테도 말하지 않았다. 남들이 감추지 못하는 것을 나는 감출 수 있을지도 모른다. 어머니가 살아 있다면, 그렇다, 어머니가 지금 내 옆에 있다면 사실을 감추고 거짓말을 하라고 충고할 것이다. 이모한테 충고했던 것처럼 말이다. 머릿속에서 틸의 목소리가 들려왔다.

'남들의 경험에서 아무것도 배우지 못하는 아이야, 이제 어디로 갈 테냐? 어떻게 할 셈이냐? 잘생긴 남자들을 좋아하는 너, 이제 다음 겨울에 너를 위해 사냥해 줄 남자를 찾아야 하는데, 아터의 오두막에서 그대로 살 셈이냐? 그들이 너처럼 무례한 여자를 좋아할까? 아무리 그들이 너의 친척이라 해도 널 영원히 반겨 줄까?'

'내 걱정은 말아요. 이제부터 다른 남편을 찾겠어요. 난 조금 전에야 이곳에 왔어요. 그래서 아직 그들을 몰라요. 내가 알아서 할 거예요.'

'너의 핏줄은 이곳 사람들에게 가장 도움이 되는 남자와 너를 결혼시킬 것이다. 그 결혼은 그들에게 큰 도움이 될 수 있을 테지만, 너에게도 그럴까?'

'제가 아기를 가진 게 아닐지도 몰라요. 요이 이모가 뭘 알겠어요?'

'아닐지도 모르지. 요이는 누가 아기 가진 것 같은 조짐만 보이면 불같이 시샘하는 여자니까. 너는 대낮에도 항상 꿈을 꾸며 다니니, 자작나무 숲에서 엘로와 있었던 일조차 꿈에서 지어낸 이야기일지도 모른다.'

아터가 돌아오는 소리에, 몽상에서 깨어났다. 그는 순록 가죽 담요를 펴더니 잠시 앉아 있을 셈인지 모닥불에 땔감을 더 넣었다. 내가 쳐다보는 것을 보고는, 그가 미소를 지으며 사냥 주머니에서 물고기 두 마리를 꺼내 들었다. 하나는 자기 몫, 다른 하나는 내 몫이라는 뜻이었다.

그래서 나는 일어나 모닥불 옆에 앉아서 물고기가 익기를 기다렸다. 그는 우리가 여기까지 어떻게 왔는지, 무슨 사냥 감을 보았는지를 물었다. 그가 너무 관심을 갖는 것처럼 보여서 나는 호랑이를 본 일, 그 호랑이를 전에도 보았던 일을 이야기했다.

그는 예의 바르게 내 말을 들어 주었고, 내가 있고 싶은 만큼 있어도 좋다고 다시 말해 주었다. 그때 몽상 속에서 틸 이 했던 말이 떠올랐다. 내가 자기 친척에 속한 사람이 아니라 해도, 좋은 오두막이나 여름 주거지와 같은 유용한 관계를 맺게 해주지 않아도, 겨우내 나를 먹여 줄까?

그런 물음을 넌지시 던지려 하는데, 마침 요이 이모가 깨어났다. 아터는 이모에게 물고기가 다 익었다고 했고, 이모는 모닥불에 같이 앉았다. 아터는 너무나 친절하게 이모에게 자기 칼에 꽂힌 물고기를 주었고, 내게는 다른 물고기를 주었다.

나는 사양하려 했지만, 자신은 배가 고프지 않다며 계속 권했다. 시간을 보내려고 물고기를 구웠을 뿐이라는 것이었다. 나는 배가 몹시 고팠고, 물고기 냄새가 좋았기에 얼른 받아먹었다.

요이 이모는 남편이 권한 물고기를 먹으며, 내가 앞으로 어떻게 할 셈인지, 정말로 내가 이혼했는지 알고 싶어했다. 내가 그렇다고 하자 요이 이모는 화를 냈다. 이제 그레이랙의 오두막에 돌아갈 수 없기 때문이었다.

"우리에겐 그곳이 필요할지도 모른다."

요이 이모가 심각한 표정으로 말했다. 앞으로 어떤 혹독한 겨울이 닥칠지 누가 안단 말이냐? 언제 굶게 될지 누가 알 수 있단 말이냐? 또한 요이 이모는 이제 내게 남편이 없으니 새로 받을 예물이 없어 화가 난다고도 했다.

"그러니 너는 이혼을 취소하고 이 문제를 해결해야만 해."

요이 이모가 그렇게 말했다. 그래서 나는 말했다. 내가 그레이랙과 매머드 사냥꾼들의 관계를 망쳐놓았으니, 돌아간다 해도 환영받지 못할 것이라고. 하지만 이모는 집요했다.

"네가 티무의 아기를 가졌는데도? 아기는 언제나 환영받는 존재라는 거 몰라?"

내가 대답하지 않자, 이모가 이상한 눈으로 나를 들여다보았다. 그러다가 이 마을에 여자 호수에서 온 홀아비가 하나 있는데, 그의 친척들은 겨울에도 큰 물고기를 잡는다면서 내가 이혼을 취소하지 않는다면 그와 결혼해야 할 것이라고 말했다.

"아침이 되면, 아이더를 찾아가 그 홀아비와 네 결혼에 대해 의논해 보겠어."

그러면서 요이 이모는 그 사내에 대한 마을 사람들의 평판이 아주 좋다고 했다. 더구나 그곳 사람들은 순록 사냥에도 능해서, 오두막 옆에는 온갖 종류의 순록에게서 나온 뿔이 그득하게 쌓여 있다고 했다. 요이 이모는 내가 그 홀아비와 결혼하게 되면 받게 될 선물 생각에 흐뭇한 미소를 지었다.

"내일 아이더가 좋다고 하면, 너를 그 홀아비의 친척들에게 데려가마. 넌 그들과 함께 지낼 수 있을 거야. 그렇게 되면 그들이 네게 줄 수 있는 예물에 대해서도 알 수 있을 거야."

"내일 당장?"

나는 내일 결혼을 시작할 마음의 준비가 되어 있지 않았다. 마음의 준비는커녕 얼굴도 모르는 홀아비와 결혼에 대해 말하는 것 자체에 짜증이 났다. 요이 이모가 미간을 찌푸리며 물었다.

"무슨 문제라도 있니?"

아터가 우리 사이에 끼어들었다.

"조카는 이곳 사람들을 만나러 온 거야, 여보. 아직 결혼하고 싶지 않을 수도 있지 않소."

"그래요? 그럼 저 아이가 이번 겨울엔 뭘 하죠? 지난겨울에도 사람이 많은데 사냥은 잘되지 않아 고생이 심했어요. 저 아이를 우리하고 같이 지내게 할 건가요?"

"원하면 그럴 수도 있지. 야난도, 야난 동생도."

"그럼 프록과 스틱은 어디서 살죠?"

"처가에서 살면 되지. 프록의 아내는 불의 강과 여자 호수가 갈라지는 곳의 오두막에 살았고, 스틱의 아내는 여자 호수 반대쪽 오두막에서 살았거든. 하지만 거기도 사람이 많기는 해. 그러니 그들이 메리를 데려갈 수는 있겠지만, 널 데려갈 수는 없겠구나."

아터의 고집에 요이 이모가 화제를 바꿨다.

"너는 여자 호수를 아직 못 봤지? 아주 크단다. 그 둘레를 다 걸어 본 사람은 아무도 없어."

그 말에 아터가 껄껄 웃었다.

"그곳을 걸어 본 사람들은 당연히 많아. 하지만 크기는 크지. 겨울에 언 곳을 가로질러 건너는 데만도 한나절이 꼬박 걸리거든."

여자 호수의 크기나 그곳의 오두막에 대해서는 듣고 싶지 않았다. 내가 궁금한 것은, 앞으로 어떤 처지가 될지 알고 싶다는 것뿐이었다. 어쩌면 내 표정에 그런 마음이 드러났는지, 아터가 화제를 바꿨다.

"같이 온 남자 둘은? 화이트 폭스라고 했나?"

"네, 아저씨. 화이트 폭스는 메리에 대해 우리 혈통과 의논하고 싶어해요."

"다른 남자는? 그의 이름이 엘로였던가?"

나는 잠시 엘로에 대해 뭐라고 설명해야 할지 생각했다. 침묵이 어색해지자, 요이 이모가 다른 생각을 할까 봐 나는 마음이 급해졌다. 그래서 나는 엘로 이야기는 빼고 다시 화이트 폭스에 대해 말하기 시작했다.

"화이트 폭스는 메리랑 약혼한 사이였어요. 그러다 메리를 매머드 사냥꾼 남자와 약혼시키겠다는 약속을 하게 되어······."

하지만 나는 말을 끝맺지 못했다. 요이 이모가 갑자기 무슨 생각이 났다는 표정으로 나를 노려보았기 때문이었다. 이모가 나를 대신해서 말했다.

"엘로는 우리 친척인데, 여기 잠시 다니러 왔어요."

그 말을 하면서 이모가 묘한 웃음을 지으며 나를 훑어보고 있었다. 뭐라도 알아냈다는 듯이 차갑게 웃고 있는 그녀를 보며 오싹한 기분이 들었다. 당혹감을 감추기 위해 웃어보려고 했지만, 때는 이미 늦었다.

그 뒤 며칠 동안 나는 아이를 가진 여자들에게서 임신에 대해 많은 것을 배웠다. 그곳에는 아이를 가진 여자들이 꽤 많아서 저마다 자세히 말해 주었다. 그레이랙의 오두막에 살던 어린 시절, 여자 어른들은 우리 모르게 이런 이야기들을 많이 했으리라.

우리 오두막의 여자들처럼, 이곳 여자들도 아이들에게는

그런 이야기를 한 마디도 들려주지 않았다. 메리처럼 어린 아이가 가까이 다가오면 여자들은 즉시 화제를 바꿨다. 아이들은 결혼할 수 있는 상대와 그럴 수 없는 상대만 알면 충분하다고 생각하는 것 같았다.

그렇다면 이곳 여자들은 자신의 임신에 대해 어떻게 알게 될까? 내가 알게 된 과정과 똑같이, 이곳 여자들도 뱃속의 아기가 커지면서 날마다 바지가 작아지는 것을 보고, 자신이 임신했다는 사실을 알게 되는 모양이었다.

이제 임신이 부정할 수 없는 기정사실이 되면서, 나는 언제나 요이 이모에게 티무가 아이 아버지라고 신경 써서 말했다. 그렇지만 요이 이모는 차르 강의 오두막에서 이곳까지 올 동안 일어났던 일에 대해 관심이 많았다.

요이 이모는 우리가 정확히 언제 떠났는지 알고 싶어했다. 티무가 중간까지 우리와 함께 왔는지? 하늘에 어떤 달이 떠 있었는지? 눈이 왔는지? 많이 왔는지, 조금 왔는지? 강에 얼음이 얼었는지? 우리가 무엇을 먹었는지? 차르 강에 고사리가 있었는지? 겨울 딸기는 빨갰는지, 까맸는지? 우리 넷이 내내 같이 왔는지? 다른 사람을 만난 적은 없는지?

나는 내가 아기를 가졌을 때 티무와 함께 있었는지를 알아내려는 요이 이모의 속셈을 간파했기 때문에, 거짓말을 하거나 애매하게 대답함으로써 아무것도 알려 주지 않았다.

이따금 나는 요이 이모가 화이트 폭스에게도 묻는 것을 들었고, 메리에게 묻는 것까지 들었지만 메리는 요이 이모를 무서워해서 제대로 대답하지 않으려 했다.

요이 이모는 엘로에게도 자기들의 과거를 일깨워 주듯 여자애처럼 속삭이는 목소리로 물어보려고 했지만, 옛날에 저지른 잘못 때문에 엘로의 입은 절대 가벼워지지 않았다. 엘로는 현명하거나 조심스러운 남자는 아닐지 모르지만, 이것저것 나불댈 정도로 칠칠치 못하지는 않았다. 요이 이모의 얼굴에는 짜증나고 실망한 표정이 역력했다.

나는 낮에는 자거나, 다른 여자들과 뿌리를 파거나, 이야기를 나누며 지냈지만, 밤이면 깨어서 어떻게 할지 궁리하고 또 궁리했다. 어느 날 밤, 모닥불 옆에 혼자 앉아 있는데 요이 이모가 잠자리에서 나와 내 옆에 앉았다. 이모는 또다시 내가 이곳까지 오는 길에 무슨 모험을 겪었는지 캐내려고 했지만, 나는 여느 때처럼 대답하지 않았다.

마침내 그녀는 내가 티무와 언제 헤어졌으며, 진짜 아이 아버지가 누군지 대놓고 물었다. 나는 충격을 받았다는 듯이 이모를 빤히 쳐다보았다. 이모가 물었다.

"나한테 솔직히 말해 봐. 너한테는 의논할 어머니가 없잖니? 누군가 의논할 상대가 있어야 되지 않아? 난 너의 이모야. 나 말고 누구한테 말할래?"

"이야기할 게 없어, 이모. 나는 아기를 낳을 거야. 그것 말고는 달리 할 말이 없어."

"그럼 왜 남편한테 돌아가지 않는 거냐?"

"거기 사람들은 나를 원하지 않아. 그레이랙의 사람들과 우리의 관계는 완전히 끊어졌어."

"그래도 돌아가면 돼. 아이가 티무의 아이라면 반드시 너를 반겨 줄 거다."

나는 아무 말도 하지 않았다.

"물론 티무의 아이가 아니라면, 너는 그들과 떨어져 있어야 하겠지. 티무랑 헤어진 다음에 월경을 했니?"

"난 평생 월경을 딱 한 번 했어. 아주 오래전 메리랑 내가 차르 강으로 돌아갈 길을 찾고 있을 때였어."

이모가 아버지를 버리고 떠났던 일을 이야기하면 캐묻기를 그만둘 줄 알았는데, 내 생각이 틀렸다.

"있잖아. 내가 묻는 것에는 대답을 절대 안 하는구나. 뭘 숨기는 거냐? 처음에는 티무가 아이 아버지라는 걸 의심하지 않았다. 하지만 네가 뭔가 숨기는 걸 알았어. 진짜 아버지는 화이트 폭스가 틀림없구나."

"이모! 화이트 폭스라니, 그 애는 어린애잖아."

"아마 아이는 아니겠지. 그리고 물론 화이트 폭스도 아니겠지. 그 아이는 우리 친척이니까. 그렇다면 달리 누가 있겠니? 엘로지. 샐리의 딸 틸의 아들 말이다."

나는 요이 이모를 똑바로 응시했다. 얼굴에 표정을 드러내지 않으려 애쓰며, 나는 분명한 어조로 말했다.

"이모가 잘못을 저질렀다고 해서 나도 같은 짓을 저지르라는 법은 없어. 난 아무 짓도 안 했고, 티무가 아이의 아버지야. 그리고 이제 피곤해요. 자러 갈 거야. 애를 가지면 피곤해져. 그런 말 못 들어봤어?"

이모가 나를 한참 노려보더니 차갑게 내뱉었다.

"내 얘기, 아직 안 끝났어."

하지만 나는 잠을 자기 위해 가죽 담요를 펼쳤다.

혼자 있을 때면, 마음속에서 틸의 말소리가 다시 들려왔다.

'너는 잘못하고 있다. 네 이모가 너의 비밀을 아는구나. 아니면, 의심하는구나. 네 이모가 왜 그걸 알고 싶어할까?'

'사람들은 언제나 남의 일을 궁금해하면서 묻고 다니잖아요.'

'이유는 또 있다. 네 이모는 질투하는 거야. 요이는 네 어머니를 질투했고, 임신하는 것을 질투했고, 지금은 너를 질투하는 거다. 요이가 안다고 생각하고서 무슨 짓을 하려는 걸까?'

'모르겠어요. 이모가 무서워요.'

'그렇다, 너는 요이를 무서워해야 한다. 요이한테는 이 일

이 잘된 일이거든. 그게 말썽의 시작이지. 요이가 다른 사람에게 말하면 어떻게 할래?'

'당연히 좋지 않을 거예요.'

'요이 입을 막으려고 요이가 시키는 대로 할 테냐?'

어쩌면, 그럴지도 모른다. 마음속에서 틸의 질문이 더 들려왔다.

'요이가 고른 홀아비랑 결혼하고, 그녀가 고른 땅에 가서 살고, 요이가 너와 그 더럽혀진 아이를 이용하게 만들려고 하느냐? 요이는 너와 그 아이를 어떤 일에든 영원히 이용하려 들 것이다. 그레이랙과의 관계가 완전히 끊어진 네 이모가 지금 어떤 처지인지 생각해 보아라. 요이는 아직 젊고 아름답지만, 벌써 늙은 모습으로 살고 있다. 혼자, 아이도 없이, 눈 속에 버려져 죽게 될 가련한 여자로……. 요이는 자신의 미래를 가장 두려워하고 있다.'

'아터는 친절한 사람이에요. 이모에게 잘 대해 줘요.'

'아터는 늙었다, 야난. 그리고 그 오두막도 자기 것이 아니라 형의 것이다. 그 형에게 자기 가족을 둔 아들들이 있는지 물어보았니? 아터가 죽고 그들과 하나로 묶어 줄 아기가 없다면, 그들이 네 이모가 함께 살도록 해줄까? 요이가 널 이용할 수 있다면, 넌 커다란 이용감이 될지 모른다. 너를 망신 주고, 네 아이를 여우 밥으로 내놓게 할 수도 있어. 요

이는 위험해.'

'이모는 의심할 뿐이지 증거는 없어요.'

'그러니 요이가 증거를 찾지 못하게 해야지. 몸조심하고, 입조심해야 한다.'

마음속의 틸이 내 어깨를 감싸 안아서 나는 눈시울이 뜨거워졌다. 모든 것을 엉망으로 만들어놓고, 그것도 모자라 그들과 이렇게 멀리 떨어져 나와 있는 주제에 틸을 생각하며 울고 있다는 것이 너무 염치없는 일이었다. 그러나 굶주릴 때 여신 오헌에게 고기를 달라고 기원하듯이 틸에게 기대는 수밖에는 달리 방법이 없었다.

이틀 뒤, 메리와 내가 강둑의 긴 풀밭에서 사초 뿌리를 파고 있을 때, 풀이 스치는 소리가 들려 고개를 들어보니 화이트 폭스와 엘로가 얼굴을 하늘과 등지고 서 있었다. 아직도 나를 따라다니다니, 나는 화가 나서 벌떡 일어났다.

그들은 미리 의견을 맞춘 듯 내게 한 마디도 없이 화이트 폭스가 메리에게 강을 따라 내려가 보자고 하더니, 엘로와 나를 단둘이 남겨놓고 가버렸다. 그런 꿍꿍이속으로 또다시 접근하려 들다니, 나는 더욱 화가 났다. 엘로가 풀밭에 쭈그리고 앉더니 땅을 파고 있는 나를 보았다.

"우리가 여기 있는 걸 보고 사람들이 뭐라고 하겠니? 화이트 폭스한테는 뭐라고 했기에 널 도와주고 있는 거니?"

"사람들이 네가 아이를 가졌다고 하던데, 그게 사실인지 알아보러 왔어."

"네가 내 어머니라도 되니, 그런 건 왜 묻지?"

"대답해, 야난."

"왜 그게 그렇게 궁금하지?"

"요이가 말하기를, 네가 홀아비랑 결혼한다고 해서."

"그래서?"

"그가 너한테서 아이를 얻을 때까지 몇 년이나 걸리면, 결혼 예물은 그리 많지 않을 거야."

엘로의 말을 비로소 알아들은 나는 땅 파는 막대기를 집어던지듯이 내려놓았다.

"네 몫은 크지 않을 거야."

"나한테는 앙키에게 줄 선물이 필요해. 이제 네가 아기를 가졌다고 하니, 네가 다음번 결혼할 때 내 몫이 얼마나 될지 알고 싶을 뿐이야. 너는 항상 말썽만 일으켜. 계획을 짜기 전에 다른 사람을 생각해 본 적이 있기나 해?"

엘로는 사초 뿌리에서 흙을 털어내더니 한 입 베어 물었다.

"너 때문에 지친다, 야난."

그가 뿌리를 우적우적 씹으며 말했다.

"너는 사람들을 화나게 해. 네가 메리의 약혼을 망쳐놓는 바람에 우리는 상아를 얻지 못했어. 다음에는 티무와 이혼하는 바람에 선물을 돌려줘야 했어. 그러더니 사람들한테 애를 가졌다고 말함으로써 네가 다음 결혼할 때 예물을 아주 조금 받게 만들고 있어. 그러니 우리 기분이 어떻겠어?"

그를 외면하고 다른 뿌리를 파기 시작하자 엘로가 땅 파는 막대기 끝을 잡았다.

"네가 말썽을 일으켰으니, 네가 바로잡아야 해."

"너는 고작 예물 때문에 나에게 재혼을 권하고 있어. 그러면서 뻔뻔스럽게도 임신했는지를 내게 묻고 있어. 그것도 순전히 선물 때문에."

"여자들은 결혼 예물이 어떤 건지 이해하지 못해."

"이해 못 하는 건 바로 너야. 넌 그래서 여기 온 거야. 여자처럼 뿌리나 파내면서 사정하러 왔으면서도 무례하게 굴다니!"

"요이와 아이더한테 너를 설득해서 메리를 스위프트한테 보내겠다고 약속했어. 그래서 온 거야. 요이는 네가 생각을 바꾸면 내 결혼 예물을 구하는 걸 도와주겠다고 했어. 나는 할 일을 할 뿐이야."

문득 떠오르는 생각이 있어, 나는 엘로를 뚫어져라 바라보았다. 엘로가 여기 왜 온 것일까? 요이 이모와 아이더가 내게 원하는 것이 있다면, 어째서 직접 말하지 않았던 것일까? 그들은 내가 엘로에게 특별한 감정을 갖고 있다고 여겨서, 그들이 설득할 수 없는 것을 엘로가 대신할 수 있다고 여긴 것일까? 아니면, 요이 이모는 우리에게 덫을 놓고 있는 것일까? 조심스레 감추어 놓아 내가 아직까지 발견하지 못하고 있는 덫을? 아, 그렇구나! 나는 비로소 알 수 있었다. 나는 웃음을 터뜨렸다.

"화이트 폭스한테 메리를 여기서 데려가라고 말한 게 누구지?"

엘로가 잠시 어리둥절한 표정을 짓다가 내 시선에 쫓기며 털어놓았다.

"요이가 그랬어. 요이는 내가 너랑 단둘이 이야기하면 너를 잘 설득할 수 있을 거라고 했어. 어쨌든 우리는 메리 이야기를 하고 있으니까. 그 애가 듣는 걸 원하지 않아."

"넌 욕심을 부리고 있어. 게다가 단순하고! 요이 이모도 욕심은 많지만 단순하지는 않지. 요이 이모는 선물을 주겠다고 약속하고서 너를 여기로 보냈지. 너를 통해 화이트 폭스랑 메리를 치워놓았고. 너랑 나는 여기 원하는 만큼 오래 있을 수 있어. 이모가 원하는 대로 몸을 섞을 수도 있고. 일어나서 빨리 가, 누가 오고 있어."

"무슨 소리야?"

"빨리! 여기 내 곁에 있지 마. 일어나서 빨리 가란 말이야!"

"네가 나한테 명령할 수 있다고 생각해?"

엘로는 화난 목소리로 말하면서 내가 말한 대로 움직이지 않았다. 우리가 서로를 노려보고 있을 때, 풀이 다시 바스락거리더니 프록이 다가와 섰다. 우리가 벌거벗고 껴안고 있는 게 아니라 옷을 입고 사초 뿌리 더미 위에 앉아 있는 걸 보고 약간 놀랍다는 표정이었다.

프록은 우리와 눈을 마주치지도 않고, 마치 다른 남자가 여자랑 풀숲에 있는 것을 본 남자처럼 땅바닥의 흔적을 몰래 훑어보았다. 우리가 벌써 일을 치러 그가 직접 목격할 수 없는 상황이라면, 풀에 있는 흔적이 모든 것을 말해 주었을 것이다. 엘로는 프록이 마치 우리의 잘못을 잡아낸 것처럼 당황한 표정을 지었지만, 나는 미소를 지었다.

"요이 이모가 우리가 여기 있다고 했겠지?"

내 말에 프록은 깜짝 놀란 표정을 지었다. 나는 입술로 강 하류를 가리켰다.

"화이트 폭스랑 메리는 저기 있어. 이제 나도 가봐야지."

나는 일어나서 사초 뿌리를 모아 엘로에게 건넸다.

"이걸 이모한테 전해 줘. 이모 것이니까. 이모가 사초 뿌리를 어디서 찾을 수 있는지 알려 줬거든. 난 메리를 데리고 갈게."

나는 엘로와 프록이 부끄러워 서로를 쳐다보지 못하도록 내버려 두고 그 자리를 떴다. 나는 화이트 폭스와 메리를 찾아 집으로 데리고 가면서 이런 생각을 했다.

'좋아, 이제부터는 내가 요이 이모를 상대할 차례야.'

요이 이모에게 어떻게 할지 생각해 둔 것이 있었다. 요이 이모를 이용할 것이다. 요이 이모를 이용해서 티무에게 돌아갈 것이다. 요이 이모는 까맣게 모르겠지만, 나는 이모 덕분에 티무에게 돌아가고 그레이랙의 오두막 사람들에게 환영과 칭찬을 받을 것이다. 나는 잘못을 모두 바로잡고, 떳떳하게 살 것이다. 아니, 적어도 한동안은 그럴 것이다. 엘로에 대해 아무도 알아내지 못하기만 한다면…….

아직 나와 엘로의 관계에 대해서는 아무도 알지 못한다. 요이 이모는 엘로가 선물과 여자를 탐하는 것을 이용해 증거를 얻으려고 했지만, 그녀는 실패했고 대신 그녀 자신이 내게 얼마나 쓸모 있는 존재인지를 알려 주었다.

내가 세운 계획 덕분에 나는 행복하고, 명랑하고, 상냥해졌다. 메리뿐만 아니라 모두에게 그렇게 대하니 요이 이모가 그 홀아비와 그의 오두막 사람 몇 명을 데려왔을 때, 그들은 나를 보고 착하기 이를 데 없는 여자라고 했다.

그들은 내가 명랑한 성격으로, 겨울이 되어 모든 사람이 굶주림에 허덕인 나머지 짜증이 극에 달할 때조차 함께 지내기에 좋은 사람일 거라고 했다. 그들은 또 말하기를, 나를 기꺼이 맞아 줄 것이며 그 홀아비와의 사이에 아이를 갖는 데 몇 년이 걸리더라도 상관없다고 했다.

나는 그들의 친절에 감사하다고 인사했고, 얌전히 고개를 숙여 내 혈통 사람들과 약혼 예물에 대해 의논하겠다고 약속했다. 요이 이모 좀 놀란 표정이었다. 내가 그렇게 쉽게 동의하리라고는 생각지도 못했을 것이다. 어쩌면 실망한 것 같기도 했다. 나를 설득할 시간이 길었더라면, 그녀가 받게 될 예물의 몫은 더 커졌을 것이기 때문이다.

홀아비와 그의 친척들이 떠나자, 나는 요이 이모에게 고맙다고 인사했다. 아이더도 소식을 듣고 기쁜 표정으로 찾아와 요이 이모의 모닥불 옆에 앉았다. 아터만 아쉬운 표정이었다. 그는 내가 원하는 만큼 자신과 함께 지내도 된다면서 서둘러 결혼할 필요가 없다고 했다.

"고맙습니다, 아저씨. 하지만 저는 만족해요."

메리는 몹시 걱정스러운 표정이었다. 우리 둘만 있을 때, 메리가 말했다.

"언니, 대체 뭐하는 거야? 어딜 가는 거야? 나는 여기 있기 싫으니까 같이 갈래."

"너도 같이 가게 될 거야. 너만 여기 남는 일은 없어. 걱정하지 마. 모두 다 잘 될 테니까. 가서 엘로를 찾아봐. 엘로한

테 오늘 밤 달이 뜨면 사초 뿌리 파던 곳에서 내가 만나잔다
고 해. 아주 중요한 일이니 아무한테도 절대 말하지 말라고
해. 화이트 폭스한테도 비밀이다. 알겠지?"

"알았어."

"네가 누구한테 이 일을 이야기하면 나는 그 홀아비랑 결
혼해서 그와 함께 살아야 하고, 너는 여기서 요이 이모랑 남
아야 해. 그리고 우리는 다시 못 만나는 거야."

메리는 눈을 동그랗게 뜨고 나를 쳐다보았다.

"알았어, 절대 말하지 않을게."

해가 지고도 서쪽 하늘이 아직 붉은 이른 저녁, 나는 잠자
리에 들었다. 요이 이모가 의아하다는 듯이 쳐다보자, 나는
만족한 목소리로 설명했다.

"아기를 가지니 몹시 피곤해서 그래."

달이 뜨기 전, 동쪽 하늘이 희끗한 분홍빛으로 물들었을
때, 사람들은 나에 대해서는 모두 잊었다. 자는 것처럼 가죽
담요를 내 잠자리에 뭉쳐놓고서, 나는 밖으로 나와 강변의
풀숲에 앉았다.

상류에서는 들소들이 첨벙거리고 쿵쿵거리는 소리가 들
렸다. 그 들소들이 사자와 하이에나가 오는지 지켜 줄 것이

므로 안심한 나는 여신 오헌이 나를 도와준다고 생각했다. 곧 풀이 바스락거리는 소리가 들리더니 떠오르는 달을 등지고 엘로가 나타났다. 내가 일어나지 않았더라면, 그는 나를 찾지 못했을 것이다.

"왔구나."

내가 최대한 부드럽게 말하자, 그가 불안한 표정으로 두리번거리며 말했다.

"이게 무슨 짓이야? 메리가 나더러 여기서 널 만나야 한다던데."

"여기 앉아. 나한테 계획이 있는데, 네 도움이 필요해."

"뭔데?"

"우리는 그레이랙한테 돌아갈 거야. 스위프트의 신붓감을 데리고 말야. 스위프트는 내 혈통의 여자를 원하니까, 우리가 그런 여자를 데려가는 거야. 그 여자는 어른인데다 아름다우니 결혼 예물이 상당할 거야."

"그게 누군데?"

"요이 이모!"

"뭐라고? 네 이모라고? 하지만 요이는 결혼했잖아."

"아터는 가난한 늙은이잖아. 요이 이모가 우리 아버지를 버린 건 영혼이 무서워서였어. 상아에 욕심이 생기면 이모는 아터를 아주 쉽게 버릴 거야."

엘로가 한참 생각해 보더니 그래도 납득이 안 간다는 표정으로 물었다.

"그래서 어떻게 할 셈인데?"

"이 일은 우리가 해야 할 일이야. 화이트 폭스도 메리를 얻게 된다는 걸 알게 되면 우릴 도와줄 거야."

"그럼 내가 할 일은? 날 보고 요이를 설득하라는 거야?"

"이모는 내게 맡겨. 너는 우리 친척들에게 털의 강 이야기를 들려주기만 하면 돼. 그들한테 거기 가면 고기랑 매머드에서 얻는 상아가 엄청 많다고 말해 줘. 네가 결혼 예물로 내놓은 선물 이야기를 해. 이모가 스위프트랑 결혼하면 어떤 예물을 받을지 사람들이 알 수 있도록 해줘."

"좋아, 야난. 이곳 사람들은 상아를 좋아하지."

엘로가 만족스러운 미소를 짓다가, 다시 얼굴을 찌푸렸다.

"그런데 아터는 어쩌지?"

"아터에게는 말하지 마."

"그 사람은 무척 좋은 사람인데, 그 사람한테서 아내를 빼앗는 게 잘하는 짓일까?"

"네가 아버지의 아내나 티무의 아내를 빼앗을 때 마음에 걸리는 게 있었니? 그들도 좋은 사람이었어."

"그들의 여자들은 나한테 선뜻 몸을 맡겼어. 우리 혈통 여자들이 착한 남자에게 피해를 주는 것은 아무렇지 않니?"

"어떻게 내가 아터한테 피해를 주는 거지? 요이 이모는
그와 잠자리도 같이 하지 않아. 그는 착하지만, 이모는 착하
지 않아."

하지만 엘로의 말에 잠시 생각을 해보니 나도 걱정이 되
었다. 아터가 내게 너무나 잘 대해 주었기 때문에 그에게 악
행을 저지르는 게 너무 가슴 아팠다. 그래서 계획을 좀 바꾸
어 보려고 했지만 아무런 생각이 떠오르지 않아 이렇게밖에
말할 수 없었다.

"하지만 아터는 요이 이모 때문에 상처를 받는 것이지 우
리 때문이 아니야. 이모는 분명히 대가를 치르게 될 거야.
스위프트는 사납기 때문에 여차하면 이모를 때릴 것이고,
그러면 이모는 그렇게 친절한 남자를 버린 것을 후회하게
될 테니까."

한 순간 내 마음속에 아주 우스운 광경이 떠올랐다. 스위
프트의 팔뚝에 물린 자국이 잔뜩 나 있고, 요이 이모한테는
회초리로 맞은 자국이 잔뜩 나 있는 모습이었다.

"내일 당장 시작하자. 나는 남편이 보고 싶어."

"아기는?"

"아기가 뭐? 티무가 아기를 원하지 않기라도 한대?"

달빛에 들소가 강에서 일어나는 광경이 보이고, 들소의
옆구리에서 물이 쏟아져 내리는 소리도 들렸다. 엘로가 한

동안 나를 쳐다보더니 이상한 목소리로 속삭였다.

"내 아이가 아니었어?"

나는 엘로에게 내가 임신한 것에 대해 말할 때가 왔다고 생각했다. 지금 하지 않으면 영원히 하지 못할지도 모르기 때문이었다.

"그래, 어쩌면 네 아기일지도 몰라. 나도 처음에는 그렇게 생각했어. 만약 그렇다면 티무는 아기를 죽일 것이고, 앙키는 너랑 이혼할 것이고, 우리 둘 다 평생 창피해하면서 살아야 할 거야. 어쩌면 그레이랙은 우리를 쫓아낼지도 몰라. 그렇게 되면, 우리는 받아 줄 사람을 찾아서 헤매고 돌아다녀야겠지."

엘로에게 그 광경을 상상할 시간을 주기 위해 나는 잠시 뜸을 들였다. 엘로는 굉장히 심각한 표정으로 들소를 주시하고 있었다.

"하지만 티무의 아기라면 내 이혼은 취소되고, 나는 어른들의 바람대로 떳떳이 티무의 첫째 아내가 되는 거야. 그 오두막에는 나와 너와 메리와 앙키의 자리가 영원히 있게 될 것이고, 너는 네 딸과 함께 자라날 조카를 얻게 될 거야. 생각해 보니, 우리가 차르 강을 떠나기 전부터도 내 뱃속에 생명이 있다는 걸 느꼈던 기억이 나. 그러니까 이 아기는 티무의 것이지."

엘로는 충분히 납득한 표정이었다. 내 뱃속에 들어 있는 아이가 자기 핏줄이 아니라는 사실을 납득한 것이 아니라, 내가 말하는 계획과 그로 인해 얻어질 상황을 납득한 것이기는 했지만…….

"알겠어."

"좋아. 우리 뜻은 같아. 이제 가자."

"아직."

엘로가 내 팔을 잡았다. 그의 목소리가 더 없이 부드러웠다. 그는 내 윗옷의 목덜미를 바라보고는, 거기 꽂혀 있는 상아 핀을 부드럽게 비틀었다. 그가 핀을 천천히 뽑아내자, 윗옷이 열렸다. 그가 무엇을 원하는지 알겠고 어쩌면 나 역시 원하는지도 몰랐지만, 나는 결연한 태도로 그의 손에서 핀을 빼앗아 윗옷을 여몄다.

"함부로 몸을 섞어 아기를 놀라게 할 셈이니?"

내가 일어나며 물었다. 그도 일어섰지만, 여전히 내 팔을 잡고 있었다.

"문에 나타난 낯선 사람 이야기 몰라?"

내가 팔을 잡아 빼며 말했다. 나는 어둠 속에서 풀을 뜯는 들소 사이를 재빨리 소리 없이 걸어갔다. 이 아기가 남자의 페니스를 만나게 된다면, 그건 오로지 티무의 것이어야 한다고 생각했다. 그렇다, 반드시 그래야 했다.

이튿날 엘로와 화이트 폭스는 제 몫의 일을 잘해 냈다. 저녁때가 되어 요이 이모에게 메리가 스위프트와 약혼한 것은 오로지 스위프트가 우리 혈통의 여자를 갖겠다고 고집을 부렸기 때문이라고 말하자, 요이 이모는 당장 그의 여자가 되겠노라고 했다. 요이 이모가 반짝이는 눈으로 나를 열심히 쳐다보며 말했다.

"애초에 어째서 메리 같은 애송이를 약속한 거지? 젊은 과부인 나를 제쳐두고서!"

"이모! 그때는 우리 아버지가 죽은 줄도 몰랐고, 이모가 어디 있는지도 몰랐어. 그런 판이니 메리만 바라보고 있을 수밖에. 그래서 메리와 화이트 폭스의 약혼이 깨졌던 것이지."

"누구 마음대로 약혼이 깨져? 아무도 내게 묻지도 않았어! 내가 네 부모들을 도와 화이트 폭스를 메리의 신랑감으로 선택했어! 내가 털의 강으로 가 이 일을 모조리 바로잡겠어."

어둠 속에서 아이더가 찾아와 우리 곁에 앉았다. 요이 이모가 아이더에게 스위프트에 대해 말하자, 아이더는 기쁜 표정을 지었다. 아이더는 상아 이야기를 꺼냈고, 벌써 요이 이모와 함께 예물을 주고받아야 하는 사람들의 이름을 늘어놓고 있었다.

하지만 곧 아이더가 매머드 사냥꾼들의 생김새를 기억해

냈다. 목걸이에 대해 이야기하던 와중에, 그녀가 문득 말을 멈췄다. 아이더가 황급히 말했다.

"네가 무슨 일을 벌이고 있는지 생각해 봐, 요이. 나는 매머드 사냥꾼들을 본 적이 있어. 그들은 노란 애벌레 같은 머리카락에 털을 뽑아놓은 새처럼 피부가 하얀 동물 같아. 그들은 마치 우리가 자기들을 먹어 주기를 바라는 것 같더라. 그들이 사람처럼 생기지도 않았는데, 사람인지 어떻게 알겠니?"

그 말을 듣자 나는 화가 났다. 가만히 놔둔다면 아이더는 내 계획을 모조리 망쳐놓을 수 있었다. 나는 매머드 사냥꾼들의 생김새에 대해서 말할 때 늘 조심했는데, 아이더가 아무 생각 없이 다 말해 버린 것이었다. 나는 아주 조심스럽게 말했다.

"그렇게 심하진 않아요, 아주머니. 그리고 모두 그렇게 동물처럼 생긴 건 아니에요. 엘로도 그 가운데 한 사람과 결혼했어요. 그리고 나와 같이 티무와 결혼한 에티스는 거의 아주머니처럼 예쁘게 생겼어요. 그리고 그건 그들의 잘못이 아니에요. 더러운 게 아니라 못생긴 것뿐이거든요. 몇몇은 친절하기도 하고……."

내 목소리가 점점 작아져 갔기에 나는 마음을 다잡았다. 더 잘해야 해! 나는 이렇게 생각하고 더 강한 목소리로 말을 계속했다.

"못생긴 사람들도 일단 알고 나면 그렇게 못생기지 않았어요. 어쨌든 외모가 문제는 아니죠. 문제는 사냥이에요. 외모에는 곧 익숙해지니까."

내 말에 요이 이모가 동의했다.

"맞아! 생긴 건 그리 중요하지 않아."

그러자 아이더가 침을 꿀꺽 삼키며 다시 입을 열었다.

"하지만 이해되지 않는 게 또 있어. 어째서 래프윙의 딸이 마음을 그렇게 갑자기 바꾼 거지? 그녀와 결혼하려고 하는 홀아비에게는 이제 뭐라고 한단 말이냐?"

"그게 무슨 상관인가요? 마음대로 말하세요."

하지만 어쨌든 이 부분에 대해서만은 아이더에게 분명히 설명을 해야 할 것 같았다.

"내가 이혼할 때는 아이를 가진 걸 몰랐어요. 하지만 떠날 때는 징조가 보이긴 했죠. 그런데 여기 와서 이모가 추진하는 결혼 이야기가 너무 갑작스레 진행되니, 남편에게 더 빨리 돌아가야 한다는 생각이 난 거예요."

내 말이 계속되는 동안 요이 이모가 의심스러운 표정으로 나를 쳐다보고 있었다. 그리고 눈썹을 치켜 올리며 물었다.

"떠날 때 네가 임신한 걸 알았다고? 어떻게?"

나는 요이 이모를 위해 그렇게 노력하는데도 그녀는 여전히 내 마음을 어지럽히고 싶어했다. 하지만 더 이상은 그럴 수 없었다. 나는 아기를 가진 여자들에게서 모든 것을 배웠으니 얼마든지 핑계를 댈 수 있었다.

"있잖아, 배가 둥글어지고, 가슴이 커지고, 젖꼭지 색깔이 짙어지고, 배꼽에서 아래까지 희미한 줄이 생기고, 생명이 있다는 걸 간혹 느꼈어. 아기를 가지면 금세 알게 되는 일이지만."

요이 이모는 입을 다물었다. 그녀는 뚱한 표정으로 아터가 돌아오길 기다리더니, 그가 옆에 와서 여느 때와 다름없이 물고기를 내놓자 당장 이혼하겠다고 했다.

"당신 친척들은 인색해서 예물을 많이 주지 않았으니, 돌려줄 것도 별로 없네요."

나는 아터를 자세히 살펴보았지만, 얼굴만 보아서는 무슨 생각을 하는지 알 수 없었다. 그가 뱉은 말은 이것뿐이었다.

"원한다면 그렇게 하지……."

이튿날 아침에, 우리는 털의 강을 향해 떠났다. 털의 강에 있는 매머드 사냥꾼들의 동굴 안에 있을 그레이랙을 찾아서…….

16

어머니를 기억하는 사람들, 특히 내가 죽은 자들의 땅에 가서 우리 핏줄의 모닥불에서 만날 때까지는 다시 보지 못할 블랙 울프에게 작별인사를 할 때는 마음이 너무 아팠다.

하지만 아침 햇살을 받으며 긴 붉은 풀밭을 가로질러 일렬로 출발하자, 내 기분은 하늘을 나는 제비처럼 솟아올랐다. 맨 앞에 옐로와 화이트 폭스가 서고, 내가 메리와 가고, 요이 이모가 뒤를 따랐다. 우리 모두는 더없이 즐거워 요이 이모가 가르쳐 주는 노래까지 불렀다.

우리의 계획은 이러했다. 일단 여기서 북쪽으로 계속 걸어가 털의 강을 찾는다. 털의 강 하류에 가면 스위프트가 매머드 사냥철에 사용하는 동굴이 있는데, 지금 그레이랙 일행은 스위프트와 함께 거기 있을 것이다.

그 넓은 지역에서 한 번도 가본 적이 없는 동굴을 찾는 일은 쉽지 않을 테지만, 털의 강 하류에 당도하면 사람들의 발자국을 발견할 수 있을 테니 그리 걱정할 필요는 없을 것이다. 털의 강까지는 그 근방의 지리를 잘 알고 있는 엘로가 안내해 줄 것이다. 엘로는 거기 가서 앙키와 결혼까지 했으니 걱정할 필요가 없을 것이다.

한참 가다가 뒤에서 누군가 뛰어오고 있어 돌아보니 스틱과 프록이 가족을 데리고 따라오고 있었다. 불의 강에서 내 문제로 워낙 혼란스럽게 지내다보니 나는 그들의 가족과 제대로 사귀지 못했던지라 그제야 찬찬히 살펴보았다.

아내 두 사람은 모두 어린아이를 안고 있고, 조금 나이 많은 남자 아이가 프록을 열심히 따라오고 있었다. 어쩌다가 나는 그들에 대해서는 아무것도 모르게 되었을까? 소년은 프록의 아내가 전에 결혼했던 남자와의 사이에서 낳은 아이일 것이다. 프록의 아들이기에는 너무 컸다. 우리는 걸음을 멈추고 그들을 기다렸고, 그들이 가까이 오자 반겨 주었다. 엘로가 말했다.

"아버지가 반가워하실 거야. 정말 잘 왔어."

프록이 웃으며 말했다.

"우리도 그레이랙을 만나면 반가울 거야. 헤어진 지 벌써 이 년이 넘었어."

가만히 보니, 프록과 스틱은 나를 애써 외면하고 있었다. 그가 아무 말 없이 나를 쳐다보았을 때, 나는 싸늘한 기운을 느꼈다. 내 문제가 다 해결되었다고 생각했는데, 프록이 따라오고 있다. 엘로와 함께 있던 나를 발견하고는 의혹의 눈초리를 거두지 않았던 프록이 말이다.

요이 이모는 그에게 나와 엘로한테서 무엇을 발견할 수 있을 거라고 했을까? 하지만 그때 내가 처신을 잘했기에 굳이 걱정할 필요는 없다고 생각했다.

"자, 빨리 가야 해. 내가 먼저 갈게."

내가 엘로에게 그리 말하고, 곧 앞장섰다. 하지만 나는 털의 강으로 가는 길을 몰랐으므로 곧 엘로와 사촌들이 나를 불렀다. 그들이 손으로 방향을 가리키며 외쳤다.

"저쪽으로! 저쪽으로!"

하지만 그들이 가리킨 방향을 보니 표지물로 삼을 것이 아무것도 없었다. 땅은 편평하고 풀만 많이 나 있었다. 산도, 나무도 없이 그저 끝도 없이 펼쳐진 하늘과 지평선 끝으로 보이는 들소 떼뿐이었다. 엘로와 화이트 폭스가 걸음을 멈추고 내게 말했다.

"북쪽으로 가야 하는데……."

"표지물은 없어?"

"별로 없어. 가는 내내 땅이 편평할 뿐 아무것도 없거든."

"털의 강에서 여기에 와본 적도 없어?"

"이렇게 멀리까지는 와본 적이 없거든."

아무튼 우리는 계속 가던 길을 재촉하기로 하고 바삐 걸

음을 옮겼다. 한참을 가노라니, 엘로와 화이트 폭스가 숨을
몰아쉬며 달려왔다.

"너는 뛰어가고 있어, 야난. 우리한테는 아이들도 있잖
아? 아이들을 위해 좀 천천히 갈 수 없어?"

나는 머리를 흔들었다.

"난 티무를 빨리 만나고 싶어. 원하면 네가 뒤로 처져. 나
는 메리를 데리고 먼저 갈 테니까."

"너는 길을 찾지 못할 거야."

"찾을 수 있어. 북쪽을 따라 곧장 가면 털의 강을 만나게
된다고 했잖아?"

"털의 강을 만나더라도 사람들은 찾지 못할 거야."

"발자국이 남아 있을 거야."

엘로가 나의 고집에 짜증 섞인 목소리로 내뱉었다.

"야난. 털의 강은 아주 길어. 사람들이 강을 따라 끝에서
끝까지 걸어가지는 않아. 너는 동굴을 찾지 못할 거야."

나는 엘로를 외면하고 메리와 함께 훨씬 앞서갔다. 메리
는 그렇게 빨리 걷지는 않겠다며 버텼지만, 나는 고집을 부
렸다. 부루퉁한 메리를 내려다보며 나는 빠르게 말했다.

"내가 너한테 해준 걸 생각해. 나는 스위프트와 결혼할 뻔
한 너를 구해 줬어. 너는 스위프트를 좋아하지 않잖아. 이제
너는 다시 화이트 폭스와 결혼하게 될 거야. 그게 네가 원하

는 거 아니었어?"

"나는 결혼하고 싶지 않아."

"앞으로 한참 동안은 결혼할 필요 없어."

"나는 남자와 몸을 섞고 싶지 않아!"

뭐라고? 메리가 남자와 몸을 섞는 것에 대해 어떻게 알았을까? 그것까지 알고 있으니 메리가 빨리 결혼하는 편이 좋겠다고 생각했지만, 지금 당장은 더 이상 이야기하고 싶지 않아서 화이트 폭스한테 메리에게 무슨 말을 했는지 나중에 물어보자고 다짐하며 발걸음을 재촉했다. 잠시 후 메리가 말했다.

"이렇게 빨리 가지는 말았으면 해."

"아니, 가야 해. 빨리 서두르면 금방 도착할 거야."

"언니는 티무가 보고 싶겠지만, 난 아니야."

"왜?"

"티무가 언니를 때렸잖아. 나도 때릴지 몰라."

"나는 그 일을 다 잊었어. 그리고 티무는 널 때리지 않아."

우리는 다시 말없이 풀밭에 스치는 바람 소리와 우리의 거친 숨소리를 들으며 걸었다. 한참 뒤에 메리가 말했다.

"이건 너무 심해."

"아니야. 그냥 걷기만 하면 돼. 힘들면 말을 하지 마."

"다른 사람들이 우릴 찾지 못할 거야."

"우리가 발자국을 남기는데?"

"풀밭이 너무 빽빽해. 호랑이를 만날지도 몰라."

나는 걸음을 멈추고 주위를 둘러보았다.

"왜 그러니, 메리? 왜 자꾸 불평이야?"

"나는 털의 강에 가고 싶지 않아."

"왜?"

"거기서 언니는 아기를 낳을 테니까. 그러면 나는 언니를 만나지 못할 거야. 나는 멀리 떨어져 살아야 해."

메리가 울기 시작했다. 나는 쭈그리고 앉아 메리를 안아 주었다.

"왜 그러는 거야? 대체 무엇 때문에 그런 생각을 하는 거야? 나는 절대 네 곁을 떠나지 않아. 그리고 아기를 낳으면, 네가 아기랑 놀아 줄 수도 있어. 너는 이모가 되는 거야."

하지만 메리는 내게 착 달라붙으며 말했다.

"언니가 어머니처럼 되면 어떡해? 죽으면 어떡해?"

"나는 죽지 않을 거야. 불의 강에서 본 아이들 다 기억하지? 그 아이들 어머니가 다 죽었으면, 그렇게 많은 아이들이 어떻게 있겠니? 나한테 죽는다는 이야기는 하지 마."

너무 차갑게 뱉은 것 같아서, 잠시 생각하고는 이렇게 덧붙였다.

"내 말 잘 들어. 내가 죽으면 어떻게 하지? 너도 날 그리워할 것이고, 나도 널 그리워하겠지만 너는 혼자가 아니야. 너는 결혼했을 테니, 사람들이 있어 줄 거야. 정코 기억하니?"

메리는 잘 모르겠다는 표정을 지었다.

"화이트 폭스의 여동생 말이야. 네게는 정코가 옆에 있어 줄 거야. 사람들은 항상 있으니까."

"맞아, 정코 기억해."

메리가 눈을 닦으며 말했다.

"그래. 정코가 털의 강에서 널 기다리고 있어."

메리는 잠시 생각하더니 한참 만에 말했다.

"알았어, 이제 가자."

우리는 그날 내내 빠른 걸음으로 걸었고, 밤에는 바람을 막아 줄 산쑥 덤불을 보금자리로 삼았다. 메리가 모닥불에 태울 들소 똥을 찾았고, 나는 풀 덩굴을 찾아 뿌리를 긁어 즙을 마셨다. 목이 말랐기 때문이다. 하루 종일 서두르느라, 나는 평원에서는 물을 구할 수 없다는 사실을 잊어버리고 있었다.

해가 지자 옐로와 화이트 폭스가 도착했고, 잠시 뒤 요이 이모가 뒤 따라왔다. 어두워진 뒤 스틱과 프록이 가족을 데리고 매우 지친 몰골로 도착했다. 그들은 오는 길에 먹을 것을 구해 왔는데, 우리는 물 대신 그 뿌리를 돌려가며 나누어 먹었다.

다른 사람들을 그렇게 몰아붙인 게 조금 미안했다. 모두
가 내게 화를 내고 있는 걸 알 수 있었다. 나는 프록의 양아
들인 카킴이라는 꼬마에게 특히 더 미안했다. 카킴은 너무
지친 탓에 눈 밑에 검은 그림자가 드리워졌고, 금세라도 쓰
러질 것처럼 땅바닥에 누웠다. 카킴은 메리와 비슷한 나이
였는데도 우리를 따라잡을 수 없었던 것이다. 카킴의 짐이
너무 크고 무거웠기 때문일까? 어디 아픈 게 아닌가 하는
생각이 들 정도로 카킴은 힘들어 했다. 나는 그 애를 바라보
며 말했다.

"너무 빨리 걸어서 미안해. 나는 마음이 급하지만, 다른
사람들은 그럴 필요가 없다는 걸 깨달았어. 이제부터는 아
이들을 몰아대지 않을게."

프록의 아내가 입술을 내밀고 투덜거렸다.

"남들 생각을 해야지. 저러다 아이들이 쓰러지기라도 하
면 이 밤중에 큰일을 당할 수도 있는데……."

나는 분노가 작은 불꽃처럼 타오르는 것을 느꼈다. 프록
은 내가 초대하지도 않았다. 제 발로 나를 따라온 것이다.
나는 프록의 아내를 외면한 채 사람들에게 말했다.

"내가 하려는 말은 이거예요. 나는 털의 강에 갈 거예요.
내 남편에게 가는 것이고, 내가 데려가는 사람은 메리뿐이
에요. 그리고 물론 이모도요. 다른 사람들은 자신이 원해서

가는 거예요."

나는 사촌들을 바라보았다.

"소나무 강에 있는 아버지의 오두막에서, 나는 아무한테
도 기다려달라고 하지 않았어요. 그리고 누구도 나를 기다리
지 않았어요. 그럼에도 나에게 기다려 줘야 한다고 하다니,
참으로 놀랍군요. 내가 털의 강에 먼저 도착하면 사람들한테
당신들은 아이들 때문에 천천히 따라온다고 말하겠어요."

나는 턱을 높이 치켜들고 들소 똥에 붙은 불에서 튀어나
오는 불똥을 바라보았다. 탁탁 소리를 내며 타고 있는 모닥
불에 프록의 아내가 입을 삐죽이는 게 보였다. 그녀가 내 말
에 이어진 짧은 침묵을 깼다.

"이것 참 무례하군. 사람들이 이동할 때는 함께 움직여야
한다는 걸 모르나?"

그녀가 사람들을 둘러보며 누군가 동조해 주길 기다렸지
만 스틱의 아내만 고개를 끄덕일 뿐 아무도 말하지 않았다.
마침내 화이트 폭스가 말했다.

"야난이 원한다면 먼저 갈 수 있는 거야. 나도 함께 가겠
어. 나는 하루라도 빨리 부모님을 만나고 싶거든. 너무도 오
랫동안 부모님을 만나지 못했어."

엘로가 잠시 생각에 잠겼다가 프록과 스틱의 가족에게 말
했다.

"헤어질 때를 대비해서 털의 강을 찾는 방법을 말해야겠군. 우리 중에는 길을 모르는 사람도 있으니."

그가 낮이면 해를, 밤이면 별을 이용해서 털의 강에 이르는 방법을 알려 주었다. 강에 다다르면 하류를 따라 내려가며 있는 높다란 강둑을 찾는 방법까지도. 우리가 찾으려는 동굴은 그곳 골짜기에 있다고 엘로가 말했다.

"골짜기에서 강을 만나거든 곧장 서쪽으로 가야 해. 그 근방은 매머드의 여름 사냥터이므로 조심해야 해."

"왜 조심해야 하지?"

나는 매머드가 왜 위험한지 물어보았지만 엘로는 내 질문을 오해했다. 그가 지겹다는 듯이 말했다.

"야난, 너는 항상 무모하지. 조심하기 싫으면 마음대로 해."

아침이 되자 엘로, 화이트 폭스, 요이 이모는 메리와 나와 같이 속도를 맞출 모양이었다. 정오 무렵, 스틱과 프록의 가족들은 아주 멀리 뒤처졌다. 우리가 야트막한 월귤 덤불에서 쉬면서 열매를 먹었지만, 그들은 끝내 우리를 따라오지 못했다. 화이트 폭스가 그들을 기다려야 하는지 물었을 때, 나는 싸늘하게 대답했다.

"난 싫어. 그들은 소나무 강에 있을 때 우리 가족을 기다려 주지 않았어."

그 말 끝에 나는 요이 이모를 흘끔 쳐다보지 않을 수 없었다. 요이 이모도 우리를 기다려 주지 않았으니까. 하지만 그녀는 내 말이 자기한테는 아무 의미도 없다는 듯 길게 하품을 하고 있었다. 엘로는 다른 사람들과 헤어지는 게 조금 불편한 듯했지만 나만큼이나 털의 강에 빨리 닿기를 바라고 있었기 때문에 이렇게 말했다.

"그들은 어른이야. 자기 가족은 자기들이 지켜야지."

그래서 우리는 남은 길을 서둘러 갔고, 털의 강까지 가는 내내 그들을 만날 수 없었다.

우리가 불의 강을 떠나던 날 밤에, 우리 머리 위에 떠 있던 달은 이제 막 이울어 가는 '월귤의 달'이었다. 그리고 털의 강의 거대하고 어둑한 계곡에 다다랐을 때는 그 다음 달인 '매머드의 달'의 초승달이 떠오르고 있었다.

엄청난 거리였지만 우리 모두는 그렇게나 빨리 움직였던 것이다. 엘로는 앙키와 딸을 향해, 화이트 폭스는 부모를 향해, 요이 이모는 상아를 향해, 그리고 나는 티무를 향해 달리고 있었다.

매머드에 대해서는 엘로의 말이 옳았다. 풀이 자라는 평원에 다다라 강을 따라 동굴을 향해 내려가는 동안 몸집이 크고 털이 부숭부숭 난 매머드를 여러 마리 보았다.

매머드들의 커다란 엄니는 앞으로 한참 삐져나와 있어서 하나만 가지고도 세상 모든 사람들의 결혼 예물을 만들 수 있을 것 같았다. 암컷과 새끼만 무리를 지어 있고 수컷들은 한두 마리씩 다녔는데, 늙은 수컷에게는 어린 수컷들이 따라다니기도 했다.

매머드 때문에 우리는 조금 걱정되었다. 그들은 덩치가 너무 커서 우리의 창은 거기다 대면 작은 나무토막처럼 보였다. 우리는 매머드가 우리를 따라오면 큰일이라고 생각해서 계곡의 끄트머리를 따라 걸으며 매머드가 따라오면 즉시 아래로 미끄러져 내릴 준비를 했다. 계곡이 너무 가팔라 미끄러져 내려갈 수 없으면 매머드와 바위 사이에서 둘 중 하나를 선택해야 하는 경우가 없기를 바라며 불안한 표정으로 아래를 내려다보았다.

동굴까지 하루 정도가 남았을 때, 계곡에 아주 가까이 와 있던 한 무리의 매머드 떼와 만났다. 우리는 걸음을 멈추고 매머드에 대해 생각하며 그들이 떠날 때까지 기다려야 할지, 돌아가야 할지, 아니면 계곡 아래로 내려가야 할지 고심했다.

매머드들도 우리를 놓고 생각하는 눈치였다. 그들은 코로 우리를 가리키며 소리를 내고, 귀를 퍼덕이고, 깊고 나지막한 소리로 중얼거렸다. 그 무리 속에서 조그맣고 다리가 긴 어린 새끼들은 어미 아래에서 우리를 내다보았고, 나이가 조금 많은 새끼들은 무리 앞뒤로 왔다 갔다 하면서 느닷없이 나타난 우리 때문에 흥분한 듯 귀를 펼치고 꼬리를 높게 쳐들었다.

그러다가 갑자기 새끼 한 마리가 당황한 듯 눈을 번득이면서 우리를 향해 빠른 걸음으로 다가오기 시작했다. 나는 짐을 내던지고 계곡 아래로 뛰어내렸고, 요이 이모와 메리도 내 뒤를 바로 따랐다. 우리는 미끄러지지 않도록 덤불을 붙잡고 비탈에 엎드려서, 화이트 폭스와 엘로 역시 뛰어내려 우리 옆으로 내려오는 걸 지켜보았다. 바로 위에서는 매머드 한 마리가 고래고래 소리를 질러대고 있었다.

그렇게 어렵사리 털의 강에 거의 다다른 우리는 강둑까지 마저 미끄러져 내려가 몸을 깨끗이 씻고 머리를 다듬어 땋아 사람들을 만났을 때 보기 좋도록 했다. 목욕을 하는 동안 매머드 한 마리가 우리 위의 땅에서 뭔가 내려치는 소리를 들었는데, 다시 위로 올라가보니 내 짐이 납작해져 있었다.

이런 짓을 한 매머드들은 지금은 멀리서 한가하게 풀을 뜯고 있었다. 상아 빗 외에는 내 짐엔 가죽이나 돌로 만든 것들만 들어 있었기 때문에 그나마 다행이었다.

나는 산산조각 난 빗을 내던져 버리고 잘 정리한 다음 짐을 다시 들었다. 우리는 말썽꾼이 우리를 또 따라오지 않을까 이따금 어깨 너머로 뒤를 살피면서 길을 재촉했다.

그날 늦게 죽은 고기 냄새가 나서 계곡 끝을 내려다보니 물가에 매머드의 시체가 보였다. 그 옆에는 누군가 지나다닌 흔적이 있는 길도 보였다. 거기서부터는 쉬웠다. 엘로를 앞세운 우리는 발자국 흔적이 있는 길을 따라갔고, 마침내 계곡에 있는 거대한 바위 사이의 커다랗고 컴컴한 공간으로 들어갔다.

그곳이 바로 매머드 사냥꾼들의 동굴이었다. 동굴에서 사람 냄새가 나고, 고기 냄새도 났다. 우리가 내는 발자국 소리에 동굴 안에서 갑자기 말이 뚝 끊기는 것 같았다. 그들 가운데 누군가는 급히 창을 집어 드는 소리도 났다

아직 어둠에 익숙해지지 않은 눈을 비벼 뜨면서, 우리는 안에 있는 여러 사람들의 얼굴을 보려고 동굴 입구에 어정쩡하게 서 있었다. 그 안엔 내 예상보다 훨씬 많은 사람들이 있었다.

분명 매머드 사냥꾼들일 것이기에 나는 기쁨에 들떴다. 마침내 도착한 것이다. 티무의 아이를 가진 내가 아이의 아버지를 찾아온 것이다. 나는 사방을 둘러보며 티무를 찾고 있는데, 엘로가 먼저 소리쳤다.

"아버지, 엘로가 왔습니다!"

그러자 갑자기 동굴 안에서 어수선한 소음이 들렸다. 서둘러 창을 내려놓는 소리, 누군가 달려 나오는 소리, 그리고

뒤이어 어떤 남자의 음성이 들렸다.

"엘로! 화이트 폭스! 너희들이 왔구나!"

그들이 서로 얼싸 안았다. 그 목소리를 나는 너무도 잘 알고 있었다. 그 음성이야말로 내가 찾고 있는 사람의 아버지 목소리였기 때문이다. 그레이랙의 음성 뒤로, 틸이 달려 나왔다. 그녀는 나와 메리와 요이 이모를 한꺼번에 끌어안으며 소리쳤다.

"이게 얼마나 오랜만이지? 잘 왔구나, 잘 왔어."

나는 너무 기쁜 나머지 눈물부터 흘렸다. 틸의 어깨에 얼굴을 묻고 한참을 울고 있을 때 동굴 안에서는 엘로와 화이트 폭스에게 인사를 건네는 남자들의 목소리가 울렸다.

"와, 화이트 폭스가 이렇게 컸다니!"

"엘로는 그대로군. 하나도 안 변했어."

그때 갑자기 키가 큰 여자가 내 앞에 섰다. 나는 화들짝 놀랐다. 화이트 폭스의 여동생 정코였다. 상아 목걸이를 한 그 아이는 강인하고 아름다운 여인으로 변해 있었다. 우리는 상대방의 이름을 부르며 서로 끌어안았다.

에티스도 내 옆으로 왔다. 앞섶을 열어놓은 윗옷 안에 조그만 아기가 보였다. 아기에 대해서는 큰 소리로 말하는 것이 옳지 않지만, 나는 아기 때문에 불룩하게 튀어나온 곳에 손을 가만히 올려놓아 보았다. 에티스도 답례라도 하듯이 내 배에 손을 얹었다. 우리 눈이 마주쳤을 때, 그녀가 내게 가만히 비밀스런 미소를 지어보였다. 그때 스위프트의 목소리가 들렸다.

"이리 와서 뭐 좀 먹지. 오느라 배가 고플 텐데."

그러더니 그가 요이 이모를 보았다. 스위프트는 하늘빛 눈으로 요이 이모를 머리끝부터 발끝까지 훑어보다가 이모의 갈색 눈과 마주치더니 곧 예의 바르게 고개를 끄덕였다.

"잘 오셨소."

나는 정중하게 고개를 숙이고는, 그에게 요이 이모를 소개했다.

"우리 이모예요. 내 아버지의 미망인이자, 내 어머니의 동생이에요. 그리고 요이 이모, 이분은 스위프트로 나와 같은 티무의 아내인 에티스의 숙부이자 매머드 사냥꾼들의 대장이야."

새로 온 사람으로서, 요이 이모는 길고 긴 인사를 시작하여 스위프트와 그의 친척 모두에게 차례로 예의를 갖추었다. 늘 협박하며 고함을 질러대던 이모의 목소리가 약간 쉰 듯한 소리가 되었다. 그녀답지 않게 다소곳이 눈을 내리깔고 있었다. 스위프트는 이모가 인사를 마친 뒤에도 빤히 쳐다보고 있었다. 그러다가 아쉬운 시선을 거두고 돌아서서 엘로와 화이트 폭스에게 인사를 건넸다. 그때 이모가 내게 속삭였다.

"저 사람은 원래 저렇게 말을 제대로 못 하니?"

"쉿, 이모!"

"얼굴이 좀 흰 편이구나."

"듣겠어요!"

"하지만 이는 잘생겼네."

그때 내 등 뒤에서 귀에 익은 목소리가 들렸다. 티무였다.

"뭘 그렇게 속닥이고 있지, 야난?"

나는 남편을 가만히 쳐다보기만 할 뿐 할 말을 잃었다. 그렇게 보고 싶어서 먼 길을 한걸음에 줄달음쳐 왔으면서도 내 입에서는 한 마디 정겨운 말도 나오지 않았다. 내 눈에서 흘러내리는 눈물을 보며, 그가 물었다.

"왜 그래? 다시 만나서 슬픈 거야?"

나는 웃기도 했지만 흐느끼기도 했다. 그와 다투고, 물고 뜯고, 때렸던 기억은 온데간데없이 사라지고 그 대신 눈물만 나왔다. 그러다가 나는 재빨리 숨을 들이쉬고, 눈과 코를 닦았다. 다시 나는 웃고 있었다. 그가 너무나 근사해 보여서 나는 이렇게밖에 말할 수 없었다.

"나 왔어, 여보."

제5부

동굴

17

모닥불의 불빛이 가득한 털의 강 동굴에서는 많은 이야기들이 오가고 있었다. 고기를 먹어 입에는 기름기가 돌고, 티무가 곁에 있어 마음이 푸근하고, 그의 목소리에 귀가 즐거워진 나는 주위 여자들의 이야기에 귀를 기울이기 시작했다.

에티스는 차르 강에서 오는 길에 아들을 낳았다고 했다. 앙키처럼 에티스도 양수가 다리에 흘러내리자 숨을 곳을 찾아 들어가 쉽게 아기를 낳았다는 것이다. 앙키가 그녀와 같이 가서 탯줄을 끊어 주었다고 했다.

요이 이모는 아이너에게 말하기를, 그녀의 아들들인 프록과 스틱이 불의 강에서 재혼을 해서 손자 손녀가 생겼으며 프록의 아내가 데려온 양손자도 생겼다고 전했다. 사촌들은 아직 동굴에 도착하지 않았기에 아이너는 우리가 그들보다 먼저 도착한 것을 아쉬워했다.

"아들들을 만나고 싶어 불평하시는군요. 하지만 우리가 그들을 기다리느라 늦게 왔다면 아직 아무도 여기 오지 못했을 거예요. 그러니 불평할 이유가 없어요."

요이 이모는 아이너에게 그럴싸한 변명을 하고는 이번에는 화이트 폭스의 어머니에게 말했다.

"우리는 서두를 수밖에 없었어요. 메리의 파혼 때문이었죠! 메리에게는 화이트 폭스뿐이에요!"

갑작스런 말에 당황한 화이트 폭스의 어머니는, 그에게 다른 여자 아이가 신붓감으로 물망에 오르고 있다고 대답했다.

"털의 강 하류 쪽으로 하루 동안 걸어가면 나오는 동굴에 사는 사사라는 아이가 바로 화이트 폭스의 신부야. 메리는 우리 아들이 아니라 스위프트의 상대야."

요이 이모는 그 말은 못 들은 척하면서 약간 언성을 높였다.

"화이트 폭스는 여전히 메리와 약혼한 상태이니 사사를 가질 수 없어요. 약혼을 정한 어른들의 동의 없이 아이들의 약혼을 어떻게 깰 수 있나요? 나도 그 일을 결정한 어른 가운데 하나예요. 그 약혼을 결정한 사람들 중엔 메리의 부모도 있었는데, 지금은 다 죽었어요. 그들을 대신해서, 나는 파혼에 절대 동의하지 않을 거예요. 다 자라지도 않은 어린애를 강하고 명예로운 이 동굴의 대장에게 주다니, 그에게는 아기가 필요하지 않나요?"

요이 이모의 강변에 그동안 잠자코 있던 틸이 냉담하게
말했다.

"그는 우리 혈통의 여자를 원하고 있는데, 누구 다른 상대
라도 있나?"

"그걸 나한테 묻는 건가요? 내가 어떻게 그 문제에 대해
조언하지요? 나는 단지 그런 사실을 밝히고, 의견을 들으러
왔을 뿐이에요."

나는 남자들이 둘러앉은 모닥불 불빛에 윤곽을 드러내는
티무의 등에서 눈을 좀처럼 떼지 않았기 때문에 스위프트가
요이 이모의 말을 자세히 들으려는 듯 자주 고개를 돌리는
걸 여러 번 보았다.

그것 역시 기분 좋은 일이었다. 모닥불을 사이에 두고 내
맞은편에 앉아 있던 틸이 나와 눈을 맞추더니, 턱을 아주 살
짝 들어 나를 불렀다. 나는 일어나 그녀 뒤로 가서 앉았다.

잠시 후, 틸이 일어났고 나도 뒤따라 동굴 밖으로 나가 계
곡 가장자리의 그늘진 길을 따라갔다. 거기엔 달빛이 하얗
게 비치는 돌무더기가 하나 있었다. 재가 있는 것으로 보아,
낮에 모닥불을 피우는 곳 같았다. 신선한 바람에 풀 냄새가
묻어 왔고 이따금 반딧불도 보였다.

"얘야, 이제 무슨 일인지 말해 봐라."

그래서 나는 틸에게 요이 이모가 스위프트와 결혼하고 싶

어한다는 사실을 말해 주었다. 틸이 한참 생각해 보더니 고
개를 옆으로 기울였다.

"요이에게 아이가 없어 안됐구나. 스위프트가 거기에 대
해 어떻게 생각할지……."

사실은 나도 요이 이모가 아기를 갖는 문제에 대해 생각
해 보았는데, 그건 문제가 될 수 없다고 결론지었다.

"맞아요, 요이 이모는 지금 아기가 없지요. 하지만 생각해
보세요. 아버지는 주로 어머니와 잤기 때문에 요이 이모한
테 아이가 생길 리 없었잖아요. 제가 요이 이모랑 같이 잤기
때문에 잘 알아요. 몸을 섞지 않았으니 아이를 가질 수 없었
던 거예요."

"그럴까?"

틸의 얼굴에 드리워지는 의심의 빛을 간파하면서, 나는
속으로 다짐했다. 조심해. 이 사람은 불의 강에 사는 어수룩
한 여자들이 아니라 틸 샤먼이야. 내가 웃으며 말했다.

"그럼요. 이모의 둘째 남편인 아터라는 사람도 만나봤지
만 그가 너무 늙어 아이를 가질 수 없다며, 이모가 이혼을
선언했어요."

"그래서?"

틸이 여전히 의혹의 먹구름을 지우지 않고 물었다.

"이모가 없다면, 스위프트와 그레이랙을 이어 주려는 계

획은 수포로 돌아가요. 이모는 메리를 스위프트와는 절대 결혼시키지 않을 작정이니까요."

"요이가 스위프트를 남편감으로 원한다면 그렇겠지."

"어쨌든 요이 이모와 스위프트는 어린아이가 아니에요. 그 둘한테 결혼해라 마라 할 수 있는 사람이 어디 있겠어요? 그들은 서로 좋아해요. 돌아가서 한 번 보세요. 그들은 서로 계속 주의 깊게 지켜보고 있어요."

"그건 네 말이 맞다. 나에게도 눈이 있으니 이미 보았지."

틸의 얼굴에 미소가 번지고 있었다.

"이렇게 되니 기쁘지 않니? 네가 성급하고 고집 센 아이라는 걸 몰랐다면, 네가 이 모든 계획을 짠 것이라고 생각했겠구나."

"요이 이모는 스위프트가 우리 혈통의 여자와 결혼하고 싶어한다는 말을 듣더니 기꺼이 따라왔어요."

"그렇다면 누군가 스위프트에 대해 잘 말해 준 게로구나. 그 누군가가 혹시 예전에 그레이랙의 며느리였던 사람이 아닌가?"

"그래요, 나에게도 생각할 시간이 있었으니까요."

"그래, 너는 어떠냐? 네게 아이가 없지는 않겠구나."

틸의 시선이 볼록한 내 배에 머물고 있었다. 나는 짧게 숨을 들이켰다.

"맞아요."

"언제 낳게 되지?"

나는 이 이야기를 계속하기가 두려워 잠시 망설였다. 언제 아기가 태어날지, 솔직히 말해서 나는 잘 몰랐다. 더구나 그녀의 질문에는 올바른 대답과 그른 대답, 안전한 대답과 위험한 대답이 숨어 있었다. 틸에게 거짓말을 하기는 싫었지만, 나는 결국 크게 숨을 들이쉬고 말했다.

"차르 강을 떠나기 전에도 아기를 가진 것을 느꼈어요."

"뭐야? 그런데도 우리한테서 떠났단 말이냐?"

틸이 나의 대답을 기다렸지만, 나는 입을 다물었다. 요이 이모한테 그랬던 것처럼 말을 많이 할수록 불리하다는 걸 알고서 잠자코 기다리기로 했다. 내가 대답하지 않자 틸이 사냥꾼처럼 조심스럽게 이야기를 계속했다.

"겨울이 끝날 때쯤 아기가 생긴 걸 느꼈다면, 네 아기는 나올 때가 다 되었을 거야. 그렇지?"

내가 아무 말 하지 않자 틸이 나를 주의 깊게 쳐다보았다.

"꼭 그런 것 같지는 않은데……."

내가 여전히 아무 말도 하지 않으니 틸이 화제를 돌렸다.

"불의 강에서 결혼을 했니? 아니면 네 이혼을 취소할 셈이냐?"

"나는 결혼하지 않았어요. 티무랑 이혼한 건 내 잘못이었어요. 그 일에 대해 계속 생각해 봤어요. 어쩌다 그렇게 됐는지 모르겠지만, 어쨌든 난 돌아왔어요. 티무가 나를 받아주기만 한다면요."

"티무는 너를 받아 줄 게다. 특히 그 애가 티무의 아이라면 더욱 더! 티무의 아버지도 거기에 대해 할 말이 있을 것이고."

티무가 반가워하는 것을 보니 그레이랙이 강요하지 않아도 된다는 것을 알 수 있었다. 틸과 내가 길을 따라 동굴로 돌아가려는데, 티무가 창을 들고 우리 쪽으로 다가오는 게 보였다.

"양어머니, 내 아내와 잠시 이야기하게 해주세요."

그가 말하자, 틸은 혼자 동굴로 향했고 나는 티무를 따라 다시 돌무더기 쪽으로 갔다. 달빛을 받으며, 우리는 마주 섰다. 티무가 손을 내밀며 말했다.

"네가 와서 기뻐."

"여기까지 내처 달려왔어. 사촌들의 가족을 기다리지 않고, 메리를 재촉해서 왔어."

"그리고 아기를 가졌어?"

"응."

"내 아이인가? 아니면 불의 강에서 다른 사람을 만났어?"

"네 아이야."

눈물이 나올 것 같았지만, 나는 입술을 깨물며 참았다. 티무가 목소리를 듣고 내 감정을 알아차린 모양이었다.

"왜 슬퍼하는 거야?"

달빛과 반딧불이 비치는 시원하고 달콤한 바람 속에서, 그의 목소리가 너무나 부드러웠기 때문에 나는 엘로와의 일을 털어놓고 싶어졌다. 나는 티무와의 사이에 어떤 거짓말도 원치 않았다. 그렇다, 고백해야 한다. 나는 말을 꺼내려고 입을 열었다.

하지만 그때, 밤하늘을 날아다니는 부엉이 소리가 들렸다. 그리고 여신 오헌의 입김 같은 바람도 느껴졌다. 나는 모든 동물들과 이 세상 모든 여자들의 자궁을 관장하는 여신 오헌의 존재를 느꼈다. 그녀가 가까이 서서 내게 속삭였다. 쉿, 조용히! 나는 말했다.

"나는 슬프지 않아."

티무가 솟아나온 내 배를 부드럽게 문지르며 내 허리띠를 풀었다. 그러면서 그가 물었다.

"아기 가진 지는 오래되었어? 지금 널 가져도 돼? 나는 항상 네가 그리웠어."

나는 일어났다.

"여기선 싫어."

"뭐가 부끄러운 거지? 대체 왜 그러는 거야?"

"몰라, 여보."

"그럼 이리 와."

그가 나를 데리고 조그만 자작나무 덤불 아래 어두운 곳으로 갔다. 덤불 반대편에는 매머드의 거대한 해골이 윗니를 땅에 대고 놓여 있었다. 엄니는 빠져나갔고, 콧구멍이 있던 자리는 커다란 검은 눈처럼 벌어져 있었다.

"여기는 샤먼들이 춤추는 곳이야."

티무가 혹시 동물이 다가와 귀찮게 굴면 쉽게 잡을 수 있도록 창 뒤끝을 땅에 박아 놓으며 말했다.

"곰자리라면 우리 소리를 들을 수 있을지 모르지만, 사람은 아무도 듣지 못할 거야."

문득 짧고 커다란 휘파람 소리가 들려왔는데, 너무 깊고 너무 조용해서 내가 들었다기보다는 느낀 것 같았다. 그 소리에 머리카락이 쭈뼛 섰다.

"저 소리는 뭐야?"

"매머드 해골이 내는 소리야. 바람 때문에 저런 소리가 나지."

티무가 나를 꼭 끌어안더니 천천히 내 윗옷을 여미는 핀을 빼내었다. 나는 자작나무 덤불 속에서 신발과 바지를 벗고, 윗옷도 벗은 뒤에 차가운 땅에 엎드렸다. 등에 닿는 티무의 단단한 몸은 따뜻했고, 그의 팔목이 내 몸을 잡아당기느라 가슴에 스칠 때 나는 숨이 멎을 것 같았다. 하지만 일이 끝났을 때, 나는 울고 있었다. 티무가 쭈그리고 앉으며 나를 보았다.

"아직도 울어? 왜 그래?"

"이유는 없어. 떨어져 있었을 때 나는 외롭고 두려웠고, 지금은 기쁜 것뿐이야."

티무가 나를 바라보는 표정을 보니, 그 대답에 만족하지 못한 모양이었다. 우리 눈이 마주칠 때 해골에서 울리는 소리가 또 들렸다. 여신 오헌이 속삭이는 숨결이 내 발가벗은 살갗에 차갑게 와 닿았다. 그녀가 말했다.

'네 남편을 만나면 안전하리라 생각했겠지만, 그는 너를 안전하게 해줄 수 없다. 네가 온갖 계획을 꾸미고 여기 서둘러 왔다 해도, 너는 아직 위험하다. 너는 결코 안전해질 수 없다. 너는 언제나 두려움과 위험 속에서 살게 될 것이다.'

그 말이 사실임을 깨닫고, 나는 다시 울었다. 위험에 대해 내가 할 수 있는 일이란 기다리는 수밖에 아무것도 없었고, 두려움에 대해서는 익숙해지는 수밖에 달리 도리가 없을 것이었다. 기다림과 두려움이라면 언제든 자신 있게 감당할 수 있지만, 티무에 대해서만은 어떨지 나는 아무것도 가늠할 수 없었다.

아침이 되어 다른 여자들과 함께 강으로 몸을 씻으러 갔을 때, 나는 모두에게 솟아오른 배와 커진 가슴, 까만 젖꼭지와 아랫배 한복판에 생긴 줄을 보여 주었다. 사람들은 갈색의 뚜렷한 선은 아기가 건강하다는 뜻이라고 알려 주었다.

그것 하나는 기뻤다. 나는 기뻐하고 싶었고, 기쁜 듯이 행동하고 싶었다. 나는 많이 웃어댔고, 이를 드러내며 차가운 물에 몇 번이나 몸을 담근 다음 정코와 아울, 에티스와 틸이 모두 나를 기쁜 표정으로 바라보고 있는 걸 보았다.

그 후 한동안 나는 종종 사람들이 내 이야기를 하면서 돌아오길 잘했다고, 내가 행복해 보인다고, 내가 모든 일을 잘해 냈다고 말하는 것을 들었다. 그뿐만 아니라 나는 첫 번째 결혼 예물을 주고받기도 전에 가죽 담요를 함께 쓰기 시작한 스위프트와 요이 이모의 결혼을 성사시켰다는 칭찬도 받았다.

스위프트는 내가 그를 향해 던져버린 약혼 예물 목걸이 대신 상아 구슬 목걸이를 주기로 약속했다. 어느 날 나와 단둘이 있을 때, 요이 이모는 내게 고맙다는 인사로 상아 머리핀을 주었다. 나는 아무 말 없이, 조금 부끄러운 기분으로 그 핀을 받았다.

티무만이 이따금 나에 대해 궁금해하는 표정으로 쳐다보고 있는 것 같았다. 내가 아이를 가졌기 때문에 그는 에티스와 함께 잤는데 거기 대해서는 모두가, 심지어 나까지도 충분히 예상한 일이었다. 그는 낮에는 다른 남자들과 초원에 나가 사냥을 하거나 계곡에 모닥불을 피워놓고 앉아 동물 떼를 찾았다.

나는 그가 무슨 생각을 하는지 알 수 있을 만큼 함께 시간을 보내지 못했지만, 에티스와는 즐겁게 지냈다. 내 뱃속에서 무릎과 주먹이 움직이는 것을 느낄 수 있었으므로 나는 에티스의 조그마한 아들에게 관심이 컸고, 그 때문에 우리는 더욱 가까워졌다.

어느 날 다른 여자들과 함께 강에 목욕하러 갔을 때, 에티스가 내게 아기를 안아달라고 했다. 나는 손을 뻗어 아기를 들고 내 몸에 꼭 끌어안았다. 어머니가 죽었을 때 태어난 내 동생을 안아 본 뒤로 그렇게 작은 아기는 처음 안아 보는 것이었다.

아기의 뺨을 만지니, 그때 어머니가 낳았던 아기와 똑같이 젖꼭지를 찾아 고개를 돌렸다. 동생이 태어났을 때 내 가슴은 납작했지만, 이제는 제법 부풀어 있는 데다 젖꼭지가 튀어나와 있어서 아기가 젖꼭지를 찾더니 꼭 물었다.

아기가 젖을 빨자, 놀랍게도 통증에 가까운 찌르르한 느낌이 가슴에서 목까지 번졌다. 그러더니 아기가 나를 똑바로 응시했다. 내 입가에 번지는 미소를 아기도 보았을까? 아기도 방긋 웃는 것 같았다.

그런데 바로 그때 에티스가 얼음장 같은 물에 몸을 넣었다가 느닷없이 소리를 질렀다. 그 소리에, 아기가 내 젖꼭지에서 입을 떼고는 그쪽을 쳐다보았다. 먼지가 묻은 내 젖가슴에 아기가 물었던 자국이 나 있었고, 놀랍게도 젖꼭지에는 젖이 묻어 있었다. 젖이라고? 내 몸에서 젖이 나온다고? 나는 틸을 불렀다.

"여기 좀 보세요!"

"뭘?"

틸이 벗은 몸을 숙이며 물었다.

"나한테서 젖이 나와요!"

"응? 그럼 안 나올 줄 알았나?"

"하지만 너무 이르지 않아요?"

틸이 다가와 자세히 살펴보더니 피식 웃었다.

"이건 네 젖이 아니라, 아기 입에 묻어 있던 것이다."

아기가 내 젖꼭지를 물고는 또다시 나와 눈을 마주쳤다. 이게 네 발이구나. 나는 아기의 발을 꼭 쥐며 속삭였다. 아기가 또 미소를 지었다. 나는 이마를 아기 이마에 갖다 대고 아기가 내 머리카락을 잡게 해주었다. 에티스가 물을 뚝뚝 떨어뜨리며 나올 때까지, 우리는 그렇게 즐거워했다.

나는 거의 날마다 에티스와 함께 평원으로 나가 모닥불 땔감으로 쓸 매머드 똥을 모았다. 이따금 에티스가 아기를 안고 갔고, 가끔은 내가 안고 가기도 했다. 마른 똥을 충분히 모은 다음에는, 우리는 흔한 덤불 옆에 나란히 서서 빨갛고 달콤하고 쌉쌀한 열매를 따 입에다 던져 넣곤 했다.

에티스와는 달리 나는 그 열매를 따로 모아다가 밤마다 남자들의 모닥불에 앉아 매머드에 관한 이야기를 끝도 없이 나누는 티무의 손에 살짝 놓아 주었다.

나는 흐릿한 여름 하늘 아래로 끝 간 데 없이 펼쳐진 가늘고 붉은 풀들이 바람에 따라 흔들리는 사이를, 에티스와 아기와 함께 돌아다니는 게 무척 좋았다. 에티스는 늦여름이 되면 느시(겨울새 -역자주)의 철이 된다고 했고, 과연 우리는 종종 대여섯 마리쯤 되는 느시가 풀밭을 뒤지는 사냥꾼처럼 조심스레 돌아다니는 광경을 목격하곤 했다.

이따금 평원으로 나가면 조그만 갈색 느시가 하늘로 곧장 날아올라 노래하다가 다시 풀밭으로 툭 떨어지는 것을 볼 수 있었다. 하지만 평원은 너무 편평해서 멀리까지 볼 수 없었으므로, 그 밖에 다른 동물이나 사람은 찾아볼 수 없었다. 그렇다 해도 나는 항상 티무를 찾고 있었고, 그가 어디 있는지 알고 싶어했다. 한 번은 에티스에게 이렇게 물었다.

"남자들은 어디 있어?"

"누가 알겠어?"

그녀가 열매를 입에 넣으려고 고개를 숙이며 말했다.

"남자들은 매머드한테만 관심이 있으니, 매머드를 따라다니면서 오줌이랑 똥 냄새를 맡으며 뭘 먹는지 지켜보고 있겠지."

"정말? 왜 그렇게 하지?"

"평원에 물이 충분한지, 아니면 강물을 구하러 절벽을 기어 내려가야 하는지 알아보기 위해서야. 초원의 웅덩이 물은 여름이 되면 바짝 마르거든. 올해는 비가 많이 왔지만, 그렇지 않았다면 웅덩이는 지금쯤 말랐을 거야."

"매머드가 절벽을 기어 내려가면 어떻게 되는데?"

"우리가 밀어서 떨어뜨려."

"강둑의 죽은 매머드도 절벽에서 밀어 떨어뜨린 건가?"

"그래. 붉은 털이 목욕하려고 데려갈 때 그런 거야. 죽은 매머드는 살갗에 쇠파리의 구더기가 많이 생겨."

"붉은 털? 붉은 털이 누군데?"

"매머드 대장이야."

"매머드한테도 이름을 붙이나?"

내가 열매 한 줌을 주머니에 넣으며 물었다.

"남자들이 이름을 붙여. 그건 그렇고, 열매를 왜 모아? 충분히 많은데."

그 물음에 나는 조금 놀라서 어색하게 웃으며 대답했다.

"티무에게 주려고."

"아, 그렇지."

에티스가 알듯 모를 듯한 미소를 지었다.

"그렇지 않고서야 열매를 왜 모으겠어?"

에티스가 부드러운 시선으로 나를 보았다.

"그를 기쁘게 해주려고 그런다는 걸 나도 알아."

나는 기분이 좀 가라앉아 덤불 그늘에 쪼그리고 앉았다. 티무를 기쁘게 해주려고 그런다고? 나는 그 말이 귀에 거슬렸다.

"에티스. 내게 티무를 기쁘게 해줘야 할 다른 이유라도 있다고 생각하는 거야? 나는 그가 남편이니까 열매를 모으는 것뿐이야. 나는 단지 그것뿐이야."

나의 구구한 변명에, 에티스가 조금 당황한 표정을 지으면서 아기를 무릎에 놓고 내 곁에 쪼그리고 앉았다.

"미안해. 다른 이유는 없어."

"있어. 그렇게 말하는 분명히 다른 이유가 있어."

나의 집요한 물음에 에티스의 대답은 낮았고, 침울하기까지 했다.

"야난도 알고 있잖아. 굳이 내게 듣지 않아도……."

"난 정말 몰라, 모르니까 묻는 거야. 에티스는 그걸 알고 있잖아?"

에티스가 입을 다물고 나를 바라보았다. 그러다가 마침내 입을 열고 이렇게 말했다.

"야난. 물론 알고 있어! 야난이 가진 아이가 티무의 아이가 아니라면, 그가 그런 사실을 몰라주기를 바랄 테니까."

이 말에 나는 놀라지 말아야 하지만, 결국엔 놀라고 말았다. 나는 티무에게 저녁때마다 선물을 갖다 줌으로써 에티스가 말하고 있는 대로 티무가 몰라주기를 원하고 있음을 보여 주는 셈이었다.

티무가 열매를 원한다면, 다른 남자들이 그렇게 하듯이 자기 스스로 덤불에서 따먹으면 될 일이었다. 밤마다 남자들의 모닥불에 가서 남편의 손에 열매를 주는 여자는 나 혼자뿐이었던 것이다. 결국 나의 행위는 티무의 눈을 가리기 위한 간교한 술책에 지나지 않는다고, 사람들은 그렇게 생각하고 있었던 것이다. 나는 이렇게 묻지 않을 수 없었다.

"티무는 이 아이가 자기 아이가 아니라고 생각해?"

"야난은 오랫동안 나가 있다가 아이를 갖고 돌아왔어. 티무가 엘로에게 야난이 불의 강에 있을 때 어떤 남자들과 지냈는지 물어보는 걸 들었어."

싸늘한 기운이 온몸을 훑고도 모자라 내 목소리는 덜덜 떨리고 있었다. 얘기가 그렇게까지 진척될 동안 나는 무엇

을 하고 있었을까? 엘로가 뭐라고 대답하더냐고 묻는 내 목
소리는 여전히 떨리고 있었다.

"엘로는 큰 목소리로 자기는 모른다고, 자기랑 야난이 늘
붙어 다니지 않았다고 말했어."

에티스가 한참 생각하더니 또 이렇게 덧붙였다.

"하지만 오히려 큰 목소리 때문에 말썽이 생겼지. 그 말
을 들은 사람들은 엘로의 격한 반응에 의아했지. 더구나 모
두 티무의 질문이 무엇을 뜻하는지 짐작할 수 있는 판국에
그런 식으로 반응하다니. 아이너가 티무에게 예전에 엘로가
저질렀던 짓을 상기시켜 주었어. 야난의 아버지가 엘로와
요이를 붙잡았던 그 이야기 말이야."

아이너가 왜 나한테 적대감을 갖는단 말인가? 에티스가
침착하게 그것을 말해 주었다.

"아이너는 지금 단단히 화가 나 있어. 자기 아들들이 아
직도 도착하지 못해서 화가 나 있는 거야. 야난이 요이와 엘
로, 그리고 메리를 재촉하는 바람에 자기 아들 가족들이 뒤
처진 것이라고 알고 있거든."

그 말은 모두 사실이고, 결국 사람들이 아직도 내게 좋지
않은 감정을 많이 갖고 있다고 생각하니 속이 상했다.

"틸은 뭐라고 해?"

"아이너가 어떻게 틸 앞에서 험담을 하겠어? 야난이라면

린 앞에서 내 험담을 할 수 있겠어?"

그건 너무 터무니없는 생각이라서 나는 웃을 수밖에 없었다. 에티스가 내 손을 잡으며 말했다.

"자, 너무 슬퍼하지 마. 야난만 진실하다면 사람들이 결국 야난 편이 될 테니까."

하지만 나는 슬펐고, 화가 났다. 집으로 돌아오는 길에 나는 주머니에 든 열매를 모조리 에티스와 나누어 먹었고, 동굴에 도착할 무렵이 되자 티무 몫은 하나도 남지 않았다.

내가 밤마다 열매를 가져다 주지 않는다는 사실을 티무가 알아차렸다. 그렇다 하더라도 그는 아무런 반응을 보이지 않았다. 어쩌면 티무는 다른 남자들처럼 매머드 생각에 온통 빠져 있었는지도 모른다.

밤에 남자들의 이야기를 엿들어보니, 평원의 얼음이 녹아 생긴 웅덩이가 마침내 말라붙었지만 매머드들은 우리가 있다는 사실을 알고 절벽 아래로 내려가는 일을 최대한 미루고 있다고 했다.

그렇기는 하지만 조만간 강에 물을 마시러 올 게 틀림없다고, 남자들은 말했다. 밤마다 티무는 여자들의 모닥불을 등지고 앉아서 사냥 이야기에 몰두했다. 남자들은 서로 먼저 이야기를 하려고 저마다 목소리를 높였고, 커다랗게 손짓을 하고, 그런가 하면 말소리 사이에 끌로 부싯돌을 가는 소리도 들렸다.

그것은 큰 사냥에 대비해 마음과 도구를 준비하고 있는 것이었다. 그레이랙과 그의 오두막에 속하는 남자들이 스위프트와의 관계가 가져다 주는 흥분을 얼마나 즐기고 있는지 알 수 있었다. 동굴 안의 사람들은 스위프트와 요이 이모가 내는 즐거운 신음 소리를 매일 밤마다 들을 수 있었다.

티무에게 열매를 갖다 줄 수 없게 된 다음, 나는 에티스에게 들소 가죽 한 조각을 얻어 겨울 가죽신을 만들기 시작했다. 나는 여자들의 모닥불에 조용히 앉아 일하면서 이따금 아이너와 눈이 마주치면 그녀가 나를 부당하게 비난하는 게 얼마나 틀린 일인지를 눈빛으로 보여 주려고 했다.

내가 돌아왔을 때 사람들이 보여 주었던 엄청난 반가움은 이제 지나간 일이 되었고, 여자들에겐 제각기 해야 할 일이 있었으므로 나에게 집중되었던 관심도 차츰 식어갔다.

티무와 이야기를 하고 싶은 마음이 간절했다. 이야기만 하면 나에 대한 의심을 씻을 수 있게 해줄 수 있을 것 같았다. 하지만 털의 강의 생활은 차르 강에서의 그것과 아주 달랐다. 남자들은 여자를 사냥에 데리고 가는 법이 없었고, 여자들이 땔감을 모을 때 도와주지도 않았다. 따라서 티무와 내가 같이 있을 이유가 전혀 없었던 것이다.

에티스한테, 밤에 티무에게 귓속말로 내가 단둘이 있고 싶어한다고 전해달라고 부탁도 해봤다. 그녀가 그 부탁을 들어 주었는지는 모르지만, 그랬다 하더라도 티무는 아무런 반응을 보이지 않았다.

늦여름의 어느 긴 저녁 무렵, 계곡이 어슴푸레해지면서 제비들이 강물 위로 낮게 날고 있을 때, 동굴 밖에서 사람 소리가 들려왔다. 우리는 깜짝 놀라 서로를 둘러보았다. 밖에 나간 사람은 아무도 없었기에 우리는 긴장한 얼굴로 서로를 바라보았다.

누굴까? 남자들이 벌떡 일어나 창을 들고 어떤 일이라도 맞아 줄 자세로 동굴 입구 쪽을 바라보고 있었다. 그때 모퉁이를 돌아서 아주 조심스럽게 프록과 스틱의 모습이 보였다. 그들은 빈손으로, 매우 천천히 예의 바르게 다가왔다.

아이너가 큰 소리를 지르며 그들을 향해 달려가 끌어안았고, 우리도 모두 일어나 그들을 맞았다. 사촌들의 아내와 아이들도 들어왔는데, 처음에는 수줍은 모습으로 얼굴을 아는 요이 이모에게 인사했지만 나에게는 날카로운 시선만 보낼 뿐이었다.

곧 그들은 동굴 안쪽과 여자들의 모닥불 사이에 있는 아이너 자리로 옮겼다. 남자들이 마지막으로 잡은 사냥감 고기를 다 먹은 모양이라 에티스와 나는 새로 온 손님의 저녁 식사를 위해 죽은 매머드 고기를 자르러 강가로 갔다.

우리는 파리가 들끓는 매머드 시체의 안쪽 깊은 곳에서 고기를 잘라낸 다음, 고기를 강물에 흔들어 구더기와 역한 냄새를 씻어냈다. 사촌들의 아내들이 여름에 날마다 신선한 물고기를 먹는 데 익숙한 탓에 이 고기가 입맛에 맞지 않을 거라 생각하니 내심 기분이 좋았지만, 그들은 너무 오랫동안 배고픈 채로 걸어왔기 때문에 모두들 매우 감사하게 너무나 열심히 먹었다. 그래서 나는 부탁하지도 않는데 고기를 더 가지러 강으로 내려갔다.

그 무렵 계곡은 어둠과 바람이 내는 메아리 소리로 가득했다. 이울어 가는 '매머드의 달'이 천천히 흘러가는 강물에 떠 있었고, 내가 다가가자 하얀 여우가 매머드 시체에서 빠져나와 잽싸게 달아났다.

등 뒤에서 소리가 들리기에 돌아보니, 밤하늘을 등지고 티무의 머리와 넓은 어깨가 보였다. 그는 창을 들고 있었다. 어두운데 이곳에 있을지도 모르는 큰 동물들에게서 나를 보호해 주려고 온 것이었다. 나는 생각했다. 아, 여보. 와주었구나.

그가 내 옆에 서자, 나는 그의 팔에 손을 얹었다. 하지만 그는 뻣뻣하게 선 채로 아무 말 없이 나를 내려다보기만 할 뿐이었다. 나는 그에게 몸을 약간 기대고, 윗옷의 앞섶에 꽂아둔 상아 핀을 뽑아 열리게 했다. 내가 속삭였다.

"티무."

"왜 이러는 거야? 아기를 가진 지 오래되지 않았어?"

그의 목소리가 몹시 차가웠다. 그 말은 내게 이렇게 들렸다. 지금 나랑 몸을 섞어도 될 만큼 아기를 가진 지 오래되지 않은 거야? 그가 말했다.

"하던 일이나 빨리 해. 사자들이 올지 모르니까."

그의 행동과 말에 깊이 상처를 받았지만, 나는 돌아앉아 고기를 자른 다음 그가 지켜보는 동안 강물에 고기를 씻으러 갔다. 울고 싶지 않았지만, 눈물이 흘러내렸다. 소맷자락으로 눈물을 훔쳤지만, 그 위로 또 다른 눈물이 흘렀다.

동굴로 돌아가는 동안, 티무가 내 앞에 걸어가면서 고기를 내가 들도록 했다. 중간쯤 가다가 사람들의 목소리가 들리자, 나는 단둘이 이야기할 기회가 사라지고 있음을 알 수 있었다. 그래서 나는 쉬어야겠다는 듯이 걸음을 멈췄다.

티무가 한참 앞서 가다가 내가 따라오지 않는다는 걸 알았지만, 돌아오지는 않았다. 나는 뒤따르지 않겠다는 뜻으로 바위에 기대어 섰다. 그러자 그가 한참 만에 내게 돌아와 던지듯 물었다.

"또 뭐야?"

이마에 달빛을 받으며 거기 선 티무의 모습을 보자 나는 할 말을 잃어버렸다. 나는 입술을 축였고, 그는 차가운 얼굴로 기다렸다. 나는 그의 대답을 두려워하면서도 이렇게 묻지 않을 수 없었다.

"왜 내게 화가 났는지 알고 싶어. 내가 여기 오지 않는 편이 나았을까?"

"왜 그런 말을 하지? 넌 나의 아내인데."

"아기 때문에 그래? 누가 아기에 대해서 뭐라고 했어?"

"나는 사냥 생각만 해. 여자들의 일엔 관심이 없어."

"나는 너랑 지금 이야기하고 싶어."

"그럼 이야기해."

하지만 그가 너무 험악하게 굴어서 나는 말을 꺼낼 수 없었다. 대신 나는 그의 손을 잡고, 배 위에 올려놓아 안에 든 것을 느낄 수 있게 했다. 우리의 눈이 마주쳤지만, 그가 곧 손을 치웠다.

"가자. 네 사촌들이 기다리고 있어."

그가 돌아서서 다시 걸어갔다. 나는 얼굴에 눈물 자국이 나 있을까 걱정하며 뒤를 따랐다. 강가에서 그 생각을 하고 얼굴을 씻었어야 했다.

불가에 앉아 열심히 이야기하는 사람들 뒤로 몰래 들어가는 일은 쉬웠다. 나는 가죽 담요를 덮고 누웠지만, 잠들지 않고 그들의 이야기를 들었다. 티무는 멀찌감치 앉아 있었지만, 그가 이따금 웃는 소리가 들렸다.

내 곁에서는 스틱과 프록의 아내들이 아이들에게 작은 고기 조각을 먹이고 있었다. 프록의 어린 양아들 카킴은 내 바로 옆에 자리를 잡고 이미 깊이 잠들어 있었다. 얕은 숨소리가 들리기에 나는 몸을 일으키고 그 애의 얼굴을 살펴보았다.

동굴의 낮은 천장에 반사되는 침침한 불빛에, 아이가 아주 말랐으며 눈꺼풀이 매우 얇고 피부는 윤기 없이 창백하다는 걸 알 수 있었다. 자는데도 얼굴이 떨리고 있었다. 아이가 불의 강에서 우리와 헤어질 때보다 상태가 더 나빠진 것을 알 수 있었다.

뭘 먹었을까? 그런 것 같지 않았다. 아이 숨결에서 고기 냄새도 나지 않았고, 얼굴에 기름도 묻어 있지 않았다. 나는 가만히 손을 뻗어 아이를 건드려 흔들어 보았지만, 아이는 깨지 않았다. 살갗은 건조하고 차가웠다. 아이는 오래된 병을 앓고 있는 게 분명했다. 누군가 나를 보는 게 느껴져서 고개를 들어보니 에티스였다. 우리는 알고 있다는 뜻으로 시선을 교환했다. 에티스 역시 이 아이를 눈여겨본 것이었다.

새로 온 여자들 때문에 그날 밤 여자들 모닥불의 대화는 어색하게 흘러갔다. 요이 이모만 그들을 잘 알았는데, 요이 이모는 그들을 별로 대단치 않게 여겼다. 아예 그들을 무시하는 것처럼, 그들이 무슨 말을 하려고 하면 종종 말을 잘랐다.

물론 요이 이모에게 그런 행동은 흔한 것이었다. 하지만 새로 온 여인도 이야기를 쉽게 하지 않았다. 오히려 그들이 꺼내는 말이라고는 오는 길이 멀고 평원에 좋은 물이 없어 힘들었다는 불평뿐이었다. 그들은 또 이따금 나에 대해 이야기하듯이 서로 귓속말까지 했다.

아이너가 며느리들을 만나기 전에 마음속으로 훌륭한 여자들이라고 상상했다가 이제 와서 실망하는 것은 아닐까 궁금했다. 하지만 그녀는 손자 손녀들을 대단히 칭찬했다. 새로 온 여자들에게 물어보고서, 아이너는 카킴이 프록의 양아들일 뿐만 아니라 프록 아내의 양아들이기도 하다는 사실을 알게 되었다. 그녀의 첫 남편이 홀아비가 된 다음 데리고 온 아들이었던 것이다.

남자들의 이야기 소리와 웃음소리가 동굴 벽에 울려 퍼지고 있었다. 스틱과 프록이 아주 놀라운 소식을 갖고 왔기 때문이었다. 그들은 매머드 무리가 상류의 강에서 물을 마시고 있다는 소식을 전했다. 그렇다면 매머드들은 이곳으로 물을 마시러 올 것이 분명해졌다. 조만간 근사한 사냥이 벌어질 것이기에 남자들은 호탕하게 웃었다.

스틱과 프록은 매머드를 사냥하는 법에 큰 관심을 가지고 있었다. 차르 강과 소나무 강, 불의 강에서는 사람들이 대부분 매머드를 그냥 내버려 두기 때문이었다. 남자들은 그들에게 매머드 사냥법에 대해 소개했다.

"매머드들이 한꺼번에 협곡을 따라 좁은 길을 일렬로 내려가면 우리가 위에서 돌을 던져 놀라게 하고, 그러면 매머드들이 허둥거리다가 발을 헛디디게 되지. 그러면 매머드들은 쓰러지고, 대부분은 다시 일어나지 못해. 강둑에 먹을 것이 별로 없기 때문에 다른 매머드들은 다친 매머드를 하루 정도밖에 지켜 주지 못하지. 그러면 우리는 다친 매머드를 쉽게 죽일 수 있어."

스위프트가 자랑스럽게 말했다.

"그러면 우리는 고기를 너무 많이 먹어 울게 되지. 그리고 상아를 너무 많이 얻어 웃게 되고."

아침이 되자 스틱과 프록은 다른 남자들과 함께 강에서 큰 돌을 옮기는 일을 했다. 하루 종일 그들은 무리를 지어 일하고, 해가 높이 뜨자 쉬더니 오후에는 목욕을 했다. 내 사촌들은 티무와 함께 지내는 것 같았다.

여자들은 관목에서 자른 나뭇가지로 가리개를 만들었다. 우리는 모두 거대한 사냥에 흥분하고 있었다. 스위프트는 붉은 털이 이끄는 매머드 무리가 곧 길을 따라 올 것이라고 확신하고 있었다.

어린 카킴도 어른들을 도울 나이라 여겨졌기 때문에 무거운 돌을 들고 비틀거리면서도 꿋꿋하게 일하는 모습이 종종 보였다. 카킴은 동굴에서 좀 쉬려고 했지만 양아버지 프록이 다시 불러냈다. 카킴은 종종 덤불 속에 쪼그리고 앉아 거친 숨을 몰아쉬곤 해서, 그 아이의 병이 설사 때문임을 알 수 있었다.

매머드 사냥꾼들의 말에 따르면, 고기가 올 때가 다 되었다. 하지만 꼬마 카킴은 우리가 고기를 굽기 시작할 때 먹지도 못하고 격한 호흡 소리와 함께 잠에만 빠졌다. 나란히 앉아 있던 에티스와 나는 또 시선을 교환했다. 마침내 나는 더 이상 참지 못하고 프록의 아내에게 말했다.

"카킴에게 먹을 것이 필요해요. 내가 깨워도 될까요?"

하지만 그녀에게서 돌아온 답변은 너무도 차가웠다.

"왜 이제 와서 그 애를 걱정하는 거지? 누가 너의 행동거지를 감시하기라도 하나?"

그녀의 무례함은 짐작했던 그대로였기에 난 별로 놀라지 않았다. 아이너의 심술궂은 눈초리를 보고, 나는 그녀를 짜증나게 하기 위해 활짝 미소를 지었다. 나는 새로 온 사람들에게 더 이상 뭔가를 해줄 필요가 없다고 생각했다. 자기들 먹을 것은 자기들 스스로 가져다 먹을 수 있을 테니까.

하지만 나중에 에티스가 카킴을 부드럽게 흔드는 걸 보았다. 에티스는 아이를 천천히 깨운 다음, 어깨에 팔을 둘러 받쳐 주고는 고기 한 조각을 먹였다. 아이는 너무나 얌전하게, 너무나 고마운 눈빛으로 에티스를 올려다보아서 내 마음은 찢어질 것 같았다. 그러고 난 다음 아이가 에티스에게 기대어 다시 잠든 게 보였다.

한밤중에 카킴이 우는 소리가 들렸다. 그 소리에 놀란 나는 벌떡 일어났다. 아이는 양부모 옆에 쪼그리고 앉아 울먹이면서 똥을 누러 가야 한다고 했다. 부모는 둘 다 일어나지도, 그와 함께 나가지도 않으려 했다.

"제발요."

아이가 혼자 나가기 무서워서 계속 졸랐지만 프록은 졸린 목소리로 이렇게 대답할 뿐이었다.

"길을 따라가면 돼. 아무것도 무서울 거 없어."

마침내 카킴은 자는 사람들 사이를 걸어 동굴 입구로 나가고 있었다. 내가 일어났다.

"넌 또 뭐야?"

프록이 묻기에 나는 조용히 대답했다.

"나도 화장실에 가야 해. 내가 데리고 갈게."

"잘됐네."

프록은 코웃음을 쳤다. 별빛 아래, 숲에서는 부엉이 울음소리가 들리고 강에서는 나지막한 물소리가 들려오는 가운데 나는 카킴의 마른 손을 잡고 평원으로 데려갔다. 아이는 한참 동안 앉아 있었지만, 끈끈한 콧물 같은 것 조금밖에는 누지 못했다. 아이가 힘겹게 숨 쉬는 소리가 들렸다. 매우 지치고 아픈 모양이었다. 한참 만에 아이가 일어났다. 카킴이 속삭였다.

"이제 돌아갈래요."

"그래, 가자."

내가 다시 아이의 손을 잡았다. 동굴 안으로 들어갈 때 아이가 또 속삭였다.

"고기가 더 있나요? 배가 너무 고파요."

"찾아볼게."

나는 이렇게 말하고 조용히 움직이려 애쓰면서 불가에 있는 판판한 돌에 고기가 남아 있는지 찾아보았다. 하나도 없었지만, 그러느라 잘못해서 에티스를 깨웠다. 에티스는 가죽 담요를 덮고 티무 옆에 누워 있다가 나를 보았다. 에티스가 물었다.

"왜 그래?"

나는 에티스의 잠자리 옆에 쪼그리고 앉아 아주 작은 소리로 속삭였다.

"카킴이 배가 고프대. 뭐 먹일 것이 있나 찾고 있어."

티무를 깨우지 않도록 조심하면서 에티스가 일어나 아기가 울지 않도록 젖을 물렸다.

"내가 도와줄게."

우리는 같이 뒤졌지만, 아무것도 찾을 수 없었다. 우리는 서로 바라보았다. 아무것도 없으니 둘 중 한 사람이 매머드 시체로 내려가야 한다. 내가 말했다.

"내가 갈게. 난 피곤하지 않아."

"나도 같이 갈게."

우리는 카킴 옆에 나란히 쪼그리고 앉았다. 에티스가 그 아이의 머리를 쓰다듬으며 말했다.

"곧 먹을 것을 갖다 줄게."

나는 창을 들고 곧 출발했다. 계곡은 아주 캄캄했다. 길을 반쯤 내려가다, 우리는 혹시 뭔가 있으면 쫓아버리려고 돌을 던지고 노래를 불렀다.

내 생명을 구해 주오, 사냥꾼들이여!
열 마리의 말을 잡아 주시오,
내 손가락에 하나씩 꼽을 수 있도록!

우리 노랫소리가 계곡에 울려 퍼졌다. 내가 윗옷을 벗고 시체 안을 파내는 동안 에티스와 아기가 망을 보았다. 나는 칼을 잊어버려서 창으로 잘라야 했다. 매머드는 안쪽 고기만 어느 정도 먹을 수 있었는데, 창의 축이 갈비뼈에 자꾸 걸려서 고기를 파내는 데 시간이 한참 걸렸다. 그때 에티스가 놀란 소리로 나를 불렀다.

"야난!"

나는 매머드의 갈비뼈에서 물러나면서 밖을 보았다. 티무가 아무 말 없이 우리를 노려보고 서 있었는데, 너무나 무서운 표정이라 나는 겁이 덜컥 났다. 에티스가 놀란 목소리로 물었다.

"왜 그래, 여보? 깜짝 놀랐잖아."

"왜 이런 한밤중에 내 아내들이 여기 있는 거지? 노랫소리 때문에 모두 깨어났어! 사람들이 무슨 일인지 궁금해하고 있어. 그래서 내가 찾으러 온 거야!"

"우리가 뭘 하는 것 같아?"

에티스가 그의 말투에 짜증이 난 듯 말하자 티무가 매서운 목소리로 말했다.

"이제 돌아가."

에티스는 티무의 독촉은 염두에도 두지 않고 나에게 말했다.

"다 했어, 야난?"

"거의 끝나 가."

내가 말하고서 좀 더 파내려고 몸을 돌렸을 때, 티무가 내 창의 손잡이를 잡았다.

"빨리 돌아가."

"고기 한 조각을 거의 다 잘랐어. 금방 자를 수 있어."

하지만 티무는 창을 놓지 않았다. 뱃속에서 뭔가가 꼼지락거리는 것을 느끼며, 나는 티무 앞에 불안한 마음으로 서서 그가 무엇 때문에 화가 났는지 궁금해했다. 하지만 그것을 알아내기는 두려웠고, 그를 더 화나게 만들까 봐 더욱 두려웠다.

"여기서 끝내."

그가 거칠게 창을 밀치며 말했다. 그래서 나는 시키는 대로 하고, 강으로 가서 고기와 내 몸을 씻었다. 강가에서 에티스와 티무가 낮은 소리로, 다급하고 성난 음성으로 이야기하는 것이 들렸다. 에티스가 말하고 있었다.

"왜 당신은 악의를 가진 사람들의 말을 곧이곧대로 듣지?"

"나는 그들의 말을 듣지는 않아. 하지만 엘로가 어떤 인간인지를 나는 잘 알아. 더구나 프록의 말을 믿지 않아야 할 이유가 뭐지?"

엘로와 프록. 나는 무슨 일인지 짐작할 수 있었다. 티무는 이미 내 임신에 대해 의심하고 있었으므로, 프록이 나와 엘로가 불의 강가 풀밭에서 이야기하고 있었던 상황을 찾아낸 것만 알려 주었어도 충분했을지 모른다.

나는 이 모든 이야기를 멍하니, 아무 느낌 없이 들었지만 새로운 사실도 알 수 있었다. 그 순간 뭐든 새로운 것을 알게 된다는 것이 놀라웠다. 엘로는 티무에게 사실대로 말하지 않았다는 것이었다. 그가 말했더라면 티무의 감정은 달랐을 것이다. 티무가 무슨 일이 있었는지 확실히 알고서 불같이 화를 냈을 것이다.

하지만 그는 어둡고 음침한 분노의 기운으로 나에 관한 모든 것을 의심하면서, 그저 나를 압도하고 있을 뿐이었다. 천천히 걸어가는 것 말고 무슨 일을 할 수 있을지 알 수 없었다. 그들은 이야기를 멈추고 나를 쳐다보았다.

"이제 먼저 가, 티무."

에티스가 말했다. 우리는 어두운 길을 발로 더듬어가며 티무가 앞장서고, 에티스와 내가 뒤따라 걸어갔다. 에티스가 티무를 멀찌감치 앞서게 하고 내게 속삭였다.

"티무는 야난의 아기가 자기 아이가 아니라고 믿고 있어. 프록이 엘로와 야난이 단둘이 있었다고 했대."

"알아. 나도 들었어."

"그런 문제는 혼자서 감당할 수 없어."

뒤이어 들리는 에티스의 말은 나를 놀라게 했다. 그녀가 내 손을 잡으며 냉정하게 말했다.

"내가 도울 거야! 티무가 아내들에게 좀 더 예의를 지키지 않으면, 나는 그와 이혼하겠어! 야난이 우리를 그레이랙과 연결해 주듯이 나도 그를 스위프트와 연결해 주고 있어. 티무는 그걸 잊지 말아야 해."

"에티스가 나를 너무 많이 도와주면, 그는 우리 모두와 이혼할 수도 있어."

"모두를 적으로 삼겠다고? 그럴 수는 없을 거야."

에티스가 티무는 절대 그렇게 하지 못한다고 자신 있게 말했다. 동굴 안으로 들어가 에티스와 나는 매머드 고기를 아주 얇게 잘라 작은 불에 쉽게 구워지고, 먹기도 쉽게 했다. 그것을 카킴에게 가져갔을 때, 아이는 깊이 잠들어 있었다. 거의 아침이 되었으므로, 우리는 아이가 일어나면 고기를 주기로 했다.

에티스는 아기와 함께 티무 옆의 잠자리로 돌아갔는데, 티무는 너무 조용한 것이 잠든 것 같지 않았다. 나도 내 잠자리에 들었고, 내 몸속의 아이가 자꾸만 몸을 뒤척이는 것을 느꼈다.

곧 모든 것이 잠잠해졌다. 그리고 내 생각은, 내 몸의 한가운데 자궁으로 집중되었다. 뒤척이던 아기는 앞으로 닥칠 분노나 위험에 대해서는 아무것도 모른 채 지금은 가만히 따뜻하고 안전한 곳에 누워 있었다.

하지만 아이는 나를 알지도 몰랐다. 어쩌면 내 말을 들을 수 있을지도 몰랐다. 어쩌면 어머니가 어디에 있든 내가 어머니를 사랑했고 지금도 여전히 사랑하는 것처럼, 아이는 어쩌면 벌써 나를 사랑하고 있을 것 같았다.

18

카킴은 에티스와 내가 매머드 고기를 갖다주려고 계곡으로 내려갔던 날로부터 사흘 뒤에 죽었다. 나는 아침에 프록이 아이를 안아들고 밖으로 나가는 걸 보고서 그 사실을 알았다.

아이의 팔이 덤불 속의 나뭇가지처럼 삐져나와 있었고, 살이 하나도 없는 엉덩이에는 마지막으로 배설해 놓은 설사 똥이 그대로 묻어 있었다. 울음이 터지기 시작해서 도저히 멈출 수가 없었다. 나는 흐느끼는 소리를 죽이려고 주먹으로 입을 막았다.

모두가 나를 이상하다는 듯이 쳐다보았다. 눈시울을 적시는 사람들도 있었지만, 아무도 심지어 양부모조차도 카킴 때문에 그렇게 나처럼은 심하게 울지 않았다. 모두가 어색해한다는 것을 알 수 있었지만, 그래도 나는 울음을 멈출 수가 없었다. 침묵 속에서 내 듣기 싫은 울음소리가 동굴에 메아리치는 게 들렸다.

그러다 갑자기 헛구역질이 났다. 한참 헛구역질을 계속하고 있는데 누군가 나를 일으켜 세웠다. 틸이었다. 틸은 내 손을 잡고, 다른 사람들을 매섭게 노려보았다. 틸은 카킴을 안고 동굴 입구에서 황당한 표정으로 서 있는 프록까지도 노려보았다. 사람들 몇몇이 꾸물거리며 일어나 땅 파는 막대기를 들고 프록을 따라 나갔다.

틸은 나를 데리고 평원으로 사람들을 따라 나갔다. 하지만 다른 사람들이 프록과 함께 한쪽으로 가자, 틸은 나를 데리고 반대편으로 갔다. 나는 눈물을 줄줄 흘리며, 숨을 몰아쉬며, 거기까지 가는 동안 내내 울었다.

우리는 계곡 가장자리를 따라 멀리 걸어가, 향나무가 주위에 나 있는 커다랗고 편평한 바위까지 갔다. 우리는 햇볕에 따뜻해진 그 바위에 걸터앉았다. 틸이 말했다.

"이제 때가 되었다. 네가 나한테 이야기를 할 때가. 너는 이제 너의 남편은 자기 아이가 아니라고 생각하고, 몇몇은 엘로의 아이라고 생각하는 아이를 낳을 것이다. 당연히 너는 아주 겁을 먹었고, 그 두려움 때문에 몸이 성치 않다. 네가 할 수 있는 한 모든 이야기를 다 해봐라. 그러면 어떻게 할지 생각해 볼 테니."

울고 났더니 부끄러움을 비롯한 모든 감정이 다 사라진 것 같았다. 그래서 나는 틸에게 차르 강을 떠나 불의 강으로 갈 때 분노에 휩싸인 채로 자작나무 덤불에서 엘로에게 옷을 벗었던 일부터, 털의 강에 왔을 때 처음엔 반가워하던 티무가 어느 순간부터 화를 낸 일까지 전부 털어놓았다.

이야기를 마치고 나니 나는 당황스러웠다. 내가 뱉은 말을 주워 담을 수 있다면, 그렇게 했을 것이다. 그 말 때문에 나 자신이 파멸할 거라고 생각하니 심장이 너무 빨리 뛰어서 견디기 힘들 정도로 어지러웠다. 말을 하느니 창으로 내 몸을 스스로 찌르거나 계곡 아래로 뛰어내리는 편이 나았다.

나는 겁쟁이에다, 멍청이기도 했다. 마음속에 우리 친척들이 오두막에서 갓난애를 데려다 눈 위에다 버리는 광경이 그려졌다. 틸이 말했다.

"너는 한 가지에 대해서 말했지만, 여기엔 두 가지 문제가 있다."

틸이 말을 멈추고, 나를 잡아 흔들었다.

"잘 들어라, 야난!"

내가 고개를 들자, 틸이 다시 이야기를 시작했다.

"우선은 네가 엘로와 저지른 짓이다. 너만큼 엘로도 잘못했고, 너희 둘 다 그런 짓을 한 것은 아주 큰 잘못이다. 죽은 자들의 땅에 가더라도 너희 핏줄인 우리 모두는 그걸 알고 분노할 것이다. 우리는 네 잘못에 대해서 속죄를 해야 할 것이다. 우리 모두, 메리까지도, 오늘 이 바위에 와서 모닥불에 피를 뿌려야 할 것이다. 그러면 그 연기가 하늘 끝까지 올라가 세상 끝까지 가서 너와 내 아들이 우리 혈통에게 낸 얼룩을 씻어 줄 것이다."

틸의 말은 너무도 엄중해서 숨을 쉴 수 없었다. 나는 처절하게 부서져 내리는 가슴을 억지로 추스르며 그녀의 말을 들었다.

"요이가 우리를 더럽혔다. 이제 네가 우리를 더럽혔다. 하지만 내 아들은 우리를 두 번 더럽혔다. 처음에 그는 어렸고, 두 번째는 집에서 멀리 나와 큰 유혹을 받았겠지만, 그런 짓을 다시 하면 그는 제 정신이 아닌 것이고 나는 다른 이들과 함께 그를 잡아 짐승처럼 죽일 것이다. 그는 살아서는 안 된다. 그게 첫째 일이다."

나는 어안이 벙벙했다. 어떻게 틸은 그렇게 끔찍한 말을 하면서도 아무 표정도 짓지 않을 수 있을까? 그녀는 내가 무슨 말인지 알아듣도록 기다렸다. 내가 충격을 받은 것을 확인하더니 그가 이야기를 계속했다.

"둘째는 그 애의 아버지 문제다. 겨울에 생긴 아이들은 가을에 태어난다. 봄에 생긴 아이는 겨울에 태어나고. 너는 그걸 모르는 모양이지만, 한 해 내내 살아서 태어나는 모든 아기들은 예외 없이 그렇다. 지난봄에 생긴 아이 치고는 네 배가 지나치게 크다. 티무는 그렇게 생각하지 않는다 하더라도 나는 티무가 아이 아버지가 분명하다고 생각한다. 하지만 어머니의 배만 보고는 애가 언제 생겼는지 아무도 모르는 법이니 태어날 때까지 기다려 봐야 한다. 그러면 우리는 확실히 알 수 있을 것이다. 네 말대로 네가 티무하고 엘로하고만 잤다면 말이다."

틸이 내 턱을 쥐고 내 눈을 똑바로 응시하고는, 다시 말했다.

"사실대로 말한 것 같구나."

"네."

나는 멍하니 대답했지만, 다시 울음이 터졌다. 이번에는 아이가 너무 늦게 태어나 티무가 아버지라고 말할 수 없게 될까 봐 두려워서, 그리고 결국 그가 아버지일지도 모른다는 안도감……. 틸이 여전히 내 눈을 들여다보며 말했다.

"네가 알기 전에도 한동안 네 뱃속에 아기가 들어 있었다. 네가 지난겨울에 자주 토하고, 자주 지쳐 잠이 들고, 너무도 자주 쉽게 화를 냈던 것을 기억한다. '포효의 달'이 뜬 다음, 나는 그렇다고 생각했다. 토하고 자는 것이 임신의 징조였어. 쉽게 화를 내는 것도 그렇고. 그러니 요이가 네가 아이를 가진 걸 알아봤을 때는 아이를 가진 지 한참 되었던 것이다. 내 말대로, 아이의 아버지는 티무인 것이 분명하다."

엘로와의 불륜이 으스스한 기억으로 남아 내 머리를 휘젓고 있는 그 순간, 나는 창으로 내 발등을 찍고 싶었다. 이런 식으로 아이를 낳은들, 그리고 티무가 어떻게든 납득한다 한들, 엘로와의 일은 영원히 지워지지 않고 평생 나를 괴롭 힐 것이다.

틸은 나를 바위에 눕혀놓고 동굴로 돌아가더니 요이 이모 와 메리를 내게 보낸 다음, 엘로를 직접 데리고 왔다. 샐리 샤먼에게, 더 나아가 여신 오헌에게 내가 저지른 잘못을 용 서받는 의식을 치르기 위해서였다.

따뜻한 햇볕을 받으며, 바위 근처에 있는 향나무 사이에 서 작은 벌들이 윙윙거리는 소리를 들으며 틸이 해준 이야 기에 머릿속의 모든 생각, 모든 감정이 비어버린 나는 잠이 들었다. 꿈에서 카킴을 보았다. 그리고 내 아이가 태어나는 꿈을 꾸었다. 걷기도 하고, 말도 하는 아들이었다. 그 아이는 티무와 그레이랙의 강인하고 각진 몸매를 닮은, 명백한 티 무의 아들이었다.

뭔가 내 잠을 깨웠다. 눈을 떠 보니, 커다란 늑대 두 마리 의 회색 얼굴이 보였다. 바위에 앞다리를 올려놓고서 늑대 들은 의아한 듯 나를 쳐다보더니 내가 벌떡 일어나 앉자 잽 싸게 달아났다. 내가 자신들을 해치지 못한다고 생각한 듯, 그들은 내게 엉덩이를 돌리고 달려가면서 뒤를 한 번 슬쩍 넘겨다보았다.

나는 평원을 둘러보았다. 자는 동안 들소 한 무리가 가까이 다가와 있었다. 어쩌면 너무 가까이 온 것일지도 몰랐다. 팔을 쭉 뻗으면 들소는 주먹보다 조금 더 크게 보였다. 하지만 근처에 들소가 와 있는 광경을 보니 걱정이 되기보다는 안심이 되었다. 그 주위에 노랑할미새가 위아래로 날아다니면서 들소의 발과 이빨에서 달아나는 벌레들을 잡아먹었다.

들소가 숨 쉬는 소리와 풀을 씹는 소리가 들렸다. 어쩌면 늑대들은 그 무리에 뭔가 있는지 살피러 왔다가 나를 발견한 것일지도 모른다. 들소 뒤에는 영양 한 무리가 보였다. 짧은 갈색 풀을 등지고 있는 갈색 영양들은 하얀 배 말고는 잘 보이지 않았다.

동물들이 참 많구나. 이곳은 늘 그랬을 것이다. 어쩌면 에티스와 나는 짐승의 똥을 주우러 이렇게 멀리 나오지 않았기 때문에 동물을 한 마리도 못 본 것일지도 모른다. 하지만 당연한 일이지만, 똥을 눈 동물들은 사냥꾼들 때문에 이곳에 길게 머무르지 않았을 것이다.

또한 동굴 근처는 풀이 길었지만 이곳은 짧고, 많은 동물들이 긴 풀보다는 짧은 풀을 좋아하기 때문에 동물들이 이곳에 더 많이 있는지도 몰랐다. 그렇기 때문에 사냥꾼들은 긴 풀을 자주 태웠다. 오래전에 티무와 내가 사랑을 나눈 다음 주변의 풀을 태워버렸듯이…….

아, 그랬었다. 그때 티무의 바지 한쪽이 불에 타는 바람에 소란이 벌어지고, 우린 다른 사람들의 놀림감이 되었었다. 스위프트가 말했다. 바지 한쪽이 타버렸다면, 거기 있어야 할 다리는 어디에 있었느냐고……. 어쩌면 내 뱃속의 아이는 그때 생긴 것인지도 모른다는 생각이 들었다. 나는 그렇게 믿고 싶었다.

지평선에 그렇게 피운 불에서 나는 연기가 보였다. 그 너머 아주 먼 곳에 있는 매머드들이 보였다. 하루 중 이 시간에 피어오르는 아지랑이 때문에 잘 보이지는 않았지만, 매머드들은 아무것도 하지 않는 것 같았다. 그들은 천천히 걸으며 뭔가를 보려는 듯 간혹 고개를 들곤 했는데, 그때마다 커다랗게 구부러진 엄니가 흐릿하게 빛이 났다.

들소 한 마리가 콧방귀를 뀌었다. 들소 등에 앉아 있던 이름 모를 새가 하늘로 날아오르고, 무리 전체가 느릿느릿 걸어가면서 흙먼지와 풀씨를 날렸다. 그들이 왜 놀랐는지 알아보려고 했지만, 알 수 없자 들소가 나를 본 모양이라고 생각했다.

들소들이 곧 걸음을 멈추고 섰다. 곧 그들은 머리를 낮추고 꼬리를 흔들며 계속 풀을 뜯기 시작했다. 그들이 본 것은 별로 걱정스럽지 않은 것이었다. 어쩌면 늑대거나, 하이에나거나, 아니면 여자였을 것이다. 그들은 여자와 남자를 구별하고, 남자들을 보면 더 멀리까지 달아나기 때문이다.

아, 그렇구나. 요이 이모와 메리가 오고 있었다. 메리는 무슨 일이 있는지, 왜 거기 왔는지 모르는 것 같았지만 틸이 요이 이모한테는 사실을 말한 것이 분명했다. 우리는 햇볕에 따뜻해진 향나무에서 풍겨 나는 달콤한 냄새를 맡으며, 뜨거운 바위에 함께 앉아 들소들을 구경하면서 틸을 기다렸다.

요이 이모가 내게 꼬치꼬치 캐묻거나 비난하지 않는 것이 고마웠다. 대신, 한참 기다리고 나니 요이 이모가 노래를 부르기 시작했다. 메리와 나도 함께 불렀다. 그것은 요이 이모가 아터와 살았던 불의 강의 노래로, 적어도 두 명이 함께 부르는 노래였다. 늑대처럼 두 부분으로 나누어 부르는 곡이기 때문이다.

요이 이모가 시작하면, 메리와 내가 뒤따라 힘차게 불렀지만 노랫소리는 막막한 하늘에 퍼져 곧장 사라져버렸다. 마치 티무와 내가 풀밭을 태울 때 하늘로 번져 오르던 연기처럼…….

해가 기울자 우리는 배가 고팠다. 열매를 따러 갈 수도 있었지만 틸을 놓치게 될까 봐 걱정이 되었다. 대신 요이 이모는 주머니에서 죽은 매머드의 길쭉한 고기 한 조각을 꺼냈는데 살짝 구운 것이라 냄새가 심했다.

그 조그만 조각 하나면 충분했다. 요이 이모가 말하기를,

우리는 이제 곧 좀 더 나은 것을 먹게 될 거라고 했다. 카킴을 묻고 난 다음에 남자들이 모두 사냥을 갔기 때문이라고 했다. 틸은 엘로를 찾으러 갔기 때문에 그렇게 오래 걸린 것이었다.

해가 얼마나 지면 동굴로 돌아갈 수 있을지 궁금해하고 있을 때, 틸과 엘로가 풀밭을 조용히 걸어 올라왔다. 틸은 침착했지만, 엘로는 충격을 받은 표정이었다. 엘로는 울어서 눈이 붉어졌고, 얼굴은 퉁퉁 부어 있었다.

그가 불쌍해서 가슴이 저렸다. 어머니가 다른 이들이 엘로를 사냥해서 죽일 거라는 말을 했다면 끔찍했을 것이다. 그는 틸이 자신을 죽이고 싶어한다면 반드시 죽일 것이고, 아버지 그레이랙조차 막을 수 없다는 사실을 알고 있을 테니 무섭기도 했을 것이다.

하지만 우리는 틸이 우리를 도와주리라고 굳게 믿고 있었다. 엘로도, 나도, 요이 이모도, 그리고 메리조차도. 우리는 윗옷을 벗은 다음, 다음에 무슨 일을 하게 될지 따로 들을 필요가 없었다. 메리에게는 틸이 이렇게 말해 주었다.

"이건 우리 혈통에 관한 일이다. 우리 가운데 한 사람이 나중에 설명해 줄 것이다. 오늘 우리가 한 일은 남들에게 발설해서는 절대 안 된다. 알겠지?"

메리가 진지한 표정으로 고개를 끄덕이자, 틸은 곧바로

불붙이는 막대기와 부싯깃을 꺼내더니 바위에 모닥불을 피웠다. 우리들은 풀과 마른 향나무를 모아 왔고, 불이 크게 붙자 틸이 가죽신에서 칼을 꺼냈다.

틸은 자기 왼팔에 칼날을 그었고, 곧이어 피가 손을 타고 흘러내려 모닥불로 떨어졌다. 그 다음에 틸은 오른팔도 그었다. 요이 이모는 그 칼을 받아 똑같이 했고, 나도 똑같이 했다. 아픔에 찡그리기는커녕 기쁜 것 같기도 했다.

틸은 전처럼 메리의 가슴에 조그만 흠집을 낼 생각이었던 것 같은데, 미처 그렇게 하기 전에 메리가 내게서 칼을 받아들더니 이를 꽉 다물고 눈을 크게 뜨고서 우리들처럼 팔에 그었다. 여태 흘리지 않았던 눈물이 메리가 그렇게 하는 순간 흘러내렸지만, 지금은 울 시간이 아니기에 억지로 참았다.

그 다음 엘로가 칼을 받아 양팔을 깊이 그었다. 모닥불에 피가 떨어졌다. 그의 손은 미끄러워졌지만, 손가락마디가 튀어나올 정도로 칼을 꽉 쥐고서 가슴과 어깨를 베었다. 그의 어머니는 거기서 막아야 했는지도 모르지만, 채 그러기 전에 그는 배꼽에서 어깨까지 칼로 긋더니 불 옆에 서서 피에서 연기가 피어오르도록 했다. 그 자리에 서서, 우리는 몸을 흔들며 춤을 추기 시작했다. 우리는 이렇게 노래했다.

하늘에 사시는 분이시여,

불타는 머리카락으로 구름을 만드시는 분이시여,

목소리로 천둥을 만드시는 분이시여,

모든 동물과 모든 사람들의 어머니이신 분이시여,

연기 속에서 우리의 피를 찾으소서.

우리는 이 피의 대가를 바랍니다.

우리는 생명을 원합니다.

우리는 먹을 것을 원합니다.

우리를 해치지 마십시오, 오헌이시여.

우리에게 아이를 주십시오.

노래를 마치자, 틸이 엄중한 표정으로 우리들 한 사람 한 사람의 얼굴을 들여다보며 말했다.

"이제 강으로 가자. 거기 가서 씻고 물을 마시자. 오늘은 여기서 잘 거다. 아침이 되면 상처에 딱지가 앉을 것이고 옷으로 가릴 수 있을 것이다. 엘로, 잘했다. 피를 덜 흘릴 수도 있었는데 너는 그렇게 하지 않았다. 너는 우리 혈통의 강한 아들임을 보여 주었고, 나는 네 덕분에 기쁘구나."

계곡 아래 물은 동굴 아래 물만큼 맑지 않았다. 그래도 우리는 몸을 씻고 물을 마셨다. 그러다가 매머드와 들소의 똥이 보이기에, 그곳에서 많은 동물들이 물을 마시고 목욕을 한다는 사실을 알 수 있었다.

틸은 여기서 더 멀리 서쪽으로 가면 나오는 넓은 땅이 강과 거의 만날 때까지 지대가 낮아진다고 말했다. 그렇다는 것은, 거기서는 매머드들이 굳이 가파른 비탈을 내려가지 않고도 물을 구할 수 있다는 뜻이다.

발자국들을 살펴보니, 동물들이 그 낮은 땅으로 몰려가고 있음을 알 수 있었다. 그렇다면 그해 우리는 동물들을 원하는 만큼 만날 수 없고, 고기를 원하는 만큼 많이 얻지 못할 것이다. 우리는 이 슬픈 소식을 다른 사람들에게도 알리기로 했다.

저녁이 되자, 계곡에 푸르스름한 빛이 비추었지만, 평원에는 아직 햇빛이 밝았다. 해가 오래오래 지는 동안에 우리는 열매를 찾아 돌아다니고, 찾은 것을 먹었다. 밤에는 모닥불을 피우기 위해 짐승의 똥과 히스 풀도 모았다.

들소는 멀리까지 옮겨가 바람을 맞으면서 고개를 숙이고 있었고, 노을이 그들의 두꺼운 털을 붉게 물들이고 있었다. 노랑할미새들은 날아가 버리고 없었다. 우리는 바위 옆에 잠자리를 만들었고, 덮을 가죽 담요가 없었으므로 아직 온기가 남아 있는 바위에서 잤다.

밤중에 계곡에서 짐승들이 우는 소리, 쿵쿵거리는 소리, 텀벙거리는 소리가 들려와서 들소들이 목욕하는 것을 알 수 있었다. 좀 더 있으려니 녀석들의 신음 소리가 나고, 무거운 몸뚱이가 움직이는 소리, 낑낑거리는 소리가 들렸다. 매머드들도 목욕을 하고 있었던 것이다.

평원에서는 사자들이 하나씩 돌아가며 포효하는 소리가 들렸다. 그들은 멀리 떨어진 곳에서 가장 먼 곳에 있는 사자가 처음, 그 다음, 그 다음 하는 식으로 돌아가며 포효하고 있었다. 그 때문에 사자 한 마리가 평원을 엄청난 속도로 내달리며 우리 쪽으로 다가오는 것처럼 느껴졌다.

마지막에 포효한 사자는 매우 가까운 곳에 있었다. 그 사자의 소리에 우리는 귀가 멍멍할 정도였다. 무슨 일을 하고 있는 것일까? 그들의 사냥꾼들도 우리처럼 줄을 지어 퍼져서 돌아다니는 것일까?

아마 더 부를 필요가 없었는지 사자들이 잠잠해지자 쏙독새가 울기 시작했는데, 그 소리도 사자 울음소리만큼이나 컸다. 멀리서 하이에나 소리가 들렸고, 가까이에서는 들소들이 숨을 쉬고, 커다란 턱으로 풀을 우적우적 씹는 소리가 들려왔다. 들소가 너무 많아서 그들이 씹는 소리가 모이자 강물이 졸졸 흐르는 소리처럼 들렸다.

그날 밤 늦게, 이울어 가는 매머드의 달이 평원에 서서히 떠올랐다. 그 달과 함께 차가운 바람이 불어 왔고, 강렬한 풀 냄새가 나는 들소 냄새도 날아왔다. 들소들이 한숨을 내쉬며 눕기 시작했다.

마침내 어떤 것도 움직이거나 부르지 않는, 모든 것이 고요한 한낮과 같은 한밤의 정적이 왔다. 그러자 내 뱃속에서도 아무것도 움직이지 않았고, 별들 가운데 초승달이 그렇게 하듯 아기가 웅크리고 가만히 누워 있는 모습이 떠올랐다.

그러더니 동쪽 하늘이 부옇게 변하면서 밝아지기 시작했고, 아직 너무 침침해서 잘 보이지는 않지만 커다란 몸뚱이가 움직이는 소리가 들렸다. 들소들이 몸을 일으키고 있었다. 그들이 울고, 서로 부르고 대답하는 소리가 들렸고, 조금 더 밝아지자 그들의 커다란 몸뚱이가 천천히 서쪽으로 움직이는 게 보였다. 아마 계곡 아래로 내려가는 모양이었다.

새벽이 되자, 모두들 피가 멎었다. 우리는 밤에 말라붙은 피를 긁어 없애고, 윗옷을 입고, 동굴을 향해 먼 길을 돌아가며 도중에 열매를 따먹었다. 우리는 한낮이 되도록 동굴에 닿지 못했다. 그러다 해가 서쪽 하늘로 살짝 기울었을 무렵, 동굴 입구에서 나오는 짙은 푸른 안개를 볼 수 있었다.

동굴 안에 들어가니 사람들이 갓 잡은 들소를 굽고 있었다. 우리는 등 뒤에서 빛이 비쳐서 사람들이 우리를 볼 수 있도록 입구에서 기다렸다. 사람들이 놀라지 않도록 한 일이었다.

"왔군."

누군가 말했고, 우리는 안으로 들어갔다. 많은 사람들이 우리를 의아한 눈초리로 쳐다보았고, 특히 엘로의 턱에 난 상처를 눈여겨보았지만 우리는 설명하지 않았다. 메리는 우리가 한 일이 매우 중요한 일이라는 생각에 으쓱한 모양이었다.

메리의 앳된 얼굴은 아무 표정도 없이 침착했다. 메리는 어른처럼 여자들의 모닥불에 자리를 찾아가 앉더니, 밖에 나간 적도 없다는 듯 누군가 고기를 권해 주길 기다렸다. 아무도 우리가 무슨 일을 했는지 메리에게서 알아낼 수 없을 것이었다.

요이 이모는 여자들의 모닥불에 앉았지만, 남자들의 모닥불에 앉은 스위프트와 등을 마주대고 앉았다. 그들은 어깨 너머로 이야기를 나누며 각자 몫의 고기를 서로 넘겨 주면서 이따금 애정이 담긴 눈길을 주고받았다.

틸은 홀로 서서, 자신을 올려다보는 사람들의 얼굴을 하나하나 지루한 것 같은 눈빛으로 훑어보았다. 틸은 자기가 원하는 때, 다리를 굽히더니 자리에 앉았다. 우리가 무슨 일을 했는지 틸에게서도 알아낼 희망이 거의 없었다. 앙키와 티무가 너무 궁금한 표정으로 엘로와 나를 쳐다보았다. 예전 같으면, 그들의 호기심에 나는 두려움을 느꼈겠지만, 이제는 마음이 편안했다.

내가 털의 강의 동굴을 다시 찾아간 뒤로, 그 때부터 며칠간, 그만큼 행복했던 적은 없었다. 몇몇 사람들에게는 여전히 내 임신에 대한 의심이 남아 있었겠지만 나는 이제 그렇지 않았다. 나는 그 아이가 티무의 아이이길 바랐고, 언제 태어나든 티무의 아이가 될 거라고 확신했다. 겨울에 태어나지만 않는다면 말이다.

그렇다, 아기는 겨울에 태어나지 않을 것이다. 하지만 만일 그렇다면 어쩌지? 나는 티무의 들소 가죽신을 마무리 짓기 위해 눈이 따갑고 손가락이 쓰리도록 일했다. 그리고 마침내 신발은 아름답게 완성되었다.

위에서 갈색 털이 나오도록 한 그 신발은 가죽신답게 부드럽고, 질기고, 따뜻했다. 티무는 겨울에 발걸음을 디딜 때마다 내게 감사할 것이다. 그래서 나는 신발을 그에게 가져갔다. 티무와 에티스는 스틱과 프록, 그리고 그들의 아내들과 함께 낮에 피운 모닥불 주위에 앉아 있었다.

티무는 내가 신을 만드는 것을 줄곧 보아왔으므로 놀라지 않았다. 하지만 내가 신을 건네주자 거의 마지못해 받았고, 고맙다는 인사 대신 나를 한참 노려보았다. 그건 내가 기대한 반응이 아니었다. 나는 당황한 나머지 거기 앉아 있는 사람들이 이야기를 계속하길 기다렸다.

하지만 아무도 말을 하지 않았다. 게다가 내 사촌의 아내들은 몰래 눈짓을 주고받았다. 다른 사람들은 굳은 표정이었다. 스틱과 프록도 아주 못마땅한 표정을 짓고 있었다. 내 아버지가 죽도록 내버려 두고 떠났던 그들이 말이다.

프록의 아내가 가죽신 한 짝을 들더니 솜씨를 살펴보았다. 티무는 힘없이 다른 짝을 집어 들었다. 에티스는 나를 불쌍한 표정으로 바라보았다. 티무가 어색하게 가죽신을 집어 들며 말했다.

"이거 고마워."

"아니, 별 것 아니야."

나는 그렇게 말하고 돌아섰다. 그날 오후 땔감을 주우러 나갔을 때, 나는 아무도 함께 가주기를 바라지 않았다. 대신 나는 혼자서 평원 멀리까지, 파란 하늘 아래를 걸어 나갔다. 나는 생각했다. 그러니까 이런 것이로구나. 앞으로도 계속 이럴 것이고……

내가 잘못을 저질렀는가 하는 흥미로운 주제는 그레이랙을 중심으로 사람들을 모이게 했고, 나를 바깥으로 밀어냈다. 아이너는 그래서 만족했을 것이다. 나도 아이너의 아들들에게 똑같은 짓을 해주었으니 말이다. 이제 그들은 모임의 중심에 있고, 나는 가장자리로 밀려났다.

나는 다른 사람들의 기분이 내 기분과 똑같으리라 기대했지만, 그건 바보 같은 생각이었다. 내가 즐거워졌다고 티무가 즐거워질 수 있겠는가? 내 혈통이 내 잘못을 바로잡았다고 해서, 그가 내 잘못을 용서해 줄 수 있겠는가? 그가 이 문제가 엘로가 아닌 내 잘못이라고 고집한다면, 자신의 이복형제이자 예전 여름 주거지에서 요이 이모를 상대로 함께 악행을 저질렀던 엘로를 탓할 이유가 어디 있겠는가?

그리고 여기로 온 이래로 엘로가 사람들에게 뭐라고 하고 다녔는지 누가 알겠는가? 그는 모두와 잘 지내는 것 같았는데, 어떻게 그렇게 되었을까? 절반쯤 사실을 털어놓음으로써 그럴 수 있었던 것임을 이제야 알겠다. 야난이 정말로 다른 남자와 잤다고, 분명히 그럴 것이라고 말한 게 분명했다. 덫에 잡힌 여우처럼, 나는 완전히 엘로가 쳐놓은 덫에 걸려든 것이었다.

이튿날 나는 에티스와 함께 열매를 따러 갔다. 우리는 티무에 대해서 이야기했다. 나는 다른 사람들은 달리 생각하는 모양이지만, 아이 아버지는 분명히 티무라고 말했다. 틸이 내게 해준 이야기를 에티스에게 알려 주고, 차르 강을 떠나기 전에 아기를 가진 것을 알았다고 했다. 그리고 나는 우리 혈통 사람들이 모닥불에 피를 흘려 오점을 지워 주었으므로, 그 오점마저도 지워졌다고 말했다.

에티스가 내 말을 믿지 않는 것을 알 수 있었다. 그 무렵 스틱과 프록과 그의 아내들은 아이너까지 합세해서 너무 많은 사람들에게 너무 많은 이야기를 떠들어대고 있었다. 그 때문에 나는 거의 믿을 수 없는 여자가 되어버렸던 것이다. 하지만 에티스는 내 말을 믿지 않으면서도, 여전히 나를 돕고 싶어했다.

"무슨 일이 있었든지, 사람들은 잊을 거야. 침착해야 해. 틸 옆에 꼭 붙어 있어. 그리고 요이와 스위프트 옆에 있어. 그는 이곳 모든 사람들의 대장이고, 이곳에서 며칠씩 걸어가는 거리의 평원이 모두 그의 사냥터야. 야난의 사촌들 이야기가 스위프트에게 무슨 상관이겠어? 아이가 태어나면, 티무는 자기 아이인 것을 알 수 있을 거야. 그러면 티무는 아기를 사랑할 거야. 내 아기도 사랑하니까."

에티스는 그 생각을 하며 미소를 지었다. 돌아오는 길에, 나는 하늘을 등지고 서 있는 키 큰 여자를 보았다.

"틸이네. 틸에게 가서 이야기를 해야겠어."

나는 에티스에게 말하고는, 그녀를 끌어안았다.

"고마워. 처음에 만났을 때 나는 에티스가 무서웠어. 하지만 이렇게 도움을 주다니, 너무 고마워."

에티스가 아기를 안고 있었기 때문에, 그리고 나는 배가 부르기 때문에 제대로 껴안을 수 없었지만 그래도 힘껏 안았다.

"나는 야난을 질투했었어. 하지만 이젠 아니야. 그러니 절대 걱정하지 마."

에티스를 혼자 보내고, 나는 틸에게 갔다. 내가 말했다.

"사람들이 대놓고 저를 무시하고 있어요."

"몇몇이 너를 무시하고 있지. 하지만 나는 아니다."

"티무가 나를 버릴 수 있을까요?"

"물론이지. 하지만 그렇게 하지는 않을 거다."

틸이 잠시 입을 닫고 있다가 다시 말했다.

"우리가 어째서 여신 오헌의 상처를 갖고 있는지 아느냐? 그것을 보면 용감해져야 한다는 것을 기억하니까. 필요하다면, 아주 오랫동안 말이다."

그 뒤 어느 날 저녁, 땔감을 모아 돌아오니 사람들이 매머드 해골 옆에 모닥불을 피우고 있었다. 샤먼들이 매머드를 불러오기 위해 영혼 의식을 치를 거라고 에티스가 말해 주었다. 스위프트는 이미 오커를 바르고, 틸의 옷과 같은 샤먼의 옷을 입고 있었다. 그가 나를 보더니 불렀다.

"야난, 땔감을 찾았느냐? 그럼 동굴로 가져가지 말고 여기로 가져와라. 오늘밤 내가 틸에게 새로운 걸 보여 줄 테니!"

나는 스위프트가 샤먼으로서 할 수 있는 일이 우리를 놀라게 할 수 있을지 의심스러웠지만, 그 말에 복종해서 내가 주워온 똥과 히스 풀 묶음을 해골 근처 모닥불로 가져갔다.

가서 보니, 해골에 기대어 서 있는 것은 새로운 것이 맞왔다. 그것은 세 개의 길고 곧은 레드베리 나뭇가지로, 근처 강가의 덤불에서 자라는 것이었지만 골수가 빠진 뼈처럼 속이 비어 있었다. 누군가 속을 빼낸 것이었다. 나는 궁금했다. 어떻게 이렇게 했을까? 그리고 왜 그랬을까? 에티스는 모닥불 주위에 둘러앉아 있는 사람들 사이에 자리를 하나 잡았다. 그녀가 나를 불렀고, 나는 반갑게 그 옆에 자리를 잡고 앉아 구경했다.

"무슨 일이지?"

내가 속삭이자, 에티스가 잘 안다는 듯이 말해 주었다.

"이건 우리의 춤이야. 차르 강에서 틸이 하는 영혼 의식과는 아주 달라."

우리 주위에서 남자들이 윗옷을 벗고 팔에 기름을 문지르고 있었다. 에티스가 안고 있던 아기를 윗옷에 넣으려 해서 내가 아기를 안고 있겠다고 했더니 곧 건네주었다.

내 윗옷 안에 들어간 아기는 동생이 들어 있는 배에 기대어 조용히 누워 있었다. 두 아기가 서로의 존재를 느낀 것처럼 동시에 버둥거렸다. 나는 생각했다. 적어도 이 둘이 언젠가는 함께 놀 수 있겠지, 모든 일이 잘 해결된다면 말이다.

저녁 바람이 불어와 노란 하늘로 자작나무의 첫 낙엽을 날려 보내고 있었다. 사람들은 요이 이모의 노래처럼, 늑대의 노랫소리와 같이 여럿이서 음을 높였다 낮추었다 하는 노래를 시작했다. 나는 에티스의 노래를 듣고 금방 배워 함께 불렀다. 우리는 손뼉을 쳐서 박자를 맞추었다. 뒤에서는 남자들이 발을 쿵쿵 구르면서 상체를 흔들고, 팔을 매머드의 엄니처럼 쭉 뻗는 매머드의 춤을 시작했다.

그때 우리 주위에 땅에서 솟아오르는 듯한 깊은 소리가 울려 퍼졌다. 그것은 해골이 내는 소리였는데, 남자 셋이 속이 빈 레드베리 나뭇가지를 해골 콧구멍으로 집어넣고 힘껏 불어 소리가 더 커진 것이었다.

그 소리는 낯설면서도 섬뜩해서 소름이 끼칠 정도였다. 하지만 중요한 일을 하는 큰 무리의 사람들 속에서 노래를 하고 손뼉을 치는 것은 좋았다. 그러노라니, 내가 안고 있는 문제는 무척 사소하게 느껴졌고, 나도 그곳에 속해서 중요한 일을 한다는 느낌이 들었다.

그래서 나는 더 힘껏 더 큰 소리로 열심히 노래하고 손뼉을 쳤다. 에티스의 아기가 울자, 나는 내 옷 속에서 아기를 꺼내 에티스의 윗옷에 재빨리 넣었다. 그때 갑자기 포효 소리가 들렸다. 나는 겁이 나서 에티스의 팔을 꽉 잡았다. 그녀가 내 귀에 대고 말했다.

"칼 소리야. 상아 칼이 내는 소리."

아아웅! 아아웅! 아아웅! 아아웅!

그 소리는 점점 커지다가 이윽고 점차 부드러워졌지만,

멈추지는 않았다. 나는 불빛을 피하려고 손으로 얼굴을 가리고 노래하는 사람들의 머리 너머 어둠 속을 살펴보았다. 거기 자작나무 사이에 스위프트의 전처 소생 아들 한 명이 뭔가 얇고 하얀 것에 달린 줄을 튕기고 있었다. 크지도 않고 모기 날개처럼 파닥거렸지만, 거기서 나오는 소리는 노랫소리보다 더 컸다.

스위프트와 틸이 윗옷을 벗고 머리를 풀고서 힘을 더 높이기 위해 팔을 재로 문질렀다. 노래와 손뼉 소리 위로, 해골과 상아 칼 소리 위로, 틸이 고음의 찢어질 듯한 비명 소리를 넣어 매의 목소리로 노래했다. 나는 우리 핏줄의 그 강인한 여자를 보며 승리감 같은 것을 느꼈다. 다른 사람들이 틸의 핏줄을 밀어낼 수 있을까? 어림없는 소리였다.

스위프트가 눈알을 굴려 흰자위가 우리를 바라보도록 했다. 눈 색깔이 검은 사람이 그렇게 하면 심란했을 텐데, 스위프트처럼 눈 색깔이 연한 사람이 그렇게 하는 것을 보니 제대로 확인하려면 두 번을 보아야 했다.

그렇다 하더라도, 스위프트의 모습은 놀라웠다. 갈기처럼 머리를 풀어헤치고, 불빛에 근육을 빛내며, 기이하고 강한 힘을 드러내면서 털가죽을 벗은 사자처럼 춤을 추었다. 마치 시체가 다시 살아났을 때처럼, 달이 두 곳에 비치는 때처럼, 연한 빛깔의 눈동자가 다시 제자리를 찾을 때, 그는 이렇게 외쳤다.

"박! 박! 바박! 바박!"

날아가는 새의 날개처럼 양팔을 넓게 벌린 스위프트와 틸이 등을 맞대고 천천히 돌면서 춤을 추는 가운데, 그들의 영혼 의식은 절정에 달했다. 그러다가 잠시 후, 서로 팔짱을 끼고 발을 굳게 디딘 샤먼들은 빙빙 도는 불쏘시개처럼 우리에게 스위프트의 얼굴을 먼저 보여 주고, 틸의 얼굴을 나중에 보여 주며 빙빙 돌기 시작했다.

남자의 얼굴, 여자의 얼굴이 차례로 보이며 돌다가 어느 순간 서로 떨어져 나와 다시 빙빙 돌다가 의식을 잃고 쓰러졌다. 스위프트는 불 한쪽 옆에, 그리고 틸은 다른 쪽 불 옆에 쓰러졌다.

그때 문득 스위프트가 왜 그토록 우리들 중 한 사람과 결혼하고 싶어했는지를 알 것 같았다. 살아 있는 자들의 세상 전체를 통틀어 죽은 자들의 땅에서도, 샐리 샤먼의 혈통이 태어난다면 분명 세상에서 가장 강인한 존재로 경외의 대상이 될 것이었다. 스위프트는 바로 그런 아들을 원했던 것이다. 왜 나는 여태 그 생각을 못했던 것일까?

우리는 온 힘을 다해 노래하고 손뼉을 쳐서, 멀리 떠난 샤먼의 영혼들에게 여기로 다시 돌아올 방법을 알려 주었다. 한참 후에 먼저 스위프트가, 그 다음엔 틸이 차례로 일어나 앉아 머릿속이 맑아질 때까지 얼굴을 감싸 안고 있었다. 스위프트가 먼저 말했다.

"곰자리를 보았소. 매머드를 약속했소."

그래서 우리는 곧 매머드를 잡을 수 있을 것이라고 믿었다. 하지만 아직 노래를 멈출 때가 아니었다. 우리는 노래하고 손뼉을 치고, 남자들은 춤을 추었다. 해골과 상아 칼에서 나는 소리가 쩡쩡 울려 퍼졌다.

'노란 잎의 달'의 새로운 초승달이 뜨자 우리는 그 달에서 힘을 끌어내었고, 해가 뜨자 우리는 해에서 힘을 끌어내었다. 나는 밤이 끝나지 않기를 바랐고, 마지막까지 남아 노래를 불렀다.

해가 완전히 떠오르자 우리는 동굴로 돌아가 시원한 바닥에 쓰러져 긴장이 풀리고 지친 나머지 곧장 잠이 들었다. 오후가 되어서야 일어나 들소 고기를 구웠고, 강가로 가서 몸을 씻고 물을 마신 다음 밤이 되어 더 잤다.

우리가 자는 사이 매머드들이 우리의 길을 따라 내려가 강에서 물을 마셨다. 아침에 우리는 커다란 똥 무더기와 어마어마하게 큰 발자국을 발견했다. 이런 흔적을 남긴 매머드들이 우리가 자는 사이에 마치 그림자처럼 다녀간 것이었다.

남자들은 화가 나서 계곡으로 달려 나갔고, 여자들은 계곡 가장자리에서 다른 흔적이 없는지 살펴보았다. 그들은 정말로 매머드의 대장인 붉은 털이 이끄는 무리였다. 그렇게 반쯤 갈라진 왼쪽 뒷발 발자국을 가진 매머드는 붉은 털뿐이었다.

우리는 붉은 털 매머드가 바로 앞에 서 있는 것처럼 확실히 알 수 있었다. 붉은 털을 비롯해서 모두 열 마리쯤 되는 무리였다. 붉은 털 매머드는 덤불을 자르고 돌을 쌓아둔 우리의 수고를 모두 허사로 만들어버렸다. 전설적인 매머드 사냥꾼 스위프트조차도 어두울 때는 사냥을 하지 않을 테니 말이다.

그 다음날 밤에도 매머드들이 찾아왔고, 셋째 날에도 다시 왔다. 하지만 그들은 이제 조용히 오지 않았다. 우리는 모닥불을 피운 동굴 속에 얌전히 앉아 계곡 위 평원에서 마구 소리를 질러대는 매머드들과 길을 따라 내려가는 매머드들, 목욕을 하는 매머드들이 내는 소리를 듣고 있었다.

그들이 소리를 지르지 않아도 땅이 흔들리고 동굴 천장에 난 틈에서 먼지가 조금씩 쏟아져 내렸다. 조용히 하고 있더라도, 그들이 그 자리에 있는 것은 틀림없었다.

넷째 날, 마침내 그들이 떠났다고 생각했을 때 계곡에 돌이 떨어지는 소리가 들려왔다. 그들을 잡으려고 우리가 모아 놓은 돌이었다. 붉은 털 매머드는 우리가 애써 세운 작전을 다 알고 있다는 듯이 돌 더미를 마구 헤쳐 놓음으로써 일을 망치고 있었다. 스위프트는 동물에게 지는 것이 마음에 들지 않았으므로 분통을 터뜨리며 이렇게 외쳤다.

"이런 세상에! 이런 꼴을 당하다니!"

그레이랙도 실망했다. 지난 해 여름에는 매머드들을 많이 잡았지만 올해는 한 마리뿐이었던 것이다. 미친 사람이라면 밤중에 매머드를 사냥하겠지만, 그레이랙은 그렇게 할 수 없었다. 밤에만 움직이는 매머드를 더 이상 잡을 수 없다면, 그리고 눈이 오기 전에 오두막에 닿으려면, 지금이 바로 차르 강으로 떠날 때였다.

우리는 차르 강으로 가기 위해 곧 짐을 싸기 시작했다. 하지만 마지막 순간에 화이트 폭스는 부모와 함께 그곳에 남기로 마음을 정했다. 이제 메리를 잃을 두려움이 없어졌으므로, 지난 해 같은 혹독한 겨울을 다시 보내고 싶지는 않다고 했다.

나는 그를 탓할 수 없었다. 나도 티무가 지금 화가 나 있어서 오두막에서 보낼 겨울이 너무도 두려웠지만 어쩔 수 없었다. 요이 이모를 스위프트와 만나게 하느라 애를 쓰고 나니, 이제 불의 강에는 가까운 친척이 아무도 없었다. 게다가 그곳에서 내가 아는 착한 사람은 아터뿐이었다.

이따금 나는 요이 이모가 여름이면 엄청난 고깃덩이와

상아를 얻게 된다는 약속을 기억하고 있는지 궁금했지만, 요이 이모는 실망은 좀 했더라도 내색하지는 않았다. 오히려 요이 이모와 스위프트는 무척 기분이 좋은 것 같았다. 짐을 싸는 동안, 그들은 서로 놀리고 장난을 치더니 요이 이모가 스위프트의 상아 핀을 빼앗아 달아나고, 스위프트가 쫓아갔다.

에티스와 앙키는 말없이 스위프트가 장난치는 것을 지켜보았다. 나는 요이 이모 때문에 조금 창피한 기분으로 지켜보았고, 티무와 장난치던 때가 기억나 서글프기도 했다.

그도 그때를 기억하고 있는지 궁금해서 침침한 동굴 속에서 그를 찾아보았지만, 등만 보였다. 그는 이미 짐을 다 싸놓고 있었다. 그는 스위프트의 전처 소생 아들들과 다음 해 여름 사냥을 계획하면서 작별인사를 하고 있었다.

그들을 비롯한 매머드 사냥꾼들은 스위프트 전처의 새로운 남편에게 갈 계획이었다. 그 사람은 털의 강에서 한참 아래로 내려가면 나오는 겨울 동굴의 주인이라고 했다. 스위프트와 요이 이모는 우리가 준비를 마치고 그들의 장난이 끝나기를 기다리고 있다는 사실을 깨닫고는 뒤늦게야 진지한 표정으로 짐 싸기를 마쳤다.

그렇게 우리는 다른 사람들에게 인사하고 스위프트를 따라 평원으로 나왔다. 찬바람이 불고 구름이 날아 구름의 그림자가 우리 등 뒤에서 지나갔다. 마치 우리의 늦은 발걸음을 놀리는 것처럼…….

떠난 지 오래지 않아 우리는 땅을 파놓은 흔적을 보았다. 카킴의 무덤이었다. 무덤 위에 쌓아놓은 돌 가운데 몇몇은 카킴이 강가에서 나른 것인지도 몰랐다. 카킴의 양부모조차 그 아이의 무덤을 외면한 채 걸었다.

따지고 보면, 카킴은 처음부터 고아였다. 따라서 그 아이의 영혼은 우리를 따라 동쪽으로 가지 않고 죽은 자들의 땅에서 자기 혈통이 있는 곳인 서쪽으로 가고 있을 것이다. 나는 마음속으로 카킴 앞에 부엉이 한 마리가 날아가는 모습을 그려보았다. 내 상상 속에서 부엉이는 카킴이 따라잡을 수 있도록 풀밭에서 한참 기다렸다가 다시 느릿느릿 날갯짓을 하고 있었다.

19

털의 강에서 남쪽으로 향하는 길로 접어든 다음, 우리는 평
원을 가로지르는 동안 낮이면 해를 보고 밤이면 커다랗고
희미한 별을 보면서 방향을 정했다. 그레이랙은 그 별이 점
박이 순록별로, 오두막까지 가는 길을 알려 준다고 말했다.
나는 그 말을 듣고 점박이 순록의 뿔이 마치 고개를 들고 서
있는 수말처럼 높다랗고 당당한 모습으로 서 있는 광경을
그려 보았다.

오두막으로 가는 길은 멀기만 했다. 적어도 내게는 그랬
다. 내 몸과 영혼이 모두 무거웠다. 요이 이모와 메리와 함
께 행렬의 맨 끝에서 걷는 게 가장 낫겠다고 생각했기 때문
에 멀찌감치 앞서 가는 티무의 등짝밖에는 볼 수 없었고, 그
가 프록이나 스틱에게 하는 말밖에 들을 수 없었다.

밤이 되면 티무는 그레이랙의 모닥불 옆에 모인 많은 사
람들 가운데 에티스와 함께 가죽 담요를 덮고 잤고, 나는 메
리와 함께 잤다. 아이들을 전부 안고 갔기 때문에 우리 발걸

음은 더욱 느렸다. 나는 뱃속의 아이 때문에, 앙키와 에티스
는 짐과 아이들 때문에, 그리고 연장자들은 쉽게 지쳤기 때
문에 우리는 매우 느릿느릿 걸어야 했다.

열매를 볼 때마다 우리는 걸음을 멈추고 먹을 수 있는 만
큼 먹었다. 틸의 강 상류 쪽으로 한참 올라간 다음에는 사냥
을 하기 위해 멈추기도 했다. 봄과는 달리 가을이 되자 평원
에 죽은 동물이 없어서 사냥하는 데 며칠씩 걸리기도 했다.
프록과 스틱의 아내들은 평원에서 찾아내는 자질구레한 먹
을 것들에 속이 뒤집힌다고 불평했다.

그때 에티스의 아기가 배앓이를 시작하는 것 같아서 나는
아기에게 제일 잘 맞는 부드러운 풀을 찾으러 에티스와 함
께 나갔고, 그때마다 그녀와 단둘이 이야기할 기회가 생겨
서 기뻤다. 그러던 어느 날, 에티스가 울고 있었다. 나쁜 소
식이 있을까 봐 두려운 마음으로 내가 물었다.

"무슨 일이야?"

"내 젖이 소용없어."

에티스가 윗옷을 열어 아기를 보여 주었다. 아기가 젖을
외면한 채 울며 버둥거리고 있었다.

"아기가 젖을 물지 않아."

스틱과 프록의 아내들이 열매를 먹으며 불평하던 일이 생
각났다.

"열매 때문일까? 혹시 젖에서 그 맛이 날지도 몰라."

에티스가 손바닥에 젖을 한 방울 짜서 핥았다.

"시큼해."

그녀가 내 손바닥에다 젖을 한 방울 짜 주어서 맛을 보니 아무 맛도 나지 않았다.

"시큼한 맛은 손에 열매즙이 묻어 있어서 그럴 거야. 아기가 배고프지 않나 봐."

"그럴지도 모르겠네."

에티스는 잘 모르겠다는 표정이었다.

"내가 안아 볼게. 한 곳에만 있는 것에 지쳤을지도 모르니까."

그래서 에티스는 아기를 주머니에 넣은 채로 내게 건네주었고, 내가 윗옷 안에 넣었다. 아기의 몸은 뜨거웠고, 엎치락뒤치락하며 울었다. 에티스가 다시 안는 순간, 아기가 설사를 했다. 린이 다가와 아기를 들여다보며 물었다.

"아이가 똥을 자주 누니?"

"설사가 멈추지 않아요."

"다음에 똥을 누거든, 내게 보여다오."

에티스가 아기 엉덩이에서 풀로 만든 기저귀를 빼내어 린에게 보여 주었다. 린이 그것을 흘깃 보더니 던져 버리고는 틸에게 똥을 굳게 만드는 약초에 대해 물어보았다. 틸이 그

약초는 툰드라 지역이나 가녀린 풀이 자라는 낮은 평원에서만 자란다고 대답했다.

우리는 때마침 높은 평원의 마른 풀숲에 있었기 때문에 약초를 찾을 수 없었다. 그때 프록의 아내가 짐 속에서 약초를 꺼내 에티스에게 주었다. 카킴에게 먹였던 약초로, 아이들의 설사에 특효가 있다는 말을 덧붙였다. 에티스는 약초를 잘게 씹어 아기의 입에 발라 주었다.

그 광경을 지켜본 티무가 에티스 옆에 쪼그리고 앉아서 아기를 달라고 손을 뻗더니 힘없이 우는 아기를 꼭 안아 주었다. 티무는 아기를 부드럽게 흔들어 주었지만, 그것 말고 달리 할 수 있는 일은 없어서 에티스가 아기를 도로 달라고 하자 순순히 돌려주었다.

아기들한테는 모든 일이 너무 갑자기 일어난다. 다음날 밤, 에티스의 아기가 조용해졌다. 아기는 머리를 축 늘어뜨리고 바짝 마른 입을 벌린 채 에티스 품에 안겨 있었다.

틸은 우리에게 모닥불을 피우게 하고, 영혼 의식을 통해 여신 오헌에게 도움을 청했다. 틸이 들꿩의 울음소리로 여신의 이름을 부르고 스위프트가 매머드 울음소리로 행운을 빌었지만 소용없는 일이었다. 그날 밤 에티스와 티무, 앙키와 아울이 울기 시작했던 것이다. 스위프트의 모닥불 옆에 있던 우리는 비통한 심정으로 아침을 기다렸다.

찬바람이 부는 아침, 작은 새들의 무리가 흩어져 날아가고 있을 때 앙키가 내게 땅 파는 막대기를 들고 따라와 달라고 했다. 아울이 내게 에티스의 아기가 죽었다고 말해 주었다. 티무가 주머니에 넣은 자그마한 시체를 가지고 우리 옆으로 다가왔다. 티무는 더 이상 죽은 아기를 볼 수 없다는 듯이 눈물을 훔치며 황급히 돌아섰다.

구덩이를 다 파자, 내가 죽은 아기를 안아들었다. 아기의 무게는 마른 나뭇잎 하나 정도밖에 되지 않았지만 몸뚱이의 뻣뻣하고 차가운 느낌이 내 팔까지 전해져 얼얼해지는 것 같았다. 앙키가 눈물을 뚝뚝 흘리며 말했다.

"조카야, 우리는 너의 죽음을 이렇게 슬퍼한단다."

우리는 아기를 구덩이에 넣고, 흙을 던져 덮었다. 우리는 서로 얼굴을 쳐다볼 수 없었다. 하지만 저마다 똑같은 생각을 하고 있었다. 다음엔 어느 아이 차례일까?

이 평원엔 죽은 지 일 년이 채 안 되는 아울 아기의 무덤도 있다. 나는 그제야 사람들이 어디에 살든, 어디로 가든, 땅에는 작은 무덤이 남는다는 사실을 깨달았다. 그 위에 풀이 자라고 가문비나무의 이파리가 떨어져도 아기들은 거기 누워 있다. 너무 어려서 이름도 갖지 못한 아기들이…….

우리가 딛고 서 있는 땅에 과연 몇 명의 아이들이 누워 있을지 아무도 알 수 없을 것이다. 세상에서 가장 현명한 사람들이 다 모여도 그 수를 다 셀 수 없을 것이다. 눈물이 겉으로 흐르지 않고 가슴에 쌓였다. 손에 잡힌 개구리가 꼼지락거리듯 내 몸속에서 아기가 발로 차고 버둥거리고 있었다. 짐을 싸고 있을 때, 프룩의 아내가 다가와 물었다.

"카킴이 죽었을 때는 그렇게 울더니, 에티스의 아이가 죽었는데 왜 안 울지?"

나는 충격을 받고서 그녀를 돌아보았다.

"울고 있어요."

그녀는 묘한 미소와 함께 심술궂게 말했다.

"암, 그래야지."

잠시 그녀의 태도에 의아해하는 동안 내 몸속에서 뭔가 빠른 움직임이 일어났다. 내가 아닌 남이 내 옷을 입고 있는 느낌으로, 내가 벌떡 일어나고 있다는 사실을 알아차렸다. 나는 그 여자의 머리채를 뽑아버릴 태세로 걸음을 옮겼다. 하지만 그때 누군가 내 어깨를 잡더니 지그시 눌러 앉혔다. 스위프트였다.

"그냥, 잠자코 있어라. 우리 모두 슬프다."

그래서 나는 분하고 억울해서 엉엉 울기 시작했다. 그러자 내 눈물에 전염된 사람들이 울기 시작했다. 여자들의 울음소리가 차가운 하늘을 뒤덮고 있었다. 그때 스위프트가 그레이랙과 시선을 나눴다. 그레이랙이 스위프트의 뜻을 알아차리고는 근엄한 표정으로 스틱과 프록에게 아내들을 데리고 따라오라고 했다. 스위프트가 내게 말했다.

"너는 잠시 나랑 함께 있자. 다른 사람들은 먼저 길을 가라고 하고 말이다."

내가 프록 아내의 머리채를 노리고 있다는 사실을 스위프트가 알았던 것이다. 펑펑 울었기 때문에 화가 좀 가라앉은 나는 묵묵히 그가 하자는 대로 했다.

내가 이미 티무에게서 얼마나 멀어졌는지 알고 있기에, 아기의 죽음으로 말미암아 얼마나 더 멀어질지도 알 수 있었다. 내가 땅에 묻은 아기를 티무가 잊으려면 여러 달이 걸릴 것이다. 그때까지 아기를 잃은 일은 그를 더욱 분노하게 만들 것이었다.

그 분노로 말미암아 나에게 무슨 일이 일어날까? 틸이 아무리 설득하더라도 티무는 끝내 나를 버릴 것이다. 그렇게 되면 나는 어디로 가야 할까? 프록의 아내 같은 여자들이 내가 고기 한 입을 먹을 때마다 못마땅한 눈초리를 보내는, 불의 강의 북적이는 오두막으로 가야 할까?

나는 머리를 흔들었다. 그런 곳에 가느니 차라리 소나무 강의 아버지 유골이 있는 오두막이 좋을 것이다. 이제 와서 생각해 보니, 메리와 단 둘이 살던 그때가 차라리 편했다. 메리의 늑대와 함께, 새끼 늑대의 어미와 함께, 눈밭을 누비며 사냥에 열중했던 그곳이 내게 천국이었다. 한 입 거리 먹을 것만 있으면 더 바랄 게 없었던 그때가 가슴 저미도록 그리웠다.

이제 와서 또 생각해 보니, 큰 결심을 하고 그레이랙의 오두막을 떠났던 지난날의 내 모습이 가당찮은 만용이었음을 알겠다. 애당초 모든 게 잘못되었다. 떠난 것이 잘못이었고, 다시 돌아온 것이 잘못이었고, 아기를 위해 티무에게 매달리기로 작정한 것은 더 큰 잘못이었다.

그날 우리는 아주 천천히 걸었다. 오전 내내 바람이 내 머리와 윗옷을 풀어헤치려 했다. 오후가 되자, 하늘은 눈으로 가득 찼다. 우리는 잠자리를 찾으려고 빨리 걸으려 했지만, 그날 오전에 시간을 너무 많이 소비했기 때문에 여전히 평원을 벗어나지 못하고 있었다.

그날 밤은 내가 기억하는 최악의 밤이었다. 땔감은 눈에 덮여 구할 수 없었다. 우리는 작은 모닥불 하나를 피울 땔감만 겨우 구했다. 평원에서 자라는 시들어버린 콩 한 줌밖엔 먹을 것이 없었고, 눈을 긁은 것 외에는 물도 없었다.

나는 눕고 싶지 않았다. 눈에 덮인 채 묻히는 것이 싫었기 때문이다. 너무 고통스러워 말도 하기 싫은데도, 그래도 사람들은 심하게 싸웠다. 아직 살아 있어 추위와 배고픔을 느낄 수 있는 아이 셋은 그 때문에 울어댔다. 그러면 부모는 아이를 꼬집어 더 울게 만들었다. 어디선가 사자의 포효 소리가 들리자 프록의 아내가 말했다.

"사자가 올지도 몰라."

"올 테면 오라지."

티무가 말했다. 그날 내내 티무가 한 말은 그것뿐이었다.

이튿날 밤, 우리는 검은 강 유역의 숲으로 들어가 솔송나무 아래 보금자리를 만들었다. 그날 밤은 맑았고, 숲속을 비추는 달빛은 푸르스름했다. 우리는 배고픔을 가시게 해줄 만한 나무 열매를 구했고, 작은 동물들을 잡기 위해 덫을 놓았다.

아침이 되면 고기를 먹을 수 있을 거라고 생각하고, 땔감이 많았기 때문에 불을 크게 피웠다. 야트막한 숲속은 평원보다 추웠지만, 대신 동물들이 많이 돌아다녔다. 멀리서 늑대 울음소리가 들리더니, 아주 가까운 곳에서 순록들끼리 싸우는 소리가 시끄럽게 들렸다.

스위프트가 입가에 두 손을 모으더니 숨을 깊이 들이쉬었다. 순록의 소리가 사냥꾼의 본성을 자극한 것이다. 하지만 그때 그레이랙이 재빨리 말렸다.

"잠깐, 부르지 마시오! 오늘 밤에는 잡을 수 없소!"

하지만 스위프트의 생각은 달랐다.

"나는 수컷들을 잘 알고 있소. 오늘 밤에 잡을 수 있을 거요."

스위프트가 다시 손을 모으더니 커다랗게 암컷 순록의 울음소리를 내어 수컷을 이쪽으로 유인했다. 수컷이 다가오는 소리가 들리자, 남자들이 재빨리 일어나 원형으로 퍼져 순록을 에워쌌다. 뒤이어 남자들이 발을 구르는 소리와 나뭇가지가 부러지는 소리가 들렸다. 지금쯤 남자들은 순록을 잡았을 것이다. 아주 손쉽게…….

하지만 남자들은 빈손으로 돌아왔다. 순록을 놓쳤던 것이다. 스위프트가 아쉬운 듯이 또 한 번 입가에 손을 모아 암컷 순록의 울음소리를 내었지만, 수컷은 오지 않았다.

한밤중에 에티스의 울음소리가 들렸다. 작게 흐느끼는 그 소리는 적막한 평원에 모여 있는 우리들에게 소름이 돋는 공포를 느끼게 했다. 에티스가 티무에게 나직이 말했다.

"여전히 흐르고 있어, 이것 봐."

나는 에티스가 무엇 때문에 그러는지 알 수 있었다. 아기는 죽었는데, 에티스의 젖이 흘러나오고 있었던 것이다. 티무는 대답하지 않았지만, 잠시 후 티무가 우는 것처럼 끅끅거렸다. 린의 목소리가 들렸다.

"조카에게 먹여라. 그러면 아픈 것이 나아져. 나도 그랬단다. 내가 아기를 잃었을 때 네게 젖을 먹였지."

날이 밝기 시작하자, 남자들은 숲을 가로질러 출발했다. 그들의 입김이 구름처럼 피어오르고, 발을 디딜 때마다 서리 부서지는 소리가 들렸다. 순록도 그 소리를 들은 모양이었다. 순록은 어리석게도 그 소리에 너무나 큰 울음소리로 맞서 숲속에 쩌렁 울려 퍼질 정도였다. 우리는 곧 녀석을 먹을 수 있으리라고 생각했다.

여자들은 그날 아침 땔감이나 먹을 것을 구하러 멀리 나가지 않고 에티스를 도와주려고 남아 있었다. 우리들 중에 아이를 잃어본 적이 없는 여자는 나, 요이 이모, 앙키 셋뿐이었다. 틸이 에티스를 부드럽게 끌어안으며 말했다.

"죽은 아이는 빨리 잊을수록 좋다."

"하나가 죽으면 또 하나가 생기지."

프록의 아내가 말하자, 스틱의 아내도 거들었다.

"처음이 제일 힘들어."

"우리 모두 아이를 잃어보았어. 살다 보면 익숙해지는 일이야."

아이너가 말하자, 아울이 거들었다.

"나는 둘이나 잃었어. 내가 낳은 아이를 땅에 묻는 심정은 자식을 잃어본 여자들만 알 거야. 하지만 어쩌겠어? 또 다른 아이가 태어나 죽은 아이를 대신해 주니, 너무 슬퍼하지 말아야 해."

에티스가 다시 가슴이 아프다며 울자, 린이 앙키의 딸에게 젖을 물리라고 했다. 앙키가 아기를 에티스 품에 밀어 넣자, 아이는 처음에는 어찌할 바를 몰라 하다가 에티스가 젖먹이는 자세로 안고 젖이 찬 가슴을 얼굴 옆에 갖다 대자 즉시 알아차렸다. 아이가 젖을 빨자, 에티스는 살에 박힌 가시를 끄집어낼 때처럼 아픈 표정을 지었다. 아기가 빨기를 멈추고 앙키를 한 번 쳐다보았다. 내가 뭐 잘못한 거라도 있나요? 아기의 눈이 그렇게 묻고 있었다.

오전 중에 스위프트를 제외한 남자들이 순록의 앞다리, 엉덩이, 옆구리 등을 나눠 들고 왔다. 스틱은 맛 좋은 뒷다리를, 티무는 뿔을 잡고 머리를 끌고 왔다. 마침내 사냥에 성공한 것이다.

우리는 큰 모닥불을 피우고 간을 구우며 스위프트에게 무슨 일이 있는지 궁금해했다. 함께 갔던 남자들도 스위프트의 행방을 알지 못했다. 그들이 한참 순록을 자르는 동안 어디론가 가버렸다는 것이었다.

얼마 후, 그가 숲 사이로 어깨에 뭔가를 둘러메고 오는 게 보였다. 그는 기대에 찬 표정으로 그것을 내려놓았다. 우리는 모두 스위프트가 가져온 짐을 보고 아연실색했다. 그것은 새끼 늑대였다. 놀란 사람들은 왜 늑대를 산 채로 가져왔

는지 물었다. 가죽만 가져오지? 늑대를 먹을 것인가? 무슨
일인가?

하지만 스위프트는 흡족한 미소만 지을 뿐, 끝내 설명하
지 않았다. 늑대는 지난 봄에 태어났을 정도의 자그마한 새
끼로, 수컷이었다. 스위프트는 늑대의 네 발을 단단히 묶고,
머리와 발을 가죽 끈으로 연결해 묶어 도저히 움직일 수 없
게 만들었다.

유일하게 움직일 수 있는 꼬리는 몸에 딱 붙어 있었다. 눈
을 뜨고 있기는 했지만, 아무것도 쳐다보지 않는 것 같았다.
늑대는 그냥 멍하게 있었다. 하지만 우리가 다가서면 늑대
는 살그머니 곁눈질로 우리를 보다가 얼른 시선을 옮겼다.
마치 자신이 본 것이 너무 무서워 감히 쳐다볼 수 없다는 듯
이……

스위프트는 거기서 멈추지 않았다. 그 길로 돌아서더니
다시 숲속으로 사라졌다. 대체 뭐하려는 것일까? 기다리면
서 순록의 간을 먹고 있는데, 한참 만에 스위프트가 다시 짐
을 둘러메고 나타났다. 그것 역시 꽁꽁 묶인 늑대였다. 스위
프트는 그놈도 처음 갖다 놓은 것 옆에 내려놓았다.

"야난!"

스위프트가 나를 부르는 순간, 나는 그의 의중을 간파했다.

"이제 올겨울에 우리가 뭘 사냥할지 두고 봐라! 네가 우

리한테 방법을 가르쳐 줘야 한다!"

그러더니 그가 메리를 빤히 쳐다보며 말했다.

"내 아내의 어린 조카는 이 늑대들한테 손대지 말아야 한다. 내 것이지, 네 것이 아니니까."

우리가 불에 고기를 더 올려놓는 동안 스위프트가 늑대를 어떻게 잡았는지 알려 주었다. 순록을 사냥하는 동안, 그는 나무들이 가리고 있는 작은 빈터를 발견했다. 늑대들이 좋아할 만한 공간이라고 생각해서 가보았는데, 역시 나무뿌리 옆에서 꼼지락거리는 게 있었다. 자세히 보니 회색빛이 나는 짐승의 귀로, 새끼 늑대가 분명했다.

쓰러진 나무 옆에 새끼 세 마리가 옹기종기 모여 있었는데, 스위프트가 다가가자 무서워서 몸을 납작하게 숙였다. 하나, 둘, 셋, 그는 늑대의 머리를 들고 있던 도끼로 한 번씩 때린 다음, 하나를 깔고 앉아 묶기 시작했다. 빨리 묶을 수가 없어서 셋째 늑대는 정신을 차리고 달아났지만, 깔고 앉은 늑대는 눈을 뜨긴 했어도 움직이지 못했다.

우리는 스위프트의 포로들을 살펴보았다. 내게는 죽은 것처럼 보였다. 스위프트가 너무 세게 때린 것일까? 그가 말했다. 그렇지 않아! 팔팔하게 살아 있어! 그것을 증명하기 위해 스위프트가 늑대를 묶은 줄을 풀었다. 늑대들은 여전히 움직이지 않았는데, 스위프트는 가죽 끈을 목에 감아 나무에 묶어놓았다.

세 번째로 고기를 불에 올리면서, 우리는 늑대들과도 고기를 나누어 먹어야 할지 생각하며 이따금 그쪽을 바라보았다. 그때 티무가 갑자기 소리쳤다. 어라? 우리가 돌아보니, 늑대 두 마리는 벌써 자취를 감춘 뒤였다. 스위프트가 쏜살같이 나무 쪽으로 달려가더니 뭔가를 발견하고는 웃음을 터뜨렸다. 늑대들은 나무 뒤에 숨어서 가죽 끈을 씹고 있었다. 스위프트는 늑대들의 턱을 묶어버렸다.

그날 오후 늦게, 우리는 먹지 않은 순록 고기를 전부 작은 조각으로 썰어 나뭇가지에 널었다. 그레이랙은 주위에 순록이 넘쳐서 곰이나 더 무서운 것이 찾아올지 모른다고 말했다. 그렇다는 것은 애써 잡은 순록 고기를 빼앗길 수도 있다는 뜻이다.

티무와 엘로가 나무에 올라가 고기를 더 높이 올려놓았고, 우리는 고기를 놓고 무서운 짐승과 싸우게 될 때를 대비해 땔감을 많이 모았다. 밤중에 멀리 숲속에서 늑대 울음 소리가 들려왔다. 내 곁에서 스위프트가 요이 이모에게 말했다.

"다 큰 늑대들이 보금자리에 찾아왔군. 덫을 놓았어야 하는데, 그 생각을 못했어."

"잡은 두 마리에 대해서 생각이 바뀌면, 가죽은 날 줘요."

요이 이모가 말하자, 스위프트가 코웃음을 쳤지만 그는 이렇게 대답하는 것을 잊지 않았다.

"생각이 바뀌면, 그러지."

그날 밤늦게 늑대들이 온통 우리를 에워싸고, 모닥불에 초록색 눈을 빛내며 나무 사이로 회색 몸뚱이들을 움직이고 있었다. 새끼 늑대를 되찾겠다는 듯이 계속 컹컹 짖기도 했다. 남자들이 만약의 사태에 대비해 도끼며 창을 손에 쥔 채 놈들을 기다렸지만, 스위프트는 신이 나 있었다. 그가 요이 이모에게 이렇게 말했다.

"걱정할 것 없어. 저놈들은 함부로 덤비지 못해. 오히려 녀석들이 곰을 쫓아 주니 우리는 안전해!"

새벽별이 보이자 나는 메리를 깨우고 가죽 담요를 말아 넣고, 짐을 쌌다. 예전의 여름 주거지로 돌아가던 길에 만난 검은 강을 떠올려보니, 일찌감치 출발하면 해질 무렵에 강물이 커다랗고 넙적한 바위에 부딪치는 곳에 다다를 수 있다는 것이 생각났다. 거기는 깊이가 얕으니, 일찍 서두르면 우리는 강을 건너 반대편에서 잘 수 있을 것이었다.

힘든 날을 시작할 준비를 하면서, 나는 남들에게 도움을 주고 기분 좋게 대해서 아무도 내게 짜증낼 일이 없기를 바랐다. 요이 이모는 아직 자고 있었지만 스위프트는 짐을 다 싸놓고 나에게 말했다.

"야난, 늑대에 대해서 잘 알 테니 내 늑대를 묶는 걸 도와 다오."

안개 낀 숲에 회색빛이 퍼지고 있을 때, 나는 그를 따라 갔다. 멀리서 끈에 묶인 수컷 늑대의 모습이 보였다. 늑대는 머리와 꼬리를 힘없이 땅에 대고, 다리를 길게 뻗고 누워 있었다. 늑대는 이미 스스로를 시체라고 생각하는 것 같았다.

하지만 암컷은 달아나고 없었다. 가죽 끈을 물어뜯어 끊어놓았고, 희미한 빛에 커다란 발자국이 여럿 보여 다른 늑대들이 도와 준 것을 알 수 있었다. 스위프트가 탄식하며 소리쳤다.

"이런! 우리 모닥불 옆에 두었어야 하는 것을."

수컷은 짝이 없어 더욱 겁을 내는 것 같았다. 우리 발자국 소리를 듣고 귀를 쫑긋거리더니, 고개를 조금 들어 우리를 쳐다보았다. 우리 모습에 늑대는 깜짝 놀라며 나무 뒤로 기어가 웅크렸다. 스위프트가 실망한 표정으로 가죽 끈을 들여다보더니, 끈은 여전히 쓸 만했으므로 주머니에 챙겨 넣고 쭈그리고 앉아 매듭을 풀기 시작했다. 그가 말했다.

"거기 서 있지 말고, 녀석을 묶어라."

나는 스위프트의 계획이 실패로 돌아갈 수밖에 없음을 알아차렸다. 그래서 그에게 이렇게 말해 주었다.

"이 늑대한테서는 어떤 도움도 얻지 못할 거예요. 가죽을 벗기는 게 낫겠어요."

"왜지?"

"너무 겁을 먹었어요. 풀어놓으면 곧장 달아나 버릴 거예요."

애써 세운 계획이 수포로 돌아갈 거라니, 스위프트의 얼굴에 짜증이 퍼졌다. 스위프트가 화를 내고, 그러면 다른 사람들도 결국 나 때문에 짜증을 낼까 봐 나는 그가 시키는 대로 하기로 했다. 늑대를 옆으로 밀쳐 눕히고 축 늘어진 네 발을 모아 발목에 줄을 감았다. 늑대는 가만히 귀를 접고 허벅지를 조금 들기는 했지만, 감히 내 얼굴을 쳐다볼 생각은 하지 못했다.

20

검은 강을 건널 무렵에는 낮이 긴 여름도 지났다. 잠잘 곳을 정하기 전에 원하는 만큼 걸어갈 수 있을 정도로 낮이 길지는 않았지만, 그래도 우리는 날마다 더 많이 가려고 애를 썼다.

그러다 보니 마지막 날 저녁때가 되자 우리 가운데 몇몇은 너무 지쳐 쓰러질 지경이었다. 그런데도 차르 강의 오두막까지는 한참 남아 있었다. 고기 덕분에 힘을 얻었지만 더 이상 발걸음을 재촉할 수 없었다. 강 건너 어딘가에서 호랑이 소리가 들려왔기 때문이다.

나는 하루 종일 너무 지쳐서 다른 사람들보다 한참 뒤처져 걸었고, 그래서 사람들이 호랑이 소리를 듣느라 걸음을 멈추었을 때는 끝내 주저앉고 말았다. 에티스가 내 옆에 앉았다. 그녀가 사람들에게 말했다.

"야난은 쉬어야 해요. 야난이 쉬면 나도 쉴래요."

스틱의 아내가 우리를 돌아보았는데, 아마도 털의 강으로 가는 길에 내가 기다려 주지 않은 일을 떠올리는 모양이었다. 그래서 나는 이렇게 말해 주었다.

"원하면 먼저 가요. 오두막이 어디 있는지 아니까 걱정 없어요."

스틱의 아내는 아무 대꾸도 하지 않았다. 스위프트의 짐이 위험하게 기울어지고 있었다. 짐 맨 위에 끈으로 묶은 늑대가 있었는데, 낮 동안에 늑대가 끊임없이 움직였던 것이다. 그러자 그가 짐을 내려놓고 늑대를 땅에 내리더니 내게 주었다. 그러고는 짐을 다시 지고 내 짐을 달라고 했다.

"벌레처럼 기어가는 데 지쳤다. 내가 나중에 돌아오마."

그가 빼앗듯이 내 짐을 끌어내리고는 그 길로 앞장서 갔다. 긴 하루 동안 들고 다닌 무거운 짐을 내려놓으니 날아가는 기분이었다. 내 짐을 자기 짐 위에 얹은 스위프트는 긴 다리로 성큼성큼 걸어갔고, 이내 보이지 않았다. 그 모습을 보니, 그가 예전에 나와 함께 사냥을 다닐 때 하도 빨리 걸어 내가 한참 뒤처지던 일이 생각났다. 그레이랙이 껄껄 웃으며 말했다.

"스위프트는 가는 길에 땔감을 모을 거다. 스위프트를 따라가고 싶은 사람은 누구든 먼저 가도 좋다. 하지만 나는 야난과 함께 가겠다."

그래서 아이너와 그녀의 아들들인 스틱과 프록이 아내와

아이들을 데리고 먼저 떠났고, 아울은 남편과 함께 우리를 버려두고 걸어갔다. 스위프트의 늑대는 꼼짝 않고 쓰러져 있었다. 잡은 후로 물이나 먹을 것을 주지 않았으니 죽었을지도 모른다. 그렇다면 시체를 들고 갈 이유는 없었다.

"이 녀석의 가죽을 빨리 벗길 수 있나요, 시아버지?"

내가 그레이랙에게 말하자, 그레이랙도 늑대가 죽었다고 생각하고는 나를 도와주려고 했다. 하지만 칼을 대자 늑대가 꿈틀거렸다.

"늑대에게 물이라도 줘야겠어요."

"놓치지 말아야 한다. 그러면 스위프트의 호의에 보답하지 못하게 되니."

나는 늑대를 묶은 끈을 풀었다. 그러다 자유로워진 것을 알면 달아날지도 모른다는 생각에, 발을 묶은 끈을 풀기 전에 목에 줄을 묶었다. 그레이랙이 말했다.

"서두르자. 당장 가든지, 아니면 여기서 자든지 결정해야 한다."

그가 잠시 생각을 했다. 스위프트가 내 짐을 가져갔으니 다른 사람은 몰라도 나는 여기서 잘 수 없었다. 그래서 다른 이들 모두가 떠나려고 일어섰다. 하지만 나는 늑대에게 물을 먹일 생각이라서 한 손으론 앞다리를 잡고 다른 손으론 뒷다리를 잡아 어깨에 멘 다음 강독으로 데려갔다.

거기서 나는 늑대를 내려놓고 줄을 꼭 잡았다. 늑대가 비틀거리며 일어섰을 때, 나는 늑대의 턱이 묶인 채로는 물을 마실 수 없음을 깨달았다. 그래서 고리를 만들어 턱에 끼워 넣은 다음, 가죽 끈을 풀어 주었다. 그런 다음, 그 고리를 조금 느슨하게 만들어 늑대가 혀를 꺼낼 수 있을 만큼 입을 벌리게 했다. 갑자기 늑대가 펄쩍 뛰는 바람에 끈을 놓칠 뻔했지만, 내가 끈을 꽉 잡는 바람에 늑대는 옆으로 쓰러졌다. 그때 티무가 소리쳤다.

"빨리 서둘러, 야난!"

하지만 아직 늑대는 물을 먹을 엄두를 내지 못하고 내 눈치만 살피고 있었다. 나는 사람들에게 말했다.

"나를 기다리지 말고, 먼저 가세요. 오두막으로 가는 길을 아니 걱정 없어요."

티무가 짜증 섞인 목소리로 외쳤다.

"널 두고 갈 수는 없어. 호랑이 소리가 안 들려? 서둘러! 하늘을 좀 봐!"

하늘을 볼 필요는 없었다. 차르 강의 계곡은 이미 너무 어두워 내 옆에 있는 늑대조차 보이지 않을 지경이었다.

"알았어, 지금 가고 있어."

그렇게 외쳤지만, 나는 여전히 움직이지 않고 늑대의 혀가 조심스레 물을 핥는 소리를 들었다. 티무도 지치지 않았더라면 나를 데리러 내려왔을 것이다. 그 대신 그는 다시 내 이름을 불렀다.

"야난!"

그래도 나는 대답하지 않았다. 내가 큰 소리를 내면 늑대가 물을 마시다 멈출 것이기 때문이었다.

"당장 오지 않으면 오늘 밤은 여기서 잘 거다. 그러면 너는 맨땅에서 자야 해!"

티무가 정말이지 지겹다는 듯이 말했다.

"나도 물을 마시고 있어."

나는 실제로 물을 마셨다. 그러고는 늑대의 턱에 맨 고리를 쥔 다음, 다시 어깨에 들쳐 메었다. 늑대의 털에 묻은 물이 내 목과 옷 아래로 흘러내렸지만 피곤에 지친 나에게는 차라리 서늘해서 좋았다. 우리는 곧 출발했다. 그런데 별로 가지도 않았는데 저만치 스위프트가 우리를 마중 나와 있었다. 그가 남자들에게 말했다.

"이제 오는군. 여자들이 틀림없군. 이것밖에 못 오다니!"

그는 자기 농담에 웃음을 터뜨리느라 다른 남자들이 웃지 않는 것을 알아차리지 못했다. 스위프트는 내가 늑대를 메고 있는 것을 보고는 신음 소리를 내며 고개를 끄덕이더니 요이 이모, 메리, 에티스에게서 짐을 받아 다시 어둠 속으로 사라졌다. 눈에 익은 차르 강이 바위 사이로 소리 없이 흐르고 있었고, 노란 잎의 달이 물 위에 비쳐 가늘게 떨고 있었다.

늦대는 버둥거리기도 했다가, 축 늘어져 있기도 했다. 내 얼굴에 늦대의 따뜻하고 얕은 숨결이 닿았다. 목 뒷덜미에 늦대의 심장이 뛰는 게 느껴졌다. 젖은 털에서 나는 냄새와 앙상한 발목에 나 있는 거칠고 짧은 털의 느낌에, 나와 메리를 도와주었던 다리 긴 어미 늦대가 떠올랐다.

그 늦대를 기억해 보려고 했다. 스위프트의 늦대는 동쪽으로 멀리 떨어진 곳에 살고 있는 그들과 친척 사이일까? 그렇지 않으리라는 게 확실하지만, 그렇다 하더라도 털에서 나는 냄새를 맡으니 다리 긴 어미 늦대의 기억이 또렷이 살아났다. 그 늦대가 나를 보고 있는 것처럼, 그 늦대의 노란 눈이 보이는 것 같았다.

스위프트가 세 번째로 돌아왔다. 그 즈음 연기 냄새도 나고, 오두막 위에 뜬 별들을 배경으로 높다란 뿔도 보여서 우리는 차르 강의 오두막에 가까이 왔음을 알 수 있었다. 이제 도움이 필요하지 않았다. 그래도 스위프트는 앙키의 짐과 늦대를 받아들고서 다시 사라졌다. 우리는 오두막 앞에서 그를 따라잡았다.

그는 낮에 모닥불을 피우는 자리에 빽빽하게 나뭇가지를 에워싸 울타리를 만들어, 그 안에 늦대를 묶어놓아 다른 늦대들이 오더라도 그곳을 벗어나지 못하게 했다.

다들 너무 지쳐 말을 할 수 없음에도, 스위프트만은 활기에 넘쳐 있었다. 메리의 늑대가 사냥을 도와주었던 기억이 그에게 너무도 생생하게 남아 있는 것 같았다. 늑대의 턱에 고리를 하나 묶어놓지 않았다는 이야기를 해주려고 할 때, 그가 말했다.

"내 계획은 이렇다. 네 동생이 아무리 난리를 쳐도, 나는 덫을 놓아 그 녀석을 잡을 거다. 녀석이 너를 도와 이놈에게 사냥을 돕는 법을 가르쳐 주기만 한다면, 우리는 이번 겨울에 고기를 배 터지게 먹을 수 있을 것이다."

스위프트는 어두워서 내 뒤에 메리가 있다는 사실을 몰랐다. 메리가 그 이야기를 듣고 단번에 안 된다고 말했지만, 스위프트는 상관하지 않았다.

"그래도 나는 덫을 놓을 거다. 아무도 나를 막지 못할 거야!"

스위프트가 요란한 웃음소리를 뒤로 하며 오두막 안으로 들어갔다. 메리와 나도 오두막 안으로 들어가니, 스틱과 프록의 가족들이 아이너와 함께 그레이랙의 모닥불에 앉아 있었다. 그들에게는 그럴 권리가 있었다. 아울도 남편과 함께, 내가 기억하는 한 아주 오래전부터 앉아온 그 자리에 앉아 있었다.

엘로와 티무도 에티스와 앙키와 함께 거기 있었지만, 나는 티무 옆에 앉을 수 없다는 것을 알기에 문 가까이에 있는 모닥불로 갔다. 오래전 아버지 어머니와 함께 지냈던 그곳으로. 아무도 우리에게 눈길을 주지 않았다. 메리와 나는 여전히 이방인이었다.

너무 지쳐 먹을 수도 없을 지경이었지만, 린이 자기 몫의 구운 고기 중에서 마지막 남은 것을 나와 메리에게 주었다. 그것으로 허기를 달랜 다음, 나는 가죽 담요를 펴고는 산만한 배를 떠안고 누웠다. 메리가 내 옆에 누웠고, 나는 곧바로 깊이 잠들었다.

밤중에 누군가 나를 흔들어 깨웠다. 에티스가 내 잠자리 옆에 쪼그리고 앉아 있었다. 밖에서도 숨죽인 울음소리가 들려왔다. 스위프트의 늑대가 입을 벌리지 않고서 다른 늑대를 불러 보려고 하는 것이었다. 에티스도 울고 있었다. 나는 일어나 앉았다.

"에티스! 왜 그래?"

"이것 봐."

에티스의 가슴에서는 젖이 스며 나오고 있었다.

"밖에서 나는 울음소리에도 이렇게 돼. 나랑 함께 강으로 가. 혼자 가기가 무서워서 그래."

그래서 나는 일어나 에티스를 따라 문을 나섰다. 우리 둘다 파카를 입지 않아서, 밤에 나는 소리에 귀를 기울이고 호랑이의 사향 냄새가 나는지 쿵쿵거리는 동안에 차가운 밤 공기가 몸을 에었다. 강에서 들리는 물소리와 가문비나무에 스치는 바람 소리 말고는 아무 소리도 들리지 않고, 맑은 공기에 가문비나무 잎 냄새가 나서 조금 기분이 맑아졌다.

스위프트의 늑대는 이제 지쳤는지 잠자코 있었다. 달빛이 비치는 돌 비탈길을 내려가자, 에티스가 얼음장처럼 차가운 물을 가슴에 문질렀다. 이어서 들린 에티스의 목소리 또한 얼음처럼 차가웠다.

"사람들이 또 아이를 갖게 될 거라고 말하는 게 지겨워. 그런데도 티무는 나를 자꾸만 귀찮게 해."

그 말에 나는 깜짝 놀랐다. 아기가 죽은 지 얼마나 되었다고? 어떻게 그럴 수 있을까? 내가 물었다.

"티무는 슬퍼하지 않아?"

"슬퍼해."

에티스가 잠시 입을 닫고 있다가 이렇게 덧붙였다.

"남자들은 우리들과는 다르든지, 아니면 슬퍼할 때는 다른 모양이야."

"내 동생도 태어나자마자 죽었지만, 아버지는 몹시 슬퍼했어."

그러다 제비 강으로 가던 때가 떠올라서 이렇게 말했다.

"하지만 곧바로 이모랑 같이 자더군."

"어느 이모?"

"요이 이모. 그때 이모는 아버지의 또 다른 아내였거든."

"그 아이가 요이의 아이였어?"

"아니."

위에서 스위프트의 어린 늑대가 다시 울기 시작했다. 에티스는 강에서 목욕을 했고, 어깨까지 물이 차오르도록 쪼그리고 앉아 추워서 덜덜 떨었다.

"내 젖은 무슨 일이 있었는지 모르는 모양이야."

에티스가 이를 딱딱 부딪치며 말했다.

"이제는 알겠지."

나도 팔다리를 물로 적신 다음, 에티스 옆에서 목욕을 했다. 에티스가 자기 몸을 내려다보며 천천히 물에서 나왔다.

"이제 괜찮아. 가도 되겠어."

그래서 우리는 돌아갔다. 내가 가죽 담요 안으로 들어가자 내 차가운 몸 때문에 메리가 깜짝 놀라 깼다.

아침이 되자, 스위프트의 늑대 주위에 나 있는 커다란 발자국을 보고 메리의 늑대가 찾아온 것을 알 수 있었다. 하루 종일 스위프트의 늑대는 주위를 에워싼 덤불 밑에 웅크리고 있었다. 남은 고기가 몇 조각뿐이라 아무도 늑대에게 먹을 것을 주지 않았고, 강에 물을 먹이러 데려가지도 않았다.

우리 몇몇은 이튿날 아침이면 늑대가 죽어 있을 거라고 생각했고, 요이 이모는 그 가죽을 어디에 쓸지 궁리했다. 하지만 아침이 되어 보니 그 늑대의 발자국과 메리 늑대의 발자국만 스위프트가 만든 울타리 안에 남아 있었다.

나는 어린 늑대가 가죽 끈을 코 아래로 끌어내려 스스로 물어뜯었다고 생각했지만, 다른 사람들은 메리의 늑대가 풀어 주었다고 생각했다. 하지만 늑대들의 행동은 발자국만 보고는 확실히 알 수 없는 법이다. 스위프트는 실망했지만, 좀 있다가 포기했다. 그는 다음 봄에 새끼를 다시 구할 수 있을 거라고 했다. 숲에는 늑대가 득실거리니까.

남자들이 사냥을 떠나고 여자들은 잣을 따러 산으로 갔을 때, 티무가 덫과 골수 한 조각을 가지고 나가는 걸 보았다. 나는 틸을 따라나서면서, 티무가 덫을 어디 두는지 알아두었다가 나중에 못 쓰게 만들 생각을 했다. 메리의 늑대가 그 덫에 잡히는 일은 절대 없어야 했다.

얼마쯤 가다가 틸이 내게 오두막에 남아서 쉬라고 했다. 틸의 강에서부터 먼 길을 오느라 기력이 완전히 빠져버린 나는 대꾸할 기운도 없었다. 메리마저 열매를 따라간다며 숲으로 사라지자, 나는 혼자 남쪽을 향하는 바위에 앉아서 햇볕과 모닥불에 몸이 따뜻해지는 걸 느끼며 순록 뼈를 하나 구워 골수를 빼먹으려고 했다.

배의 크기와 무게로 보나, 아기의 주먹질이나 발길질에 윗옷이 들썩거리는 것으로 보나, 아이 낳을 곳을 찾아보는 게 좋겠다는 생각이 들었다. 따뜻한 남쪽 비탈에 있는 덤불이면 좋을 것이다.

하지만 마음속으로 그곳을 훑어보니 알맞은 데를 찾기가 어려웠다. 덤불은 주로 계곡의 춥고 어두운 곳에 있다. 남쪽 비탈에 있는 소나무 숲이 나을 것 같았지만, 마음속으로 소나무 가지 사이를 상상해 보니 파란 하늘이 너무 많이 보였다.

거긴 너무 트여 있어 아기를 낳기에 적당하지 않다는 생각이 들었다. 그렇다면 강에서 가까운 계곡이 나을 것이다. 내겐 물주머니가 없는데, 아기를 낳다가 물을 마시고 싶어지면 곧바로 강으로 갈 수 있을 테니까.

또한 그곳은 아기를 낳다 내가 울더라도 강물 소리에 울음소리가 가려질 것이었다. 내가 고통에 못 이겨 울음을 터뜨리면 많은 사람들이 웃을 것이다. 그렇게 잘난 척을 하더니 꼴좋다고 비웃을 것이다. 어쨌거나 진통이 시작되기 전에 눈이 오지 않는 한, 오두막에서 아기를 낳을 생각은 없었다.

메리가 열매 세 알을 갖고 와서 내게 주었다. 하지만 메리는 사실은 열매를 따러 간 것이 아니었다고 털어놓았다. 나는 놀라지 않았다. 숲에서 메리는 자기 늑대를 만났다고 했다. 하지만 늑대는 예전처럼 가까이 오지 않고, 메리의 뒤를 따라 한참 걸어오면서 거리를 두었다고 한다.

메리는 다른 늑대가 같이 있는 것을 본 것 같다고 했다. 확실하지는 않았지만, 스위프트의 늑대일 것이라고 했다. 그 이야기도 전혀 놀랍지 않았다. 그 꼬마가 달리 어디에 갈 수 있겠는가? 내가 놀라웠던 것은 눈을 반짝이는 메리였다.

"그 둘은 언니랑 나와 똑같아. 아니면, 자매처럼 앞으로 그렇게 될 거야."

메리가 내 손바닥에 놓여 있는 열매 세 알 가운데 하나를 집어 먹었다. 메리의 눈이 촉촉이 젖어 있었다.

"늑대랑 언니랑 나만 살던 때 기억해?"

"그럼."

"왜 우리가 티무랑 살아야 해? 티무는 우리를 좋아하지 않아. 왜 거기로 돌아가면 안 돼? 만날지도 모르는데……."

만나다니, 누구를? 그렇게 묻지 않아도 나는 알 수 있었다. 그렇다, 나도 어미 늑대의 다정한 눈빛이 언제나 몹시 그리웠다.

"그리고 내가 언니가 낳은 아기를 키울 수도 있을 텐데. 내가 티무에게 오지 말자고 했잖아."

내 속 깊은 곳에서 뭔가 움직였다. 아기가 아니라, 감정이었다. 나는 메리를 끌어안았다. 끌어안는 순간, 눈물이 나왔다. 메리도 나처럼 소나무 강에서 늑대와 우리 둘이서만 살던 때를 그리워하고 있었구나. 하지만 나는 말했다.

"그럴 수는 없어."

정말 그럴 수 있다면 좋겠지만, 그럴 수는 없는 일이었다.

"우리는 거기서 살 수 없어. 겨울의 막바지만 겪었는데도 우리는 거의 죽을 뻔했잖아. 앞으로 여기서 잘 살게 될 거야. 그리고 우리는 함께 있을 것이고."

"나도 그건 알아. 하지만 그건 문제가 아니야. 여긴 우리가 살기 좋은 곳이 아니라는 것이 진짜 문제야. 언니와 내가마음 편하게 살 수 있는 곳이 어디인지 생각해 봐."

메리가 다 컸구나. 내가 온통 티무에게만 관심이 가 있고, 내 문제에만 얽매어 있는 동안에도 메리는 혼자 성장하고 있었구나. 메리에게 너무 미안한 생각이 들어, 나는 할 말을 잃었다.

요이 이모와 린을 빼고 모두가 그레이랙의 모닥불에 모여서 잣을 깔 때, 나도 여자들과 함께 산으로 갔어야 한다는 생각이 들었다. 그때까지 나는 골수와 메리가 따온 열매 두 알 외엔 하루 종일 아무것도 먹지 못했다.

남자들이 아무것도 잡아오지 못해서 고기도 없었고, 여자들은 자기들 몫만 따왔다. 여자들은 불가에 앉은 남자들에게 한줌씩 나누어 주면서도 나에겐 아무것도 주지 않았다. 내가 멀리까지 잣을 따러가거나, 혼자서 사냥을 할 수 있을 때 사람들이 나를 따돌리는 것과는 상황이 달라졌음을 새삼스레 느끼며, 나는 요이 이모에게 말했다.

"잣 좀 줄래요?"

"오늘은 우리랑 같이 갈 수 있었을 텐데."

요이 이모는 그렇게 말하면서 조금 나눠 주었다. 나는 그것을 까서 먹고, 그레이랙의 불가로 가서 틸 뒤에 쪼그리고 앉았다.

"잣 좀 나눠 주세요."

틸은 다른 여자들과 이야기를 하고 있었는데, 아무 말 없이 내게 한 줌을 건넸다.

"배가 고파요."

나는 마침내 사람들에게 이렇게 말해야 했다. 그러면 그레이랙의 모닥불에 앉은 사람들이 내게 잣을 나눠 주리라 기대했지만, 그들은 대부분 못 들은 체했다. 그들의 무관심이 마음 아팠지만, 나는 그들을 비난할 기력조차 없었다.

아침에 일어났을 때, 허리가 몹시 아프고 골반에 힘을 주기가 어려웠다. 잣을 찾으러 산까지 종일 걸어갔다 오고 싶지 않았다. 남자들이 뭔가 잡기를 바라며 나는 메리와 근처 산속으로 열매를 따러 갔다. 거기서 우리는 나무 사이에 가려져 있는 메리의 늑대를 또 보았다. 늑대는 거기 서서 우리를 잠시 쳐다보고는, 뭔가 미심쩍다는 듯이 고개를 갸웃하고는 어디론가 쏜살같이 달려갔다. 다른 늑대는 보이지 않았다.

동물들이 움직이지 않아 사냥을 거의 못하고 있는 한낮에, 티무가 숲에서 늑대 한 마리의 축 처진 몸뚱이를 들고 왔다. 그놈은 스위프트가 잡은 새끼 늑대였다. 먹여 줄 부모도 없고, 우리와 함께 지내는 동안 아무것도 먹지 못한 녀석이 티무가 미끼를 놓은 덫에 잡힌 것은 당연한 일이었다.

티무는 모닥불 옆에 늑대 몸뚱이를 내려놓더니 칼을 꺼냈다. 나는 죽은 새끼 늑대의 몸 상태를 보며 혀를 찼다. 늑대가 덫에 잡힌 뒤에, 여우나 담비가 물어서 털가죽을 버려 놓았던 것이다. 늑대가 아니었다면 티무의 덫에는 담비가 잡혔을 것이다. 나는 티무에게 다가가 이렇게 말했다.

"고기를 내가 가져도 돼?"

"늑대 고기를? 맛이 지독할 텐데?"

"하지만 난 배가 너무 고파."

"내 덫이지만, 스위프트의 늑대야. 스위프트한테 물어봐."

티무의 차가운 대답을 뒤로 하며 스위프트를 보았더니,

그가 머리를 흔들며 호언장담했다.

"숲에 순록들이 와 있어. 오늘 밤이나 내일 밤이면 먹을 것이 충분할 테니 늑대 고기는 먹지 마."

"거절하시는 건가요?"

"거절하는 건 아니다! 원하면 고기를 먹어도 좋다."

스위프트가 그리 말하고는 다른 남자들에게, 특히 티무에게 이렇게 말했다.

"야난이 배고파 하는 것은 우리 모두가 부끄러워해야 할 일이야."

나는 늑대 고기를 토막 내어 불에 얹었다. 고기가 익자 남들에게 고기를 권해야 할지 말아야 할지 알 수 없었다. 그런 고기를 권하면 남을 모욕하는 것일지도 몰랐다. 그래서 나는 돌멩이 위에 익은 고기를 얹어놓고 말했다.

"이 고기는 내 것이 아니에요. 아저씨에게 감사해요."

사람들이 경멸의 눈으로 쳐다보는 동안, 나는 그 고기를 먹었다. 하지만 스위프트의 말대로 기다리는 편이 나았을 것이다. 그날 저녁 달이 뜰 무렵에, 그러니까 남자들이 바위를 건너뛰어 강을 건너올 때, 스위프트의 예측대로 여자들은 남자들이 어깨에 순록 고기를 메고 오는 것을 볼 수 있었다.

곧 사람들은 순록의 맛난 간을 굽기 시작했다. 나로서는 운이 나쁘게도 티무의 창으로 죽인 순록이었기에, 간은 그가 나누게 되어 있었다. 그가 모든 사람들에게 나눠 주고, 마지막으로 내게 준 몫은 모욕적일 정도로 작았다. 틸이 뭐라고 말하려 했지만, 내가 말렸다.

"배가 고프지 않아요."

사람들에게 내가 자존심을 버리고 늑대 고기를 먹은 것을 일깨워 주고 싶지 않아서, 나는 이렇게 덧붙였다.

"메리와 나는 열매를 따먹었거든요."

내 말에도 틸은 끝내 입을 열었다.

"여보!"

그녀의 차가운 어조에 그레이랙이 깜짝 놀란 표정을 지었다. 틸은 정당한 것을 말할 때는 언제나 그렇듯이 어깨를 뻣뻣하게 치켜들고, 그레이랙을 똑바로 응시하고 있었다.

"당신의 아들이 아내에게 준 몫을 좀 보세요."

그레이랙이 그것을 보더니 티무에게 말했다.

"아들아. 여자들을 화나게 하지 말아라."

티무가 어쩔 수 없다는 듯이 눈살을 찌푸리고는 작은 조각을 하나 더 잘라 내 발치에 툭 던졌다. 싸움이 날 것 같은 낌새를 알아차리고, 그것을 피하기 위해 사람들이 갑자기 내 손에 고기를 밀어 넣었지만 이미 너무 늦어버렸다. 틸이 곧장 일어나더니 티무를 노려보며 말했다.

"먹을 것을 던지다니, 내 핏줄의 여자를 모욕하지 마라.

당장 사과하고, 네 아내에게 얼마나 존중하는지 보여 줄 만큼의 몫을 주어라."

티무는 모닥불에 모여 앉은 사람들을 둘러보며 어찌 해야 할지 살폈다. 서둘러 말을 들을 필요는 없다는 눈짓을 한 사람들이 많았나 보다. 그는 시간을 끌며 무례하게 틸을 노려보았다. 그레이랙이 침착하게 말했다.

"어서, 아들아."

그래서 티무는 나지막한 소리로 말했다.

"미안해, 여보."

그러더니 고기를 내 발치에서 주워 불에 던지고 새로 한 조각을 잘라 주었다. 틸이 앉으며 말했다.

"좋다."

어쩌면 그레이랙은 틸의 요구에 티무가 망신을 당할까 봐 염려했을지도 모른다. 그가 이렇게 말하는 소리가 들렸다.

"내 아들이 느끼는 감정은 그 애 탓이 아니야."

"그 말은 맞아요. 하지만 그렇지 않을지도 모르죠. 그리고 사람들 앞에서 그 말을 꺼낸 것도 옳은 일이에요. 이 일은 이제 당신 아들과 내 친척 사이만의 일이 아니니까요. 내 핏줄 사람들이 잘못한 탓이에요. 그 말썽을 일으킨 장본인, 당신의 아들 엘로는 내 아들이기도 하니까요."

틸이 커다란 위험에 처할 일, 말하지 않고 그냥 넘어가는 편이 나을 일을 그렇게 대담하게 이야기하는 걸 듣고 있으려니 무서워졌다. 틸의 엄중한 시선이 사람들을 훑고 있었다. 우리 핏줄들은 사슴처럼 신경을 곤두세우고 있는 가운데, 마침내 틸이 우리 오두막을 압도하고 있는 오랜 비밀의 문을 열어젖혔다.

"우리 아들에게 책임이 있는 것은, 그가 다른 사람들에게 불의 강에서 야난이 낯선 사람과 잤다고 말했기 때문이야. 그렇다면 야난에게 묻겠다. 다른 남자와 잤다는 말이 사실이냐?"

나는 틸의 차가운 얼굴을 똑바로 바라보며 말했다. 눈물이 나와야 했지만, 그럴 시간이 아니었다.

"아니에요. 그런 적 없습니다."

틸이 이번엔 엘로를 바라보았다.

"엘로, 네가 그런 말을 했느냐?"

"그랬을지도 모르지만, 기억나지 않습니다."

"그랬느냐, 그러지 않았느냐? 네가 기억하지 못한다면, 다른 사람들은 기억할 것이다."

엘로는 평소에도 어머니를 무서워했지만, 오늘 그녀의 엄한 얼굴을 보며 공포에 질리고 말았다. 한 번 더 부정한 짓을 저지른다면 여신 오헌의 이름으로 죽일 수도 있다고 말한 어머니를 기억하는 엘로는 결국 실토하지 않을 수 없었다.

"네. 그랬습니다."

엘로가 대답하자, 틸이 그레이랙에게 말했다.

"이것 보세요. 야난은 다른 남자와 자지 않았다고 하는데, 우리의 아들은 야난이 그렇게 했다고 말하는군요. 야난은 거짓말할 이유가 있지만, 우리 아들한테는 거짓말할 이유가 없지요. 내 입장에서는 엘로 말을 믿습니다. 당신도 그러겠죠?"

그레이랙은 틸을 가만히 쳐다볼 뿐, 아무 말도 하지 않았다. 틸이 이야기를 계속했다.

"하지만 내가 궁금한 건 이겁니다. 야난이 그랬다 칩시다. 그게 무슨 상관입니까?"

"남자가 누구였죠?"

프록의 아내가 물었다. 틸이 차갑게 웃으면서 말했다.

"네가 야난에 대해 질문을 하다니, 놀랍군. 우리 오두막에 온 지 얼마 되지도 않은 주제에 어른들 말에 끼어들다니!"

"내 아들의 아내에겐 말할 권리가 있어."

아이너가 말하자, 프록이 끼어들었다.

"내 아내는 중요한 질문을 했어요. 나는 그 대답을 알고 있고, 그 대답으로 인해 우리 오두막이 망할지도 몰라요."

"자, 그럼 말해 봐."

틸이 프록의 넓적한 얼굴을 똑바로 들여다보며 말하자,

프록이 자신 있게 말했다.

"그 남자는, 바로 엘로예요!"

틸과 나를 함정에 빠뜨렸다고 생각한 아이너와 프록이 만족스런 눈짓을 주고받았다. 나는 무슨 말인지 모르겠다는 표정으로 눈을 깜빡거렸고, 틸도 놀란 표정을 지었다.

"내 아들이라고?"

그렇게 묻고서도 한참 동안, 틸은 프록의 얼굴을 들여다보았다. 틸의 표정은 조금도 변화가 없었다. 애초에 프록 따위는 틸의 상대가 될 수 없었다. 틸이 물었다.

"내 아들이 야난과 함께 있는 것을 보았나?"

"그들이 밤에 풀밭에 둘이 있는 걸 봤어요."

"그들이 밤에 풀밭에서 어떻게 하고 있는 걸 보았나?"

"그들은 나란히 앉아 있었어요."

"허! 이미 결혼해서 아이까지 낳은 사내가 그런 말을 하다니, 참으로 멍청하군! 남자와 여자가 나란히 앉아 있는 게 곧 너한테는 몸을 섞는 것인가 보군."

틸이 그 말의 뜻을 프록이 새겨들을 수 있도록 잠시 뜸을 들이다가 다시 말했다.

"하지만 여자들한테는 그렇지 않아. 여자한테 몸을 섞는 것이 무슨 뜻인지 네 아내에게 직접 물어봐. 그 대답을 들으면 아마 놀라 자빠지겠군."

스위프트만이 커다랗게 웃었지만, 다른 사람들은 틸의 시
퍼런 서슬에 숨도 제대로 쉬지 못했다. 프록은 허둥대기 시
작했다.

"요이가 야난과 엘로에 대해 말해 줬어요."

"그랬다면, 우리 핏줄에게 더 큰 잘못이 있군. 그렇다면
요이한테 야난과 엘로가 함께 있는 걸 봤냐고 물어봐야지."

틸의 시선이 채 자신한테 오기도 전에 요이 이모가 재빨
리 말했다.

"아뇨, 보지 못했어요. 프록이 거짓말을 하는 거예요."

"그럼 야난이나 엘로가 스스로 함께 잤다고 너한테 고백
했니? 누군가 다른 사람이 말해 주던가?"

"아뇨! 그런 적 없어요."

"그렇다면 분명히 누군가 거짓말을 하고 있군. 하지만 야
난이 불의 강에서 다른 남자랑 잤을지도 모르지. 자, 여보.
다시 묻겠어요. 만약 그랬다면 그게 무슨 상관이죠?"

그레이랙은 아주 진지하게 좌중을 살펴보고는 낮은 음성
으로 말했다.

"당신한테는 상관없을지도 모르지만, 내 아들에게는 상
관이 있겠지. 내 형제들과 내가 이곳을 찾아 이 오두막을 지
었어. 우리 아이들과 함께, 우리는 이 사냥터를 갖고 있어.
사냥을 하지 않고 겨울에 어떻게 살겠어? 우리는 남의 아이

가 우리와 함께 사냥하도록 한 적이 없어."

"남의 아이가 사냥하는 일은 없을 겁니다. 야난은 아이가 분명히 티무의 아이라고 했어요."

"다른 남자를 취했는지, 취하지 않았는지 알 수 없는 젊은 여자의 말을 믿어야 되는 거야?"

"믿어지지 않더라도 믿어야죠. 야난의 뱃속에 있는 아이가 티무의 아이가 아닐 수 있습니까? 불의 강에서 야난에게 아이를 갖게 할 남자가 있었다면, 그때는 너무 늦은 거죠. 왜냐하면 야난은 곧 아이를 낳게 되니까! 야난은 지난 겨울에 아이를 가졌어요. 우리 모두, 지난 겨울에 티무가 야난과 몸을 섞는 소리를 듣지 않았나요?"

몇몇이 어색하게 웃기도 했지만, 틸은 그 소리를 무시했다.

"야난이 곧 아이를 낳게 된다면, 지난 겨울에 우리가 잠을 청할 때 바로 옆에서 생긴 아이가 맞지요."

사람들이 몸을 섞을 때 내는 소리를 다른 이들이 기억하는 것은 사실이다. 나는 그 생각을 하니 창피했지만, 대부분의 사람들이 그 소리를 정확히 어떻게, 어디에서 들었는지 기억하고 있다는 것도 알고 있었다. 나도 창피했지만 티무도 창피해하는 것을 보고서, 이야기를 하고 싶었다. 그래서 나는 틸에게 양해를 구한 다음, 이렇게 말했다.

"내 아이의 아버지는 이 오두막 사람입니다. 사람들이 나한테 뭐라고 하는지 모릅니다. 아무도 용기를 내어 나한테 말해 주지 않았으니까요. 이 아이는 불의 강의 남자한테서 생긴 것이 아닙니다. 그렇지 않다고 말하는 사람은 누구든지 거짓말을 하는 거예요. 내 이야기는 이걸로 끝입니다."

하지만 이쯤에 이르니 하고 싶은 말이 더 있었다. 지금 하지 않는다면 영원히 하지 못할 말을, 나는 했다.

"이 오두막에서 내가 있을 곳은 없어졌을지도 모릅니다. 그렇다면 오두막의 추운 구석자리에서 비루하게 사느니, 소나무 강에서 나와 메리와 아버지를 죽게 내버려 두고 매정하게 떠난 사람들에게서 먹을 것을 얻어먹느니, 나는 다음 봄에 여자 호수로 가서 살 겁니다. 그때, 나는 이 오두막의 남자에게서 얻은 아이를 데려가겠습니다. 이제 내 이야기는 끝입니다."

그날 밤, 프록이 마지막으로 말했다.

"우리가 소나무 강에서 야난을 죽게 버려두고 떠났다는 말은 사실이 아니에요. 우리는 떠날 때 이미 야난의 아버지가 아픈 것을 알고 있었어요. 그는 우리 어머니의 형제이고, 우리 혈통이에요. 우리는 그와 함께 떠나려고 온갖 수를 다 썼어요. 야난은 기억하지 못할지도 몰라요. 하지만 내 말은 사실이에요. 야난의 이모 요이는 우리와 함께 갔지만, 야난의 아버지가 거절했어요. 그의 허락 없이 아이들을 데려갈 수 있었겠어요?"

예전 같으면 나는 아버지가 죽었을 때를 똑똑히 기억한다고 외쳤을 테지만, 지금의 나는 침착했고, 편안했다. 프록의 말 따위에 나는 아무렇지 않아서 그냥 무시해 버렸다.

21

아침이 되자, 나는 오두막에서 남쪽으로 한참 걸어가면 나오는 야트막한 비탈 부근으로 솔송나무를 찾아보러 갔다. 날씨가 몹시 추웠다. 오두막을 나설 때 땔감을 들고 들어오는 티무와 마주쳤지만, 우리는 그냥 간단히 시선만 나누었을 뿐 미소조차 나누지 않고 그냥 지나쳤다. 뒷덜미에 싸늘한 느낌이 전해지는 것으로 보아 티무가 나를 한동안 지켜보는 같았지만, 나는 돌아보지 않았다.

골반에 느껴지는 느낌으로 보아, 내가 솔송나무를 찾아나선 게 그리 이르지 않다는 걸 알 수 있었다. 한 걸음 옮길 때마다, 나는 휘청거렸다. 온몸을 휘감는 현기증 때문에 걷기 힘들었지만 그래도 나는 꾸준히 걸었다. 뭔가 내 뼈를 흐느적흐느적하게 만드는 것 같았다.

평생 차르 강 주변의 나뭇가지를 부러뜨리며 살아왔어도, 그 가운데 한 그루가 출산을 앞둔 나를 보호해 주리라고는 생각하지 못했다. 그쪽 기슭에 알맞은 나무 몇 그루가 있다는 것을 기억해 내고, 나는 그곳으로 갔다.

하지만 그곳에 당도하고 나서야 나뭇가지가 너무 성기거나, 비탈이 너무 가파르거나, 땅에 돌이 너무 많다는 걸 깨달았다. 하지만 그렇다고 더 좋은 곳을 찾기 위해 강을 건널 엄두는 나지 않았다. 지금 같은 몸으로 띄엄띄엄 있는 징검돌을 균형을 잡아가며 밟고 건너기는 불가능할 것이기 때문이었다.

그래서 나는 볕이 잘 드는 비탈을 포기하고, 강의 첫 굽이 근처에 나무들이 물가까지 서 있는 곳으로 갔다. 잠시 후, 나는 마침내 나뭇가지가 넓게 뻗어 있고, 밑에는 잎이 두껍게 쌓여 있는 솔송나무 한 그루를 발견했다.

주위의 숲은 춥고 어두웠지만, 앞이 보이지 않을 정도는 아니어서 좋았다. 강이 바로 가까이 있고, 강둑 바로 옆 말고는 아직 얼지 않아서 필요하면 피를 씻어내고, 물도 원하는 만큼 마실 수 있을 것 같았다. 더구나 이끼가 조금씩 언 땅을 부드럽게 해주고 있어 아기를 낳을 때 내 몸에서 나온 것들을 이끼 속에 묻을 수 있을 것이었다.

가장 좋은 점은, 새로 익은 겨울 열매가 매끄러운 녹색 이파리 속에서 붉게 빛나며 사방에 자라고 있다는 것이었다. 나는 만족해서 주변을 돌아보다가, 피를 닦을 이끼를 모으고 근처 나무에서 마른 나뭇가지를 모아 불을 피울 수 있도록 했다.

문득 어머니 생각이 났다. 어머니도 아기를 낳을 때 이렇게 피와 오물을 흡수할 이끼를 모으고, 아기를 보호하고 스스로를 보호하기 위해 자작나무 속껍질을 모았다. 너무 어려서 아무것도 모르는 나에게 의지해서 진통을 참으며 차근차근 분만 시간을 기다리던 어머니를 떠올리노라니, 그건 아주 먼 옛날의 이야기 같기도 하고 바로 엊그제 일어난 일 같기도 했다.

한참 준비를 하고 있는데, 누군가 다가오는 소리가 들렸다. 결국 티무가 나와 이야기를 하러 오는 것일까? 정말 티무라면, 그에게서 나는 무슨 말을 듣고 싶은 것일까? 하지만 찾아온 사람은 티무가 아니라 스위프트였다. 그가 숲에서 걸어 나와 창에 기대고 서더니, 내가 모아놓은 것들을 내려다보았다.

"여기에 아기를 낳을 자리를 만들고 있었구나, 야난."

나는 스위프트와 아기를 낳는 이야기를 나누고 싶지 않았다.

"아뇨, 오두막에 가져갈 땔감을 모으는 중이었어요."

다음 순간, 놀랍게도 스위프트가 내 머리를 부드럽게 쓰다듬었다.

"아니, 너는 여기서 아이를 낳으려고 한다. 오두막에서 낳기에는 넌 너무 자존심이 강하니까!"

그도 내 얼굴에서 깜짝 놀라는 표정을 보았을 것이다. 나는 그의 눈을 똑바로 응시하며 말해 주었다.

"그렇다 하더라도, 이건 여자들 일이니 상관하지 말아요."

"그렇지, 이건 여자들의 일이지."

그도 동의했지만, 그 말끝에 이렇게 덧붙이는 걸 잊지 않았다.

"하지만, 이건 내 일이기도 하지."

"그게 무슨 뜻이죠?".

"나는 너를 찾으러 왔으니까. 네가 어떻게 하려는지, 왜 그러는지 알고 있다. 나는 네가 다음 봄에 가려는 곳의, 물고기 따위나 잡아먹는 남자들에게 보내는 아까운 짓은 절대 용납하지 않을 작정이니까!"

진통이 오려는지 골반 주변이 뻐근했다. 통증 때문에, 그리고 스위프트가 하는 이해하기 힘든 말 때문에 나는 더욱 정신이 산란해졌다. 스위프트가 또 말했다.

"티무가 네 발치에 고기 조각을 던질 때, 나는 네가 북적거리는 오두막 한구석에서 생선 대가리를 파먹는 모습을 떠올렸다. 너는 다음 봄에 거기로 가려고 하지만, 그럴 수는 없다. 왜냐하면 너는 나와 함께 가야 하니까!"

그의 말뜻을 곧바로 납득할 수 없어서, 나는 아주 간단하게 대답했다.

"그러면 털의 강으로 갈지도 모르겠네요. 고마워요."

"너는 내 말을 이해하지 못하는구나. 내가 너와 같이 간다는 말은, 너랑 결혼할 생각이라는 뜻이다. 그래도 모르겠느냐, 야난?"

그의 낯선 말투가 내 귓전에 울렸다. 나는 천천히 그를 바라보며 대체 무슨 말을 하는지 생각해 보려고 안간힘을 썼다. 그러다가 마침내 물어봐야 할 말이 떠올랐다.

"이모는 어쩌고요? 이모와 조카를 한꺼번에 아내로 삼을 수는 없는 일이잖아요?"

스위프트가 내 앞에 주저앉았다. 그는 항상 단호하게 말하는 습관이 있는데, 지금이 그랬다.

"네 이모는 세 번이나 결혼했지만 아직도 아이가 없지. 이제야 사람들이 내게 그 사실을 알려 주더구나. 나는 네 혈통의 아이들을 원한다. 네 이모와는 이혼할 것이다."

이제야 겨우 이모가 좋은 짝을 만나 행복해진 것 같은데, 이모는 어떻게 될 것인가?

"요이 이모와 이혼하는 건 자유지만, 그건 나 때문이 아니에요. 이모는 내 어머니의 동생이니까요."

"요이를 버릴 생각은 없다. 털의 강의 남자들은 내가 요이와 결혼했을 때 모두들 부러워했지. 그러니 요이가 원한다면, 그들 가운데 하나를 고르면 된다. 요이는 아름다우니까. 너처럼 말이다."

출산을 앞둔 시간에 요이 이모의 장래를 놓고 의논하고 있다니, 내가 대체 무슨 짓을 하고 있는 것일까? 나는 마음 속 깊은 곳에서라도 스위프트 같은 남자를 남편감으로 생각해 본 적이 한 번도 없었다. 한때는 메리의 남편감으로, 지금은 요이 이모의 남편으로 존재하는 이 남자를 말이다. 나는 속으로 나 자신에게 정신을 차리라고 충고하면서 이렇게 말했다.

"뭐라고 대답해야 할지 모르겠어요."

"메리도 털의 강으로 갈 거다. 화이트 폭스가 거기 있으니까. 너는 그를 메리의 신랑감으로 원하지 않느냐? 그러니 네가 나를 따라오면, 메리와 함께 지낼 수 있다."

무슨 말을 해야 할지 알 수 없었지만, 간신히 또 하나의 질문이 떠올랐다. 그래서 나는 스위프트의 눈을 똑바로 응시하며 물었다.

"내 아이는요?"

"그 아이가 내 아이는 아니어도, 그 다음 아이는 내 아이겠지. 내가 아비가 아니라 해도, 그 아이를 내 자식이라 부를 것이다."

"당신 자식이라고요?"

"그렇다, 야난. 왜냐하면, 나는 널 갖고 싶으니까. 네 오두막의 남자들은 누가 아비인지 궁금해하지만 여기는 내 오두막이 아니니 그 문제가 나한테 무슨 상관이겠느냐? 너는 남자처럼 강하고, 솜씨도 좋고, 아름답다. 너는 사냥에 대해서도 잘 알고, 자존심이 강하고, 두려움도 없다. 너야말로 내가 원하는 진짜 여자다!"

티무에게서는 한 번도 들어보지 못한 칭찬을 듣고 보니, 좀 우습다는 생각이 들었다. 진통이 또 오려는지 아랫배가 뻐근했다.

"너는 티무가 덫으로 잡은 늑대 때문에 화를 내고 이곳을 떠났지만, 언젠가 분노가 가라앉으면 다시 돌아올 것을 알고 있었다. 그래서 너는 왔지만, 티무가 고기 조각을 바닥에 던졌을 때 나는 속으로 웃었다. 기억하느냐? 내가 너에게 메리의 약혼 선물로 준 목걸이를 내게 집어던진 일을?"

그런 일이 있었다. 목걸이를 집어던졌을 뿐만 아니라 그에게 온갖 험담과 욕설을 내뱉은 적이 있었다. 사실은 그레이랙의 오두막 안에서 사는 모든 사람들에게 쏟아낼 분노를 그에게 집중했던 그 일을 어떻게 잊을 수가 있겠는가.

"그 목걸이가 땅에 떨어지기도 전에, 나는 생각했다. 좋아, 메리는 화이트 폭스에게 가지라고 하자. 하지만 저 멋진 여자 야난은 내가 갖는다. 나는 반드시 그렇게 할 것이다."

그 순간, 나는 스위프트의 제안에 마음이 움직였다고 할 수밖에 없었다. 전에는 그의 생김새를 보면 사자가 떠올랐지만, 그의 엄청난 힘과 하얀 이를 싫어할 사람이 어디 있겠는가? 동물을 잡을 때마다 발휘되는 출중한 경험과 지혜를 싫어할 사람이 어디 있겠는가? 그를 한참 동안 바라보면서 어째서 사람들이 그를 우러러보는지 알 수 있을 것 같았다.

더구나 나는 그의 여름 사냥터가 좋았다. 풀이 많은 평원과 털의 강 위로 펼쳐진 파란 하늘과 동굴이 좋았다. 그리고 내가 이곳에 남아 있는 한 영원히 떨어져 나가지 않을 문젯거리들을 전부 내던져 버리고 새로 시작한다는 것도 마음에 들었다.

티무는 죽을 때까지 내 아이가 자기 아이라고 생각하지 않을 것이다. 설령 일시적으로는 그리 생각한다 해도 평생의 의문부호로 가슴에 새겨두고 지낼 것이다. 의문은 오랜 세월 동안 묻혀 지내기도 하지만, 몹쓸 병처럼 아무 소리 없이 되살아났다가 나중에는 목숨을 위협하는 독버섯이 되기도 한다. 그렇다 해도 스위프트에게 대답을 하기 전에 따져 볼 것이 많이 있었다. 그가 망설이고 있는 나를 조용히 바라보며 또 말했다.

"잊지 마라. 네가 나와 결혼하면, 티무는 남은 평생 너를 아주머니라 부르며 존대해야 할 것이다. 그것만으로도 너는 만족할 수 있지 않겠느냐?"

그 말에, 나는 웃을 수밖에 없었다. 스위프트가 내 무릎을 손바닥으로 툭 치면서 일어섰다.

"이 일에 대해서는 나중에 더 이야기하자. 잘 생각해 보아라. 절대 후회하지 않을 것이니."

그가 언제 보아도 듬직한 등을 보이며 걸어가는 모습을 보면서, 기쁨은 아닐지라도 안도감 비슷한 감정이 가슴에 번지는 것을 부인할 수 없었다. 나는 언제나 그를 적대시했지만 그는 나를 아주 오래 전부터 신붓감으로 점찍어놓고 있었다니, 그것이 우스워서 나는 아랫배를 찢어놓는 듯한 진통에도 불구하고 혼자 웃었다.

아무것도 결정된 것이 없으니, 할 말도 없었다. 저녁 무렵, 나는 오두막으로 돌아갔다. 분만할 장소를 보아두었으니 이제 본격적으로 진통이 시작되면 다시 그곳으로 갈 것이다.

사람들은 스위프트가 나와 단둘이서 오두막 앞 빈터의 낮에 피우는 모닥불 옆에 앉아 해가 지는 모습을 바라보며 이야기를 나누는 것을 보고 놀랐을지도 모른다. 스위프트와 내가 늑대들에 대해서 이야기하는 동안 티무는 나를 못 본 체하고 지나갔다.

나는 스위프트에게 그가 늑대를 잡을 때 잘못했다고 생각한 점들을 지적해 주었고, 메리와 내가 아버지의 옛 오두막에서 어미 늑대와 함께 지내던 시절 이야기를 들려주었다.

메리를 제외하고, 아무도 그 이야기 전부를 들은 사람은 없었다. 스위프트는 내 이야기에 대한 보답으로 털의 강 서쪽 끝으로 가면 나오는 폭포와 평원에 대해 말해 주었다. 그는 또 그곳에서의 사냥과, 자기 친척들이 겨울을 보내는 동굴에 대해서도 말해 주었다.

만일 내가 그와 결혼한다면 그런 곳을 볼 수도 있으리라. 나는 그가 들려준 이야기 가운데 특히 폭포가 보고 싶었다. 산꼭대기에서 아래로 거침없이 떨어지는 물줄기를 상상하노라니 가슴 밑바닥까지 후련해지는 느낌이었다.

그날, 내가 아이를 낳기 위해 전에 봐두었던 곳으로 가기 전에 티무와 나는 여전히 서로 못 본 체했지만 스위프트와는 아주 친밀하게 이야기를 나누었다. 나는 이제 그의 사자 같은 눈이 좋아지기까지 했다.

그날, 남자들은 여느 때처럼 아침 일찍 사냥하러 떠났고 여자들은 잣을 따러 갔다. 전날 밤 허리가 심하게 아파서 잠을 제대로 못 잤는데, 나는 그것이 무슨 징조인지 알지 못했다. 남자들은 서쪽으로, 여자들은 동쪽으로 떠나 보이지 않게 되자 곧 통증이 허리에서 아랫배 쪽으로 자리를 바꾸었고, 그제야 나는 솔송나무를 찾아가야 한다는 사실을 깨달 았다.

어쩌면 스위프트의 제안으로 다시 자신감을 찾았거나, 아 니면 내 허벅지에 자리 잡은 여신 오헌의 징표를 너무 믿었 던 모양이다. 무슨 이유였든지, 나는 아무런 두려움을 느끼 지 않았다.

그때 오두막에 나와 함께 남아 있던 사람은 메리뿐이어서 어디로 무엇을 하러 가는지 설명할 필요가 없었다. 파카를 입고 어깨에 가죽 담요를 둘러쓴 다음, 나는 모닥불에서 숯 을 꺼내어 칼과 함께 잘 간수하고는 솔송나무로 출발했다.

메리가 입김을 피워 올리며 흥분해서 따라왔다. 메리는 이제 곧 함께 놀아 줄 조카가 생길 거라며 좋아라 했다. 나 는 사타구니에서 물이 흐르는 느낌이 들어 바지와 신발을 버릴까 봐 걱정이 되었다. 그러다가 예전에 어머니가 출산 전에 바지를 벗었던 생각이 나서, 바람이 차고 땅은 얼어붙 어 있었지만 그것들을 모두 벗었다.

곧 김이 모락모락 나는 뜨뜻한 물이 좍 쏟아져 다리와 발 을 적셨다. 양수가 터진 것이었다. 그렇더라도 나는 여자라 면 아기를 낳기 전에 누구나 이런 경험을 한다는 사실을 알 기 때문에 별로 놀라지 않았다.

메리와 함께 솔송나무가 있는 곳까지 계속 걸어갔고, 거기서 나는 부싯깃에 숯을 넣은 다음 불을 붙였다. 불이 붙자, 나는 가죽 담요로 온몸을 꽁꽁 싸맨 다음에 나무에 등을 기대고 앉았다.

진통은 예상했던 것보다 훨씬 심했고, 하루 종일 계속되었다. 내 몸속에 든 커다란 바윗덩이가 뼈를 다 부수어버리는 것 같았다. 어떻게 여자들은 이 일을 한 번도 아니고 여러 번씩 겪을 수 있을까? 어머니가 겪었던 그 모진 고통 앞에서 혼자 눈물만 쏟았던 일이 생각났다. 결국 나도 이렇게 해서 태어났으며, 메리 또한 그렇다고 생각하니 평생을 즐겁게 살려고 애를 썼던 어머니 얼굴이 떠올라 눈물이 나왔다.

처음으로 아주 격심한 통증이 왔을 때 나는 주먹을 꽉 깨물었고, 너무 아파 똥이 나왔다. 앞으로 절대로 남자와 몸을 섞지 않으리라고 곰자리에다 대고 맹세했다. 더 이상 참을 수 없다는 생각이 들었을 때 나뭇가지 사이로 올려다보니 눈부신 햇살이 보였다. 시간이 많이 흘렀으리라 생각했지만, 겨우 대낮이었던 것이다.

통증이 잦아들자 나는 잠들었고, 다시 통증이 몰려오자 잠에서 깼다. 한동안 나는 메리가 내게 이야기하고 있다고 생각했다. 그러다가 메리가 떠났다고 생각했다.

'언니, 가서 틸을 데리고 와야겠어. 내가 올 때까지 참을 수 있겠지? 내가 금방 갔다 올게.'

메리가 그런 말을 남기고 후다닥 뛰어가는 소리를 들은 것도 같다. 메리를 부르려고 했지만 소리가 나오지 않았고, 그러다가 문득 피와 양수를 흘리면서 땅에 누운 채로 소리까지 지를 생각을 하다니 얼마나 어리석은지 깨달았다.

그러다 숲이 춥고 어두워지는 밤이 되었다. 아기는 나올 기미가 없는데도 나는 완전히 기진맥진한 상태였다. 그제야 나는 물주머니를 준비하지 않았음을 떠올렸다. 그게 있었더라면 메리를 시켜 마실 물을 떠오게 할 수 있었을 텐데…….

나는 어쩔 수 없이 강으로 엎드려 기어갔다. 강가에 있는 동안 또 진통이 와서 나는 모로 누워 이를 악물고 추위와 기다림에 지친 채로 온몸을 떨었다.

진통이 사라지면서, 뭔가 요란하게 텀벙거리는 소리가 들렸다. 간신히 눈을 들어 바라보니, 강둑에서 수달 한 마리가 경계하면서도 흥미로운 듯이 나를 쳐다보고 있었다. 갈색 눈에 길고 하얀 수염이 난 암컷 새끼였다.

반대편 강둑에서 수컷 순록 한 마리가 울고 있었다. 그 소리에 수달과 나는 고개를 돌렸다. 곧이어 커다란 순록이 뿔에 풀을 늘어뜨리고 숲에서 달려 나와 내가 있는 강으로 다가왔다.

거기서, 목덜미를 길게 뺀 순록이 목청 높여 울자 그 소리가 계곡에 아득히 울려 퍼졌다. 순록이 물을 마셔 입을 적시더니 다시 한 번 요란하게 울었다. 그러나 아무런 대답이 없자, 순록은 강물이 얕은 곳으로 들어가 몇 번 텀벙거리더니 다시 내 쪽으로 건너와 숲속으로 들어갔다.

내가 있던 나무 곁을 지나갈 때 순록이 걸음을 멈추고는 몇 번 발을 구르다 곧장 사라졌다. 솔송나무 외에는 갈 곳이 없는 내가 엉금엉금 기어서 그곳에 왔을 때, 바닥에는 내가 흘려 놓은 피가 주변을 온통 적시고 있는 것을 보았다.

그제야 나는 분만 장소를 잘못 골랐다는 사실을 깨달았다. 오두막에서 따뜻하고 안전하게 있을 수만 있다면 사람들이 나를 구경하며 비웃은들 무슨 상관이란 말인가? 솔송나무 밑에서 혼자 애를 낳을 생각을 했다는 것은 그 옛날 메리를 데리고 불의 강으로 떠났을 때의 오기와 별반 다르지 않다는 걸 느꼈다.

그런 중에도 한 가지 의문이 떠올랐다. 틸은 분명히 하루 이틀 사이에 내가 아이를 낳게 되리라는 사실을 알고 있을 텐데도 왜 분만에 대비한 조치는커녕 그런 사실이 있는지조차 모른다는 듯이 행동했을까?

그제야 나는 깨달았다. 틸은 분명히 내가 숲속에 분만할 자리를 마련하고 있다는 사실을 알았을 것이며, 그것이 온당한 일이라고 판단했을 것이다. 티무가 끝내 자기 아이가 아니라고 생각하는 판에 그가 보는 앞에서 아기를 낳는 것은 합당치 않으나 아기를 낳으면 티무도 결국엔 받아들일 수밖에 없을 거라고 생각했을 것이다.

여기까지 생각이 미치니, 내 자신이 너무도 비참하다는 느낌이 들어서 쏟아지는 고통에도 불구하고 나는 이를 갈며 중얼거렸다. 아기가 태어나고 몸을 움직일 수 있을 정도만 되면 떠날 것이다. 정해진 곳은 아무 데도 없지만 아무튼 나는 이 지긋지긋한 곳을 떠날 것이다.

그런 결심에도 불구하고, 나는 자책의 늪에 빠져 나 자신을 쥐어뜯었다. 내가 당했던 수모나 치욕은 이제 분노의 대상이 아니었다. 고기 한 조각을 휙 던지며 그것을 집어 먹으라고 하던 티무의 냉대 따위는 사실은 아무것도 아니었다. 내가 정말로 분노의 대상으로 삼아야 하는 사람은 다름 아닌 샐리의 핏줄이며 래프윙의 딸인 야난, 바로 나 자신이었다.

무엇이 나를 이 지경으로 만들었을까? 곤경에 처한 처지에서는 스위프트의 말 한 마디에 그토록 쉽게 감동을 받으면서 왜 그때는 그토록 그들의 말 한 마디 행동 하나마다에 반감을 가졌을까?

아마도 그것은 메리를 스위프트 같은 사내에게 보내려는 그레이랙의 독단에 대한 항의의 표시였는지도 모른다. 메리의 삶 따위는 전혀 고려하지 않고 오로지 오두막의 안위만을 생각하는 연장자들의 이기심에 대한 항의 말이다.

결과적으로 나는 메리를 스위프트에게 보내지 않는 데는 성공했을지 모르지만 그 대가로 티무를 버려야 했고, 오늘 이 같은 곤경에 처한 것이었다. 복수라는 허울 아래 행해졌던 엘로와의 단 한 번의 관계가 내 모든 것을 산산이 부서뜨리게 될 것을, 나는 그 앞에서 옷을 벗기 전에 알았어야 했다.

모든 것이 뒤죽박죽이 되어버린 지금, 나는 울며 한탄하며 나 자신의 발자국을 꾸짖었다. 자존심이라는 이름으로 저질렀던 지난날의 오만을 생각하노라니 언젠가 어머니가 내 머리를 빗겨 주면서 하던 말이 떠오른다.

"야난, 너도 언젠가는 자라서 한 사람의 어머니가 되겠지. 남자가 고기를 지배하고 오두막을 지배해서 여자보다 월등히 위대한 것 같지만, 사실은 그렇지 않다. 남자가 위대하다면, 여자는 거룩하단다. 왜냐하면 세상의 모든 딸들은 이 세상 모든 사람의 어머니이기 때문이란다."

나는 어머니의 이 말을 불의 강으로 떠나기 전에 상기했어야 했다. 한 사람의 어머니로서 부끄럽지 않은 삶이야말로 여자에게 가장 소중한 가치임을 알아야 했고, 남자들의 독단을 욕하기 전에 여자의 삶이라 해서 결코 비루하지 않다는 사실을 깨달았어야 옳았다.

틸은 내 몸에 여신 오헌의 징표를 새겨 주면서 이렇게 말했다. 우리 핏줄 여자들의 강인함이야말로 이 세상 모든 이들이 부러워할 만한 것이란다. 그러나 이제야 나는 깨달았다. 나는 강인하지도 못하고, 거룩하지도 못하다. 나는 지금 다만 비참할 뿐이다.

단 한 번의 떳떳하지 못한 관계로 근본을 의심받는 아기를 갖게 되었고, 지금 그 아기가 태어나려는 순간이다. 아버지의 축복도 받지 못하고 태어나는 이 아이의 삶은 어떻게 될까? 나 혼자의 힘으로 이 아이의 보호막이 되어 주기엔 나는 강하지도, 거룩하지도 못하고 다만 비참할 뿐이다.

그러나……. 나는 다시금 입술을 깨물었다. 나는 어디에서든, 어떻게든 살아갈 것이다. 불의 강이나 여자 호수로 가든, 아니면 스위프트를 따라 틸의 강으로 가든, 나는 물러서지 않고 버틸 것이다. 강인하지도 거룩하지도 못하지만, 어찌 되었든 나는 샐리의 핏줄이니까.

이렇게 생각하니 몸을 찢는 듯한 통증이 갑자기 사라진 것 같았다. 이제 곧 메리가 틸을 데리고 올 것이고, 아기는 순조로이 내 몸에서 빠져나와 힘차게 울어댈 것이다.

조금 고통이 느슨해지면 죽은 듯이 잠에 빠지고, 그러다 새로운 통증의 파도가 밀려오면 불현듯 잠에서 깨어나 주위를 돌아보았다. 나는 눈을 크게 뜬 채로 하늘이 뿌옇게 변할 때까지 노려보고만 있었다. 추위를 막아 보려고 입은 파카가 내가 흘린 땀과 피로 흠뻑 젖어서 밖의 냉기를 차단하기는커녕 마치 뼛조각처럼 단단히 얼어 내 몸을 찌르고 있었다.

다시 통증이 찾아왔고, 나는 통증이 사라질 때까지 턱턱 막히는 숨을 참으며 하늘만 바라보았다. 멀리서 순록의 울음소리가 들리고, 얇고 노란 초승달이 나뭇가지 사이로 보였다. '순록의 달'이었다.

그 달은 몹시 밝아서 순록들에게는 밤에도 맘껏 돌아다닐 수 있는 자유를 준다. 바로 그런 까닭에 남자들은 순록의 달이 뜨면 깊은 밤중이라도 사냥을 하러 숲으로 들어가는 것이었다.

바로 그때, 내 몸이 격렬하게 요동치기 시작했다. 갑자기 아랫배가 터질듯이 아파서 주먹을 꽉 쥐고 입 안에 밀어 넣었다. 하지만 주먹은 고사하고 더 큰 것을 입에 넣는다 해도 도저히 터지는 비명을 참을 수가 없었다.

솔송나무에 머리를 대고, 당장이라도 쓰러뜨릴 듯이 몸부림을 치는데도 아랫배의 통증은 가라앉을 기미가 없었다. 헐떡거리며, 어머니가 아기를 낳을 때 그랬던 것처럼 머리칼을 쥐어뜯으며, 나는 가랑이를 있는 대로 벌리고는 아기가 제발 빨리 나오기를 기도했다.

메리가 틸을 데리러 간 지도 한참 되었다. 메리가 떠날 때는 태양이 중천에서 서쪽으로 막 기울고 있었는데, 지금은 태양을 대신해서 순록의 달이 떠서 대지를 밝히고 있었다.

그때 나는 오늘 아침에 여자들이 잣을 따러 나갈 때, 오늘은 다른 때보다 좀 더 멀리 가야 될 거라고 했던 틸의 말이 생각났다. 그렇다면 지금쯤 메리는 오두막 앞에서 발을 동동 구르며 여자들이 어서 오기를 기다리고 있을 것이다.

또다시 진통이 왔다. 참으로 이상한 일은, 하루 종일 진통만 반복될 뿐 아기가 밖으로 나올 기미가 전혀 없다는 사실이었다. 진통은 누구에게나 이렇게 다 긴 것일까? 어머니만 해도 이렇게 진통이 길지는 않았는데…….

그런데 이번의 진통은 좀 다르다는 느낌이 들었다. 아랫배가 심하게 출렁거리고, 뭔가가 가랑이를 힘껏 잡아당기는 느낌이었다. 나도 모르게 세차게 입술을 깨물었기 때문에 입가에 피가 솟구쳤고, 그 바람에 내 얼굴은 온통 피로 물들어버렸다.

그 순간, 뭔가 내 몸에서 삐죽 빠져나가는 것 같았다. 나는 아주 잠깐 혼절을 했다가 알 수 없는 힘에 떠밀려 다시 깨어났다. 조금 허둥대기는 했지만, 나는 상반신을 일으켜 아래쪽을 쳐다보았다. 피를 흠뻑 뒤집어쓴 아기의 자그마한 몸뚱이가 꿈틀대고 있는 게 보였다.

그 다음에 무슨 일이 있었는지 다시 잠깐 정신을 잃었기 때문에 기억할 수는 없지만, 잠시 후에 아기 울음소리를 듣고 나는 정신을 다시 차렸다. 처음에 그 소리는 멀리서 들리는 새끼 늑대의 울음소리 같았다. 그러다가 아기가 더 세차게 우는 바람에, 나는 그것이 내가 낳은 아기의 울음소리인 것을 깨닫고 몸을 일으켰다. 아들이었다.

왜 그 순간 눈물을 참을 수 없었을까? 피와 땀으로 범벅이 된 얼굴을 닦아낼 생각도 않고 나는 한동안 엉엉 울었다. 그러다가 나는 칼을 집어 들었다. 어머니가 아기를 낳았을 때, 요이 이모가 어머니를 도와 탯줄을 자르던 걸 보았기 때문에 그 일을 해내는 데는 별로 문제가 없었다.

문제는 이 추위에 아기를 벌거벗긴 채로 그냥 놔둘 수 없다는 것이었다. 여기서도 나는 또 한 번 어리석은 짓을 저질렀다는 걸 깨달았다. 아기를 낳을 작정으로 여기에 왔다면 태어날 아기를 위해 옷가지를 준비했어야 하는데, 나는 옷가지는커녕 아기를 닦일 물조차 변변히 준비하지 않았던 것이다.

할 수 없이 나는 파카를 벗기로 했다. 땀으로 흠씬 젖은 탓에 겉이 싸늘하게 식기는 했지만, 메리가 틸을 데리고 올 때까지는 그럭저럭 아기를 보호할 수 있을 것 같았다.

하지만 아기는 그것만으로는 부족하다고 여기는지 더 맹

렬하게 울어댔다. 나는 어찌할 바를 모르고 안절부절못하다가 마침내 아기를 데리고 오두막으로 돌아갈 생각을 했다. 그 외에 어떤 다른 방법이라도 있는지 아무리 궁리해 봐도 아기와 나를 위해서는 그것만이 최선인 듯싶었다.

나는 아기를 조심스럽게 끌어안았다. 젖은 파카 안에서 자그마한 아이가 두 눈을 질끈 감은 채 잠시 울음을 그치더니, 곧 다시 소리치기 시작했다. 오, 착하지, 내 아기! 마음속으로 이렇게 말하면서, 나는 어떻게든 일어서려고 했다. 그러나 다음 순간, 나는 그대로 힘을 잃고는 바닥에 쓰러지고 말았다.

아기가 그 충격에 더 크게 울음을 터뜨린 것과 내가 잠깐 정신을 잃은 것, 그런 와중에서도 아기만은 땅바닥에 떨어뜨리지 않으려고 가슴에 꼭 안았던 것은 거의 동시에 일어난 일이었을 것이다. 세상이 무시무시한 속도로 돌고 있는 것 같았다. 누군가 내게 소리치고 있었다.

"정신을 잃으면 안 돼. 눈을 떠, 야난!"

아, 저 목소리. 귀에는 익은데 누군지는 알 수 없는 저 목소리. 틸일까? 에티스일까? 아니면 어머니일까? 나는 다시 한 번 일어서기 위해 아기를 감싸 안고 한 손으로는 땅을 짚었다. 파카를 벗었기 때문에 나는 윗옷을 입지 않은 채였다. 뭔가가 사타구니를 끝도 없이 적시고 있어서 잠시 동안 다리를 따뜻하게 해주었다가 금세 식는 바람에 느낌이 아주 좋지 않았지만, 나는 어쨌든 온 힘을 다해 일어났다.

간신히 일어나서 솔송나무에 기댄 채로 어둠 저편의 오두막 있는 쪽을 바라보았을 때, 제일 먼저 생각난 것은 내가 지나치게 멀리 나온 탓에 거기까지 갈 엄두가 나지 않는다는 것이었다. 그러나 아기가 계속 울고 있었기 때문에 나는 바짝 정신을 가다듬으며 한 발짝 걸음을 옮겼다.

"착하지, 내 아기. 조금만 기다려 줘."

아기를 끌어당겨 그 애의 볼에 얼굴을 대고, 나는 비틀거리기는 해도 요행히 쓰러지지는 않고서 조금씩 걸을 수 있었다. 내가 지나온 발자국마다 내 몸에서 흘러내린 피가 진창을 이루었으나 어쨌든 가야 했기에, 나는 갔다.

나는 끝내 아기를 낳았다. 이 아기가 누구의 아이가 되었든 나는 마침내 한 아이의 어머니가 되었다. 나는 강인하지도, 거룩하지도 않지만 아기를 낳고 보니 이제는 더 이상 비참해지지 않을 자신이 생겼다.

이제는 울지 않을 것이다. 이 아이가 내 곁에 있는 이상은 이제부터 눈물을 흘리는 연약한 모습은 절대로 보이지 않을 것이다. 나를 냉대하는 사람들의 극히 작은 배려에 의지해서 비굴하게 사는 것도 이젠 끝이다.

그러나 울지 않으려고 해도 자꾸 눈물이 흘렀다. 추위 때문이 아니라 끊임없이 흐느꼈기 때문에 몸은 무섭게 떨리고 있었다. 그럼에도 불구하고 아기만은 더 힘껏 끌어안은 채로, 나는 순록의 달이 비치는 숲길을 계속 걸어 나갔다.

이때만큼 여신 오헌의 힘에 내 모든 것을 전적으로 맡긴 적이 있었을까? 내가 남기는 발자국마다, 내가 안고 있는 아기의 숨소리마다 여신 오헌의 배려가 가득하기를 나는 빌었다. 내게 남은 마지막 힘의 가장 밑바닥까지도 모조리 모아 나는 빌고 또 빌었다. 나를 살려 주세요, 아기를 살려 주세요…….

굉장히 많이 걸었다고 생각했는데, 내가 걸어온 거리는 고작해야 몇 걸음에 불과했다. 다시 주저앉아 숨을 헐떡거리고 있는 내게 저 멀리로 불빛이 보였다. 순록의 달의 달빛이 숲 안에 가득 넘치고 있었기 때문에 처음에 그 불빛은 내게 별똥별처럼 보일 정도로 희미했다. 그것이 점점 이쪽으로 다가오면서 흔들리고 있다는 것과 누군가 '야난!' 하고 부르는 듯한 소리도 들려서, 나는 그것이 메리가 틸을 데리고 오는 것임을 알았다.

그렇다면 더 이상 갈 필요가 없는데도 불구하고 나는 또 일어섰다. 나 여기 있어요. 그렇게 외쳤지만 목구멍까지 올라온 말은 입 밖으로 나가지 못했다.

그러다 다시 전방을 보니 방금 전까지 이쪽으로 오던 불빛이 보이지 않았다. 역시 별똥별이었나? 누군가 내 이름을 부른 것은 아까 보았던 순록의 울음소리를 잘못 들은 것일까? 그 다음 순간, 나는 또다시 쓰러지고 말았다. 지쳤는지, 아기는 더 이상 울지 않고 손가락을 꼼지락거리며 내 몸을 더듬고 있었다.

별안간 어머니가 나타나 무어라고 말했는데, 혼미한 의식 속에서 그 말을 제대로 알아듣기는 아무래도 어려웠다. 뭔가 또다시 들려왔으나 그것이 나를 부르는 메리의 음성인지, 틸의 음성인지 분간할 수 없었다. 아니면 역시 순록의 울음소리일까?

아기를 놓쳐서는 안 된다는 생각이 절박하게 내 의식을 사로잡고 있었지만, 그 애는 벌써 팔에서 벗어나서 내 겨드랑이쯤에 함부로 놓여 있는 것 같았다. 아기를 붙잡을 엄두도 내지 못한 채 나는 가물거리는 의식의 갈피를 비집고 나와 마지막으로 단 한 번만이라도 누군가의 이름을 부르려고 했다. 그러나 턱까지 차오른 이름을 부르기는커녕 그 이름이 생각나지도 않았다. 대신 나는 아기를 내려다보며 말했다.

"착하지, 아가야."

마지막 힘을 모아 아기에게 파카를 덮어 주려고 했으나 내 시야에 들어오는 것은 다만 까마득한 어둠뿐이었다. 야난, 잠들면 안 돼. 일어서야 해. 누군가의 목소리가 들려서 눈을 뜨려고 했지만 도저히 그럴 수 없었다. 잠들면 안 된다는 걸 알면서도, 일어서야 한다는 걸 알면서도, 이제 모든 것은 내 의지와는 상관없는 일이 되어버리고 말았다.

손을 뻗어 다시 한 번 아기를 잡으려고 했지만, 내 손이 어디 있는지조차 알 수 없었다. 한 가지 확실한 것은, 모든 것이 차츰 정지되어 간다는 것이었다. 서서히, 아주 서서히……

22

영혼 마못은 아이를 낳는 일에 대해서는 아는 게 별로 없었다. 아이너가 스틱을 낳았을 때 그는 순록의 무리를 따라 이동하고 있었고, 프록이 태어났을 때는 겨울잠을 자는 곰을 파내기 위해 굴을 뒤지고 있었다.

물론 곁에 있었다고 해도 아내가 아이를 낳는 것을 보았을 리도 없다. 오두막 안에서 여자가 아이를 낳으면, 남자는 최대한 먼 곳에 앉아 있는 것이 관례이기 때문이다.

나보다 연장자인 남자에게 나의 은밀한 부분을 언급해야 하는 이야기를 꺼낼 생각이 조금도 없었기 때문에, 나도 마못도 삶의 마지막 순간에 내게 일어났던 일을 놓고 이야기를 나눈 적은 한 번도 없었다.

대신 나는 스스로 알게 되었다. 지붕 위에 엎드려 굴뚝에 머리를 들이밀고서, 나는 오두막 안에서 일어나는 일을 지켜볼 수 있었다. 에티스의 탱탱하게 부푼 가슴에 작은 아기가 안겨 있었다. 내가 솔송나무 아래서 목숨과 맞바꿔 낳은 아이였다.

마지막 그날이 생각난다. 메리가 틸과 요이 이모와 에티스를 데리고 와서 나를 끌어안고 울던 그 광경이⋯⋯. 메리는 내 목을 끌어안고 울었고, 에티스는 내 손을 잡고 울었다. 요이 이모가 틸에게 기댄 채로 어깨를 들썩이며 울었고, 틸은 어두컴컴한 숲을 노려보며 쏟아지는 눈물을 참고 있었다.

그때 에티스가 소리쳤던 것 같다. 아기가 살아 있어! 아기 울음소리가 들려! 틸이 아기를 끌어안았고, 그런 틸을 요이 이모가 끌어안았고, 에티스가 아기를 들여다보며 울었고, 메리는 여전히 내 얼굴에 뺨을 부비며 울었다.

죽음의 순간은 참담했지만, 마지막 그 순간에 내가 사랑했던 여자들의 품에 안긴 채로 숨을 거둘 수 있었던 것은 내게 큰 행운이자 기쁨이었다. 그것만으로도 나는 여신 오헌에게 감사할 마음이 생겼다.

영혼이 된 뒤로, 굴뚝을 통해서 보면 티무와 에티스가 늘 머리를 맞대고 앉아 아기를 내려다보며 사랑스런 미소를 짓고 있었다. 그 광경을 보노라니 조금은 부럽다는 생각이 들었다. 어쩌면 내 것이 되었을 수도 있는 풍경에 내 가슴이 쓰라렸다.

그 아이는 정말로 티무의 아들이었다. 내가 죽자, 틸은 오두막 사람들에게 아이 아버지가 다른 사람일 것이라고 생각하다니 얼마나 멍청한 짓이냐고 호되게 꾸짖었다. 나는 굴뚝을 통해 들리던 틸의 화난 목소리를 지금도 생생히 기억하고 있다.

"마침내 이 계절에 야난이 아기를 낳았으므로 마땅히 이 아기는 야난이 지난 겨울에 이 오두막에 있을 때 함께 잔 사람의 아이임이 밝혀졌어. 그럼에도 여전히 이 아이가 자기 아이가 아니라고 주장한다면 그는 얼마나 멍청한 사내인가?"

예전 같으면 티무가 무슨 말이라도 해서 자신에게 수치심을 주려는 틸에게 저항했겠지만, 티무는 입을 다물고만 있었다. 사람들은 나를 잃은 틸의 분노를 이해했기 때문에 그녀를 위로하려고 했다. 그들은 입을 모아 티무가 아버지인 것을 진작 알고 있었다고 했다. 티무가 아버지가 아닐 거라고 생각한 적은 한 번도 없다고 말하는 사람도 있었다.

그들은 티무의 아기가 무사해서 기쁘지만 야난이 잘못되어서 정말로 안됐다고 말했다. 그들은 또한 티무가 아내의 행실을 의심함으로써 결국 좋은 아내를 잃은 것은 부끄러운 일이라고도 했다.

나는 그 모든 말들을 마치 남의 이야기처럼 일말의 감정도 없이 들었다. 살아 있을 때 그렇게도 절실했던 말들을 죽어서나마 듣게 되어 다행이라는 생각조차 별로 없었다. 어찌 되었든 모든 것은 이미 지난 일이니까.

살아남은 아기는 에티스와 티무에게 맡겨졌다. 그 아기는 곧 말을 배우고 귀여운 짓을 많이 해서 사람들을 미소 짓게 했다. 그 뒤, 그레이랙은 그 아기에게 '스파티드 디어'라는 이름을 붙였다. 점박이 사슴이라는 뜻으로, 나는 그 이름이 마음에 들었다. 아이가 키가 커지고 강해져서 그 이름에 어울리는 청년이 될 때를 상상하니 기분이 좋았다.

영혼이 되어 오두막 사람들의 기원을 들어 주면서 삼 년을 보낸 뒤에, 나는 여신 오헌의 부름을 받아 영원히 그곳을 떠나게 되었다. 그 후로 나는 스파티드 디어나 그레이랙이나 스위프트의 일족들, 심지어 숲속이나 평원의 동물들도 볼 수 없었다.

내가 차르 강을 떠날 때는 여느 때와 마찬가지로 힘든 겨울과 극심한 배고픔 때문에 온갖 말썽이 생기는 와중이었다. 그 무렵 프록이 죽었는데, 여신 오헌은 나를 대신할 영혼으로 그를 지목하면서 이제 더 이상 나를 붙잡아두지 않기로 했다.

그해의 힘든 겨울은 여름부터 시작되었다. 여름부터 긴

가뭄이 이어졌고, 그러다 곧장 날씨가 추워지는 바람에 열매가 익을 시간이 없었다. 차르 강의 숲에 먹을 것이 없으니 북쪽에서 이동해 오던 순록들은 그들이 사는 숲을 그냥 지나쳐버렸다.

그해엔 이상하게도 눈도 많이 내리지 않아 숲이건 강변이건 동물의 발자국을 찾기가 힘들었다. 그 대신 땅이 꽁꽁 어는 바람에 밟으면 바삭바삭 소리가 나서 사냥꾼들이 동물을 따라다니기가 매우 힘들었고, 순록들은 달아나기가 아주 쉬웠다.

가을에서 겨울로 넘어가면서 추위는 더욱 극심해졌다. 추위를 이기지 못한 나무들이 저절로 쪼개지는 바람에, 밤이면 그 요란한 소리에 사람들이 깜짝 놀라 밖으로 뛰어나오곤 했다.

차르 강의 얼음이 쩡쩡 울리면 오두막의 사람들은 땅도 함께 울리는 걸 느끼며 두려움에 떨었다. 그렇게 얼음이 두껍게 얼어버리면 구멍을 뚫고 물을 구할 수 없으므로 사람들은 더욱 절망적인 상황에 몰렸다.

'얼음을 녹이는 달'이 되어 날씨가 조금 따뜻해졌지만, 이미 늦었다. 사람들은 거의 다 굶어 죽어가고 있었다. 가죽 담요를 뒤집어쓰고 누워 죽음의 순간만을 기다리는 사람들의 몰골을 지켜보는 심정은 괴로웠지만 마못이나 골든아이조차도 어쩔 수 없는 일이었다.

얼음이 녹기 시작하자, 샤먼들은 영혼들에게 강물에 물고기가 찾아오게 해달라고 기원했다. 고기 대신 물고기라도 잡게 해달라고 빌다니 사람들에게 먹을 것이 얼마나 절실한지 알았지만, 우리에게 그럴 능력이 없으니 너무 마음이 아팠다. 하늘만큼이나 깊고 죽은 자들의 땅만큼이나 먼 곳에서 물고기를 보내는 것은 여신 오헌의 몫이기 때문이었다.

샤먼들은 영혼 의식을 통해 나에게 곰을 찾게 해달라고 빌었지만, 이제 죽은 자의 땅으로 가야 하는 나에게 그럴 능력은 없었다. 평생 알아왔던 오두막을 떠나고 싶지 않았고 내 아들에게서도 떠나고 싶지 않았지만, 나는 가야 했다. 여신 오헌이 부르면 가는 것이 영혼의 의무이기에…….

나는 사람들이 내 무덤에 넣어 준 것들을 모두 챙기고, 마못에게 겸손하게 작별인사를 한 후에 여신 오헌이 있는 서쪽으로 출발했다. 새가 되어 날아가는 게 쉬웠겠지만, 모습을 바꾸는 힘은 샤먼에게 있으므로 나는 어쩔 수 없이 터덜터덜 걸어가야 했다.

마못은 매의 형상으로 내 머리 위를 천천히 빙빙 돌며 배웅을 해주었다. 그는 나와의 작별을 아쉬워하고 있었다. 어디로 가야 할지 몰라서, 나는 차르 강을 따라 계속 내려갔다. 그리하여 한나절 만에 검은 강의 반대쪽 평원에 다다랐지만 거기서부터도 어디로 가야 할지 알 수 없었다.

그때 갑자기 꿩 한 마리가 내 앞에 나타났다. 꿩은 덤불 속에서 요란하게 튀어 오르더니 날개를 퍼덕거리며 내게 따라오라고 했다. 꿩의 인도를 받아, 나는 꽤나 넓은 어느 평원에 도착했다. 나무는 한 그루도 없이 키가 큰 풀이 자라는 곳이었다.

멀리 사람들이 모여 사는 곳이 보였는데, 덤불처럼 보이도록 나뭇가지 위에 풀을 얹어 만든 오두막이었다. 내가 가까이 다가가자, 사람들이 나를 보려고 일어났다. 그들에게 우리 혈통의 사람들이 어디 사는지 묻자 몇몇이 입술과 턱으로 방향을 가리켰다.

어머니를 발견한 것은 얼마 뒤였다. 사람들 속에 서서 나를 기다리고 있던 어머니가 내 손을 반갑게 잡으며 말했다.

"왔구나, 야난."

"왔어요, 어머니."

우리 혈통의 사람들이 사는 곳에서 내가 얼굴을 알아볼 수 있는 사람은 어머니뿐이었다. 잠시 후 어머니 주변으로 많은 사람들이 몰려들었는데, 나는 그들에게 예의 바르게 행동하려고 애쓰면서 불편하게 서 있었다.

그들은 모두 나의 친척들이었다. 몇몇은 동물처럼 보이게 만든 옷을 입었고, 어떤 이들은 허리싸개만 두르고 있었다.

또 다른 이들은 한낮에 바깥에 나와 있으면서도 머리를 풀어헤친 채 완전히 벌거벗고 있었다. 어머니가 그들에게 말했다.

"내 딸과 이야기하고 싶어요."

어머니는 곧 나를 데리고 다른 사람들이 엿듣지 못하는 곳으로 갔다. 어머니의 표정이 엄중해졌다.

"어른들이 네게 큰 희망을 갖고 있었기 때문에, 지금 몹시 실망하고 있다는 것을 알리려고 한다."

나는 어머니가 말하는 어른들이 누구인지 모르지만 살아 있을 때의 나를 보고 그럴 것이라고 생각했다. 변명은 필요 없을 것이다. 그래서 나는 묵묵히 듣기만 했다.

"어른들은 우리 혈통을 해치는 행위를 가장 걱정한단다."

어머니는 나한테서 뭔가 대답을 듣고 싶어하는 것 같았지만, 나는 여전히 입을 다물고 있었다.

"어른들은 너한테 크게 기대를 걸었어. 네가 메리와 함께 소나무 강에 남았을 때, 어른들은 누구나 네가 죽을 거라고 생각했지만 끝내 살아나서 그들을 놀라게 했단다. 네가 메리와 너 자신을 매우 잘 돌보는 것을 보고는 어른들이 욕심을 내었지. 그래서 너는 그에 대한 칭찬으로 아이를 가질 수 있었던 것이란다. 하지만 너는 그 뒤로 두 가지 잘못을 저지름으로써 어른들을 실망시켰다. 첫째는 네가 같은 핏줄과 몸을 섞었다는 것이고, 둘째는 아기를 낳을 곳을 잘못 골랐다는 점이다. 네가 아기 낳는 것에 대해 잘 모르니 그런 선택을 한 것은 어쩔 수 없는 일이라 해도, 결국엔 너까지 망쳐놓았으니 네 잘못이라는 것이다."

나는 알겠다는 뜻으로 고개를 끄덕였다. 어머니가 계속 말했다.

"우리는 바람결에 피가 타는 냄새를 맡고서, 네가 같은 핏줄의 남자와 몸을 섞었다는 사실을 알았다. 세상의 모든 딸들은 세상 모든 사람의 어머니이니 지극히 특별한 존재라고, 그러니 매사에 조심해야 한다고 틸과 나한테서 배웠을 텐데……."

어머니는 말을 흐렸지만, 눈빛이 몹시 차가웠다. 차마 어머니를 바라볼 수 없어 나는 고개를 숙이고 변명했지만 고작해야 이런 말밖엔 할 수 없었다.

"누군가와 몸을 섞었다고 해도, 그건 내가 임신한 다음의 일이었어요."

"하지만 넌 임신한 걸 몰랐잖니? 누군가 그 아이를 죽였거나, 우리 혈통 사람들을 오두막에서 쫓아냈다면 어쩔 뻔했어? 우리 핏줄을 위해서는 반드시 그레이랙의 오두막이 필요한데, 화가 난 남편에게 아기까지 잃었다면 어쩔 뻔했어?"

샐리의 출산을 앞두고, 남편이 그녀의 음부를 발로 막음

으로써 산모와 아기를 둘 다 죽였던 사건은 우리 핏줄 여인
들에게 영원히 씻지 못할 과오로 기억되고 있었다. 어머니
의 말이 전부 옳다는 것을 알기에, 나는 거듭된 물음에도 할
말을 찾지 못했다.

"틸이 네 곁에서 우리 핏줄의 울타리가 되어 준 것은 참
으로 다행이었다. 따지고 보면 네 덕분에 우리들의 수가 많
아진 건 아니지만 줄지도 않았으니, 어른들은 그나마 다행
이라고 생각하고 있단다."

생각보다 훨씬 일찍 죽은 자의 땅에서 만나게 된 딸을 바
라보는 어머니의 심정은 쓰라렸을 것이다. 그래도 어머니
는 그런 안타까움을 감추고, 조용히 웃으며 다시 내 손을 잡
았다.

"자, 야난, 오늘은 이만 하자. 내일 내가 네 보금자리를 만
들어 주마. 어른들한테는 나중에 인사해도 좋으니 오늘은
나와 함께 푹 쉬자꾸나."

저녁때가 되자, 창과 도끼를 든 남자들이 잔뜩 한곳에 모
여 뭔가를 기다리는 것 같았다. 낮잠을 자고 있던 사람들이
웅성거리는 소리에 일어나더니 먹을 것을 찾아냈을 때처럼
신이 나서 이야기를 했다.

여기까지 오는 동안 아무것도 먹지 못했기 때문에 나는 너무 배가 고팠는데, 어머니에게 먹을 것이 어디 있는지 묻자 어머니가 서쪽 하늘을 가리켰다.

어마어마하게 큰 해가 막 서산을 넘어가고 있었다. 잠시후, 매머드만큼이나 큰 해가 뜨겁게 활활 타오르며 빠른 속도로 내려오자 사람들은 용감하게 거기에 창을 꽂았다. 해가 쓰러져 땅바닥에서 버둥대자, 사람들은 도끼로 내리치더니 그것을 잘라 모두들 한 조각씩 나누어 먹었다.

뜨겁고 바삭바삭해서 입을 데기는 했지만, 나도 맛있게 먹었다. 내 예상대로 그것은 대부분 기름 덩어리였다. 기름말고 무엇이 그런 불을 피울 수 있으랴? 나는 이 땅에서 어머니와 함께 때마다 태양을 먹으며 살아갈 것이다. 그 생각을 하니, 살아서 겪었던 모든 고통이 눈 녹듯이 사라지는 것 같았다.

이만 년 전 북반구 대부분이 빙하로 덮여 있을 때, 시베리아
는 거기서 제외되었다. 그곳에는 오늘날처럼 숲이 자라는
게 아니라 드문드문 숲과 툰드라, 스텝 초원으로 덮여 있어
서 아프리카 사바나 초원과 동물상이 비슷했다. 조금 다른
점이 있다면 기후가 춥다는 것뿐이었다.

소련의 고생물학자 N. K. 베레샤긴이 지적했듯이, 시베리
아 사바나에는 북부 형태의 사자, 하이에나, 코뿔소, 털이 난
매머드가 살았고 버팔로 대신 들소가, 얼룩말 대신 말이, 재
칼 대신 여우가, 치타 대신 늑대가, 그리고 영양 대신 순록
이, 기린 대신 키가 큰 순록 메가케로스(이 책에 나오는 점박
이 순록 -역자주)가 살고 있었다.

메가케로스에게 정말로 점이 있었는지 나는 알지 못한다.
그렇게 설정한 것은 오로지 기린과, 오늘날에도 살아 있는
기린의 친척인 다마 사슴에게 점이 있기 때문이었다.

나는 이 소설에서 특히 동물들을 세심하게 그리려고 노력
했다. 파충류는 이 소설의 기후에서는 살 수 없을 것이라고
생각해서 한 마리도 등장시키지 않았고, 현재 허드슨 만 근
처에 나무 개구리와 강 개구리가 살고 있기 때문에 떨리는
마음으로 개구리는 등장시켰다.

새 가운데 한 가지를 제외하면 전부 다 현재 시베리아에
살고 있는 것들이며, 그 범위도 과거 기후에 맞도록 바꾸려
고 노력했다. 작은 식물과 동물 가운데 몇 가지에게는 허구
의 이름을 붙였지만, 그래도 실재하는 것들이다.

후기 구석기 시대의 곤충에 대해서는 알려진 바가 거의
없고 내가 아는 것은 더욱 없지만, 흔히 작은 동물들이 주위
환경에 대해서 많은 것을 알려 주므로, 나의 무지가 소설 속
에서 허용될 수 있는 범위를 벗어나지 않기를 바라며 조심
스럽게 등장시켰다.

멸종한 동물들의 습성은 물론 순전히 허구다. 코끼리를
모델로 삼은 내 소설의 매머드는 다른 여타의 발굽동물과
마찬가지로 짝짓기 철을 갖고 있지만, 실제 코끼리는 그렇
지 않다.

이 소설에 등장하는 사자들은 현대의 아프리카 평원에

사는 사자를 모델로 하고 있다. 그 시절, 사자들 중 몇몇은 자기 영역을 소유하고 무리를 지어 살며 일 년 내내 생식이 가능했을 것이다. 하지만 몇몇 사자들은 혼자 떠돌아다님으로써 영역을 가질 수도, 겨울에 새끼를 키울 수도 없었을 것이다.

그러므로 동굴에서 무리와 함께 사는 사자들과 동굴이 없어 떠돌아다니는 사자들에게는 짝짓기 철이 따로 없었을 것이다. 하지만 이것은 단지 내 상상일 뿐이다.

반면에, 내가 소설에서 그린 호랑이는 시베리아의 숲에 사는 호랑이로 짝짓기 철을 갖고 있고 오늘날까지도 2월이 되면 어김없이 짝짓기를 한다.

사람들의 생활은 특별히 구석기 시대 문화를 그린 것은 아니다. 다만 그들의 오두막은 예니세이-안가라 강 유역에서 발견된 것과 닮았다. 그래서 그들의 생활 도구와 옷가지는 그 시대와 장소에 맞도록 구성했다.

그들의 집단 크기와 생활 방식, 여행하는 거리와 시간을 보내는 방식은 실제 수렵채집인들, 내가 1950년대에 몇 년 동안 함께 살았던 칼라하리의 주/와족 부시먼을 일부 모델로 삼은 것이다. 하지만 소설의 인물들의 성격과 그들의 정신적, 물리적 문화는 주/와족이나 다른 민족을 닮게 한 것이 아니라 순전히 나의 창작이다.

'파카'라는 단어를 썼더니 이 원고를 처음 읽어 준 사람들 몇몇이 요즘의 스포츠 의류가 생각난다며 어색해했지만, 그 옷은 아주 오래된 것이며 그 이름은 에스키모 언어에서 나온 것이다.

이 소설의 배경이 되는 곳은 바이칼 호수 근처지만, 바이칼 호수만한 크기의 호수가 등장한다면 소설 내용에 영향을 미치게 될 것 같아 빼버렸다. 구체적인 지형은 대부분 허구이므로 그보다 작은 호수로 대신했다.

이 책을 쓰는 데는 낸시 제이의 격려가 큰 힘이 되었다. 쓰는 동안 너무나 즐거웠으므로, 낸시에게 깊이 감사한다. 미건 비즐, 나오미 체이스, 조앤 데이브스, 렉시 엘리엇, 엘리너 거버, 잉그릿 호너커, 빌 랭바우어, 로너 마셜, 케이티 페인, 클레어 리치, 피터 슈바이처, 수재너 슈바이처, 스테파니 토마스, 램지 토마스가 조언과 정보, 이 책 초고의 비평을 통해 큰 도움을 주었다.

현재 진행 중인 코끼리 연구에 중요한 파트너로 일하는 케이티 페인과 벨 랭바우어는, 내가 이 책의 집필을 마치는 동안 함께하던 작업을 너그럽게 떠맡아줌으로써 큰 도움을 주었다.

빙하기 소비에트에 관한 정보를 얻는 데 많은 사람들이 도움을 주었다. 특히 이 부분에 대해, 찰스 피시먼에게 감사 드린다. 캔자스 대학교의 로버트 호프먼과 의회 도서관 과학기술부의 알렉스 호로모키, 미네소타 대학교 출판부의 비벌리 키머, 워싱턴 대학교의 패트러 리밍에게도 고마움을 전한다.

특별히 이 책의 편집자 피터 데이비슨에게 시인의 안목과 이 프로젝트에 대한 믿음을 가져 준 것에 감사하고 싶다. 희귀 자료를 구하는 일에 큰 도움을 준 것과 많은 자료의 러시아어 번역, 그리고 무엇보다도 이 작업에 대해 격려해 주고 열정을 보여 준 남편 스티브 토마스에게도 감사한다.

끝으로, 오래전 인간들의 문화에 대해 상상해 보려고 시도하는 모든 사람에게 저서를 통해 영감을 주고 있는 신화학자 조셉 캠벨(Joseph Campbell)에게 큰 빚을 진 것 같다. 오늘날 우리에게 전해 오는 오래전 사람들의 이야기와 이미지는 거의 대부분 그의 노력으로 이루어진 것이다. 나는 조셉 캠벨이 1983년에 출간한 책 《동물의 힘이 작용하는 법(The Way of the Animal Powers)》을 이 책의 여러 곳에서 인용했다.

이 책의 일부는 본래 수렵채집인들이 환경과 친화되어 가는 과정에 대해 논픽션으로 쓰려던 것이었다. 그 부분은 래드클리프 대학교의 메리 잉그럼 번팅 인스티튜트와 인문학을 위한 국립 재단의 후원으로 이루어졌음을 밝힌다.

옮긴이 이나경

이화여자대학교 물리학과 졸업하고 서울대학교 영문학과 대학원 박
사과정 수료했다. 현재는 전문번역가로 활동 중이다. 옮긴 책으로는
《치명적인 일본》,《샤이닝》,《폼페이 최후의 날》,《하루키 문학은 언어
의 음악이다》,《피버 피치》,《첫사랑은 독약이다》,《코끼리》,《소중한
모든 것들》,《딱 90일만 더 살아볼까》 등이 있다.

세상의 모든 딸들 2

초판 1쇄 인쇄일 2019년 01월 17일
초판 1쇄 발행일 2019년 01월 30일

지은이	엘리자베스 M. 토마스		
옮긴이	이나경		
발행인	이승용		
주간	이미숙		
편집기획부	박지영 황예린	**디자인팀**	황아영 한혜주
마케팅부	송영우 김태운	**홍보마케팅팀**	조은주 전소현
경영지원팀	이루다 김미소		

발행처 |주|홍익출판사
출판등록번호 제1-568호
출판등록 1987년 12월 1일
주소 [04043]서울 마포구 양화로 78-20(서교동 395-163)
대표전화 02-323-0421   **팩스** 02-337-0569
메일 editor@hongikbooks.com
홈페이지 www.hongikbooks.com

제작처 갑우문화사

ISBN 978-89-7065-668-7 (04840)

이 도서의 국립중앙도서관 출판예정도서목록(CIP)은
서지정보유통지원시스템 홈페이지(http://seoji.nl.go.kr)와
국가자료공동목록시스템(http://www.nl.go.kr/kolisnet)에서 이용하실 수 있습니다.
(CIP제어번호: CIP2019001646)

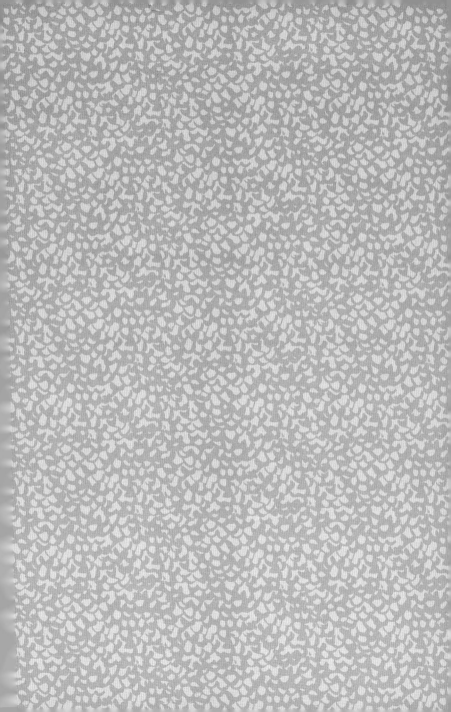